L'ORIGINE DE LA VIOLENCE

DU MÊME AUTEUR

AUTOPORTRAITS EN NOIR ET BLANC, Plon, 2001
BIOGRAPHIE D'UN INCONNU, Le Passage, 2008

Conception graphique : ateliersJeanGrisoni
Photographie de couverture : © Jean Grisoni

www.lepassage-editions.fr

© Le Passage Paris-New York Editions, 2009

FABRICE HUMBERT

L'ORIGINE DE LA VIOLENCE

roman

LEPASSAGE

On dit que Satan était l'ange le plus brillant de Dieu. Sa chute, lumineuse, fulgurante, est marquée du double sceau de la grandeur et de la trahison. Et il me semble deviner, dans les méandres de ma mémoire, l'image d'un archange chutant de l'empyrée pour rejoindre les coins sinueux de l'enfer. Ce dessin, peut-être recomposé par le souvenir, d'une bible pour enfants m'a longtemps poursuivi : c'est toujours le fils le plus aimé qui passe du côté du Mal.

Des années plus tard, ma jeunesse trébuchant dans la préparation d'un de ces concours pénibles dont notre pays a le secret, l'image de la chute de Satan me revint alors que je prenais en notes un livre d'histoire sur l'Europe au début du XXe siècle. Les pages chargées de chiffres consacraient l'écrasante domination européenne, domination industrielle, financière, militaire, culturelle. Suprématie d'un empire éclaté, possédant la moitié du monde et déchiré entre rivaux, les différents pays s'échangeant la puissance de siècle en siècle, l'Espagne de Charles-Quint, la France de Louis XIV, l'Angleterre de la reine Victoria, mais régnant toujours sur le monde. À travers les pages rébarbatives de cet ouvrage couraient pour moi, par je ne sais quels échos, les notes de musique d'un grand bal du début du siècle, où dansaient des hommes et des femmes merveilleusement parés, dans une salle de palais chargée d'ors et de lumières. Je voyais ici un homme accoudé à une cheminée, allumant son cigare avant de parler, là un jeune couple tournoyant, là encore une jeune femme haussant la tête d'un air fier, tandis que des domestiques passaient, et dans cette vision pleine de clichés éclatait la richesse d'un continent sans pareil. C'est à ce moment que je me rappelai l'image biblique, lorsque se superposa au bal lumineux l'idée d'un bal des maudits, où s'effondreraient à deux reprises, et la deuxième fois sans espoir de rémission, toutes les valeurs de ce continent, s'embrasant à l'occasion des deux guerres mondiales et anéantissant des dizaines de millions d'hommes, dans un assaut d'une barbarie sans équivalent. La chute de l'ange le plus brillant, tout au fond de l'abîme, dans l'obscurité la plus sombre.

Le temps s'écoula. L'âge des concours était passé depuis longtemps et je n'avais plus à pâlir sur les livres d'histoire. Devenu professeur de lettres dans un lycée franco-allemand, j'accompagnais des élèves à Weimar, dans le Land de Thuringe, en Allemagne. Nous avions passé là plusieurs jours agréables, allant au théâtre, visitant la maison de Goethe, écoutant les propos hagiographiques des guides sur le grand écrivain allemand, dissertant à l'envi sur ses nombreuses amours, sur la Charlotte des *Souffrances du jeune Werther*, sur Anna Amalia, sur sa femme, sur tant d'autres, comme si le seul lien qu'ils pouvaient se découvrir avec leur monument national était d'ordre sentimental. Le minutieux compte rendu de ses relations avec Schiller constituait évidemment l'autre versant des commentaires. Et nous, obéissants, nous visitions aussi la maison de Schiller, à la fois vaguement intéressés et heureux d'échapper au froid des débuts d'hiver, souvent rude dans ces régions. Visites tour à tour plaisantes, instructives et aimablement grotesques d'une troupe d'élèves, comme un déguisement kitsch, avec des parures d'Épinal jetées sur Goethe et sur cette ville provinciale et rococo, parce qu'il n'était pas difficile de comprendre que le sage et bienveillant écrivain qu'on nous présentait était d'une bien autre intensité que ce ronronnement sentimental et que la ville aux pavés minutieusement joints et aux promenades littéraires dissimulait une mémoire plus agitée, de la République de Weimar aux marches à pas cadencé du IIIe Reich, que les seules dissensions de Goethe et de Schiller.

À l'issue de ces jours de visite, un bus nous conduisit jusqu'à la colline de l'Ettersberg. Le groupe parlait de choses et d'autres, en plaisantant, comme le font des adolescents de quinze ans en voyage scolaire. Parfois, je songeais en regardant le compteur du bus que les habitants de Weimar accomplissent – ou du moins accomplissaient, puisque l'habitude tend à disparaître – cette distance à pied, tous les 11 avril, date anniversaire de la libération du camp. Ils s'assemblent en procession, les enfants et les adolescents d'abord, pour défiler. Le printemps est déjà là mais on dit qu'il fait toujours froid parce qu'un vent permanent glace la colline. En effet, cette agréable forêt où l'on aime rappeler les promenades de Goethe et d'Anna Amalia fut également un des lieux les plus sinistres du monde puisqu'elle dissimulait le camp de concentration de Buchenwald. La forêt des hêtres. Un camp créé en 1937, à huit kilomètres de Weimar, pour les prisonniers politiques, les homosexuels, les « asociaux » et les condamnés de droit commun. Cinquante-trois mille morts.

Le silence se fit parmi les élèves lorsque le bus nous eut déposés pour nous laisser avancer jusqu'au grand portail du camp.

Je ne raconterai pas notre visite de Buchenwald. Je ne décrirai ni la plaine vide, ni les cellules de torture, ni les fours crématoires, ni la salle de la toise, où l'on faisait semblant de mesurer les prisonniers russes avant de leur éclater la tête d'une balle tirée par derrière. Nous avions longuement marché dans le camp. Nous avions lu, écouté, regardé. Tout cela en silence. Et puis nous avions fait le tour d'un bâtiment au toit bas, emprunté un petit escalier qui descendait sous la terre, dans l'obscurité et là, nous avions découvert une large salle entièrement vide et glacée, avec des crochets suspendus à environ deux mètres au-dessus du sol, où l'on avait étranglé mille trois cents hommes.

Dans cette salle, brusquement, la vision de mon enfance s'imposa de nouveau. Pourquoi cette image me revint-elle à ce moment ? Pourquoi ce souvenir d'une bible illustrée ? Cette chute colorée d'un ange de feu était liée à une réminiscence de Dante, référence qui pourra sembler inutilement érudite et déplacée mais qui me vint pourtant. Et le camp de Buchenwald m'apparut à ce moment comme une réserve de Mal, trou noir absorbant toutes les esquisses et les ébauches mauvaises gravitant dans l'univers. Bouche sombre, visqueuse, terrifiante, dévorant tous les hommes. Le point convergent du Mal absolu. Remontant les marches qui me menaient à l'air libre, loin de la salle à la fois étouffante et glacée, je me souvins très précisément de l'apparition de Satan devant le poète à la fin de *L'Enfer* : la bête est immobile au plus profond des cercles de l'enfer, source et origine de la production du Mal. Monstre gigantesque, à trois têtes, avec des ailes de chauve-souris, « *S'el fu sì bel com'elli è ora brutto / e contra 'l suo fattore alzò le ciglia / ben dee da lui procedere ogne lutto* » ; « S'il fut aussi beau qu'il est laid à présent, et osa se dresser contre son créateur, il faut bien que tout mal vienne de lui ».

Des vers tristement applicables à notre continent ravagé et à l'Allemagne au premier chef, ce pays qui fut un laboratoire politique du XXe siècle, expérimentant tous les régimes avec une affreuse rapidité. Un château de cartes s'effondrant, renaissant.

Aussi peut-on penser que Buchenwald transforme les rues de Weimar en décor de théâtre, avec de simples façades de carton peintes en jaune et en vert, et fait des statues de Goethe et de Schiller d'amusants jouets semblables aux soldats de plomb d'autrefois. Les discours des guides s'embarrassent de pâteux mensonges et de contes pour enfants. Mais en même temps, cette coexistence d'une grande pensée, d'un grand art et de ce qu'on a coutume d'appeler le Mal absolu est peut-être à l'image de l'Europe et en ce sens, elle n'est pas mensongère mais simplement révélatrice de notre histoire et de notre destin de civilisation brillante tourmentée par son péché mortel.

Ce fut pour moi la troisième et dernière chute de Satan, l'image-clef, à la fois enfantine et mythique, qui gouvernait le destin de notre continent comme l'histoire singulière que j'allais découvrir.

À chacun de trouver la source et le lieu du Mal. Il ne semble pas vain de le découvrir, de l'arracher et de faire place nette. Là est l'espoir des fous, l'illusion des crédules et des démagogues mais c'est aussi la lutte suprême.

PREMIÈRE PARTIE

I.

Quelle date fixer à l'origine de cette histoire ? La réponse la plus aisée serait cette visite de Buchenwald, parce qu'elle allait ouvrir pour moi le tiroir de nos secrets, sous la forme d'une question certes, mais d'une question si intense et si pressante qu'elle était déjà une amorce de réponse.

Mais sans doute n'est-ce qu'une trop facile dérobade. Parce que l'origine se terre dans mon enfance, parce que mes premières nuits, si j'étais capable de m'en souvenir, devaient déjà s'égarer dans les mystères de la quête. Les enfants sentent cela. Ils vibrent aux questions.

Depuis toujours, la peur et la violence m'ont hanté. J'ai vécu dans ces ténèbres. J'ai toujours craint qu'on m'entraîne, m'attache, m'écorche comme un animal nuisible. Des nuits cauchemardesques m'ont fait entrevoir des mâchoires de loups. Des yeux luisants s'allumaient dans ma chambre d'enfant.

La violence a répondu à la peur. Réponse animale, réponse de conservation. La peur m'avait saisi pour toujours, pour toujours j'allais me défendre. Non pas d'une lutte pondérée, rationnelle, mais avec une violence d'animal affolé, mordant pour s'arracher du piège. La violence de ceux qui portent le sceau de la peur. Le renard au fond de son trou, les yeux vacillant d'angoisse. Comme si la peur de l'enfance avait provoqué l'écroulement du monde. Plus de certitude, plus de confiance, plus de paix.

Buchenwald pour origine ? Wagner, Sommer, Koch ?

Des années auparavant, mon premier roman publié commençait par un meurtre et se poursuivait par un suicide. Mon premier écrit, à l'adolescence, parlait d'un meurtre. Mes deux amis les plus proches ont connu un meurtre dans leur famille immédiate. La mère. Le frère. Nous ne sommes pas amis par hasard.

Ma mémoire ne retient que la violence et l'angoisse. Récemment, pendant un voyage en Croatie, la seule histoire qui me soit revenue devant ces paysages magnifiques, baignés de soleil, était celle d'un couple assassiné dans les champs par un fou. Cette histoire m'avait été racontée au moins vingt ans plus tôt.

J'ai vu autrefois un film dans lequel un enfant vivait jour après jour un cauchemar terrifiant. La nuit, il ne dormait pas. Pendant la journée, la réalité était un cri strident. Il disait qu'il voyait des morts. Lorsqu'il a prononcé cette phrase, un frisson m'a saisi. Cet enfant, c'était moi.

La peur. Toujours la peur. Et son corollaire, la violence. J'ai fait des années de boxe. J'ai combattu sur un ring des dizaines de fois. Dans la rue, quelques semaines avant mon voyage à Weimar, un homme ivre a tapé sur ma voiture. J'ai voulu descendre. La femme à côté de moi m'a retenu. J'étais énervé. Fatigué par ma semaine, par nos disputes incessantes. L'homme a tapé de nouveau, cette fois d'un coup de pied dans ma portière. Je suis descendu. Son ami a voulu l'emmener. J'ai entendu ce jeune gars crier, je suppose qu'il voulait tirer l'autre de ce mauvais pas, qu'il voulait me dire que c'était l'ivresse, qu'il ne fallait pas lui en vouloir, qu'il n'était pas mauvais, mais c'était trop tard. J'avais frappé, avec une peur pleine de rage. Et je frappais, et je frappais encore, le cœur battant à cent à l'heure, tout le corps tremblant et pourtant dur comme du fer. Et lorsque l'homme ivre est tombé à terre, j'ai continué à le frapper, cette fois à coups de pied, et ce n'est qu'après un temps indéfini que j'ai entendu un autre cri, celui de la femme à mes côtés, sortie de la voiture, qui me frappait elle-même en me suppliant d'arrêter, en pleurant. Quand je me suis arrêté et que je suis resté, désarmé et tremblant, presque pleurant moi aussi, au milieu de la rue, tandis que les klaxons retentissaient, je l'ai juste vue s'enfuir, partir au plus loin de moi et de ma violence. Elle n'est jamais revenue.

Un jour, dans un livre, j'ai cru que quelqu'un s'approchait de mes questions. Un écrivain qui affirmait n'écrire que sur la folie, le meurtre et la mort, et qui pensait que ces obsessions avaient pour origine un grand-père russe tué pendant la guerre. J'éprouvai en lisant ces lignes en quatrième de couverture un sentiment de reconnaissance. Je crus avoir trouvé un frère. J'achetai le livre, le lus. Déception. Il était réussi mais il ne parlait pas du grand-père. Pas assez. Il ne recherchait pas assez les origines. S'il y avait bien un meurtre, mes peurs manquaient et la quête était inachevée. J'espérais que cet homme écrirait mes cauchemars – il laissait la porte fermée. Il avait ouvert ses propres portes mais pas la mienne.

De toute façon, la visite de Buchenwald avait déjà eu lieu. Peut-être pas l'origine de l'histoire – l'origine de la question en tout cas. Et bien entendu, personne d'autre que moi ne pouvait répondre à mes peurs.

La visite du camp, menée par deux étudiants allemands, venait de s'achever. Ils laissèrent le groupe entrer dans le musée de Buchenwald, tentative de restitution de plusieurs années de nazisme. Des vitrines avec des photographies et des témoignages matériels de l'époque se succédaient, avec parfois, en exergue, les phrases d'un ancien détenu, Jorge Semprun, tirées de son grand livre *L'Écriture ou la vie*.

Je ne regardais pas tant les victimes, ces silhouettes hâves en uniforme rayé de prisonnier, que les coupables. Je voulais voir leurs visages, connaître leur sort, savoir s'ils avaient été punis. Je lisais les rares indications biographiques, je me penchais sur les photos, je me demandais si on pouvait deviner sur leurs traits qu'ils étaient des salauds, je cherchais à repérer les signes du Mal sur les photographies. Mais je ne trouvais pas le sceau. Visages communs, désespérément communs. Quelques faciès de brutes, comme celui de Hans Huttig, un SS condamné à mort en 1945, mais pour l'essentiel un physique neutre. Juste des hommes, au moins en apparence.

L'un d'eux, Erich Wagner, le médecin du camp, avait même des traits agréables. Et sur la vieille photographie en noir et blanc où il souriait, saisi en pied, avec son crâne légèrement dégarni et ses lunettes d'écaille, il avait l'air d'un intellectuel clair et lumineux. Emprisonné par les Américains à la fin de la guerre, évadé en 1948, il avait ensuite vécu sous un faux nom en Bavière jusqu'en 1962, date à laquelle il s'était suicidé. Remords tardif, crainte d'être repris, maladie ? Rien n'était indiqué.

À vrai dire, je n'eus pas le loisir d'y réfléchir car un autre visage attira à ce moment mon attention. Sur la même photographie, un prisonnier observait le médecin avec une intensité singulière. Ses traits me frappèrent : ils me rappelaient ceux de mon père. La ressemblance était assez étonnante, malgré la maigreur, les pommettes terriblement saillantes et les joues creusées. Comme mon père était né en 1942, et comme aucun grand-père ou grand-oncle n'avait jamais été déporté, l'étonnement s'arrêtait là mais cette photographie me devenait plus proche, comme si l'un des miens avait pu se trouver ici.

Nous rentrâmes à Weimar par le bus. Je me souviens avoir jeté un coup d'œil dans le rétroviseur pour vérifier que j'étais bien coiffé et en avoir ensuite éprouvé de la honte : un camp de concentration oublié pour une mèche... L'après-midi fut ensuite banale : une visite dans la ville, quelques magasins, une librairie.

Là, survolant d'un regard distrait les titres attendus, classiques, succès allemands, américains et français, je songeai au *Livre des morts* de Buchenwald. Une ligne par nom, une ligne par mort. Tous les noms de ceux dont on avait gardé une trace et qui étaient morts dans le camp. Les destins écrasés, les anonymes exécutés... Et alors que je pensais à ce livre, un stupide best-seller à la couverture bariolée dans la main, le visage du prisonnier fit de nouveau irruption en moi, en noir et blanc, avec le léger flou de l'arrière-plan. Il n'avait pas de nom. Son nom avait disparu dans l'Histoire. Le 11 avril, peut-être avait-il été libéré par les Américains ou peut-être était-il déjà mort. Mais je ne pouvais pas connaître son identité. Juste un visage sur une photo, à côté d'un médecin nazi suicidé. Juste un inconnu.

Mais un inconnu aux traits troublants. Un sosie de mon père, même si la photographie, la distance de ce personnage d'arrière-plan et le léger trouble de l'image devaient être pour beaucoup dans les similitudes que je repérais. J'avais par exemple l'impression que le prisonnier était nettement plus petit. Et j'étais de surcroît contraint de remodeler les traits de l'inconnu, puisque son aspect décharné en faisait un spectre mal défini. C'était donc sur une ossature que je greffais des ressemblances. Mais toutes ces précautions prises, il me fallait pourtant reconnaître que les points communs étaient pour le moins frappants.

Le lendemain, je me levai tôt. Sans avoir consulté le programme de la journée, tapé avec attention par l'organisateur de l'échange, il me semblait vaguement que je devais aller rejoindre mes collègues au théâtre où les élèves français et allemands répétaient *Le Roi des Aulnes* de Goethe, une ballade aussi célèbre en Allemagne que le conte de Blanche-Neige, relatant la chevauchée lunaire durant laquelle meurt un jeune enfant, arraché des bras de son père par le Roi des Aulnes. Tous les écoliers allemands apprennent par cœur le poème : « *Wer reitet so spät durch Nacht und Wind / Es ist der Vater mit seinem Kind* » ; « Qui chevauche si tard dans la nuit et le vent / C'est le père et son enfant ».

Toutefois, sans y penser, au lieu de tourner à gauche et d'aller au théâtre, je poursuivis vers la place du marché et me retrouvai dix minutes plus tard, sans l'avoir franchement voulu, dans le bus pour Buchenwald. Encore une demi-heure et je me tenais en face de la photographie. Et cette fois, je frissonnai. Trouble de l'image, différence de taille ? Des feintes, des mirages. Cet homme était le portrait craché de mon père. Je demeurai immobile, figé devant le cliché. Je regardai de nouveau le médecin Wagner, et puis encore l'inconnu. D'autres photos autour, dans la même vitrine, susceptibles de me donner des indices. Des portraits de groupe, autour d'Himmler, en visite d'inspection au camp, avec de nouveau Erich Wagner, mais sans le prisonnier.

Je ressortis songeur du musée. Vide, le camp était plus frappant encore que la veille. Il n'y avait personne. Le brouillard de l'Ettersberg ceignait les bâtiments de longues traînées grises diluant les formes, engloutissant les sons, comme dans les cauchemars. Je repensai au Roi des Aulnes, spectre indécis surgi des brumes comme une illusion ou une ombre. Que répond le père à son enfant effrayé ? Ce n'est que le bruit du vent dans les feuilles… « *Sei ruhig, bleibe ruhig, mein Kind ! / In dürren Blättern säuselt der Wind* ».

Dans le calme impressionnant de l'Ettersberg, le souvenir des cinquante-trois mille morts faisait se lever une armée d'ombres silencieuses. Je m'avançai dans le brouillard avec une légère angoisse. Aux aguets, comme si j'étais en attente. Tandis que je revenais du musée vers la porte du camp, toujours au milieu de ce vide de la place d'appel, il me semblait que j'emboîtais le pas aux prisonniers d'autrefois. Le brouillard avalait le temps, diluait les époques et derrière les nappes grises s'amassaient les images du massacre.

Je vois des morts, disait l'enfant.

En repartant, je passai devant la souche de *l'arbre de vie*, un arbre désormais mort que les Allemands laissaient subsister à l'intérieur du camp, sous lequel s'étaient assis, paraît-il, Goethe et Anna Amalia. Et de nouveau, le souvenir du grand écrivain me sembla décalé, théâtral. Les prisonniers marchaient sous l'arbre, on leur racontait peut-être la sempiternelle histoire, et deux minutes plus tard, on les mesurait à la toise, d'un coup de feu. La toile de fond du mensonge. Encore la sauce kitsch apposée sur la tragédie.

Quand le bus me ramena à Weimar, je pris bien soin, cette fois, de ne pas me regarder dans le rétroviseur.

2.

Une semaine plus tard, j'étais à Paris, dans une brasserie, en face de mon père, Adrien. Nous nous retrouvions ainsi régulièrement, deux ou trois fois par mois, toujours dans le même restaurant, depuis des années, peut-être dix ou douze ans. Il s'agissait d'une de ces brasseries très classiques du 5e arrondissement, avec un joli décor rétro, une carte immuable, et une réputation un peu surfaite. Mais le foie de veau y était très bon, ce qui faisait mon bonheur. Avec le temps, les serveurs avaient fini par nous connaître et le patron venait nous saluer. Mon père m'invitait toujours même si, environ une fois par mois, comme une coutume établie, je faisais mine de tirer mon portefeuille de ma veste. Il tendait alors sa main et ce geste interrompait le mien. Cela nous suffisait. Il n'acceptait mon invitation qu'une fois par an, pour son anniversaire. Je choisissais alors un autre restaurant dans les environs, car mon père détestait tous les autres quartiers de Paris. Le 5e était pour lui le centre de la capitale et le seul arrondissement valable, puisque le seul à fourmiller encore de grandes et petites librairies : les autres manquaient d'esprit – je n'ai jamais exactement compris quel sens avait pour lui le mot « esprit » –, ou bien parce qu'ils n'avaient pas d'histoire ou bien parce qu'ils appartenaient aux nouveaux riches. Et s'il y avait une espèce que mon père ne pouvait supporter, c'était bien les riches. Il détestait l'argent, l'apparat, le luxe ostentatoire. Quand on lui parlait grosses voitures, vêtements de marque, ce que je faisais parfois, par pure provocation, il levait les yeux au ciel. Il n'avait pas de voiture, ne se déplaçant qu'à pied ou en métro, n'achetait jamais de vêtements, enfilant toujours ses vieux pantalons de velours et ses épaisses vestes en hiver, ses jeans et ses tee-shirts en été. Comme il était encore grand et élancé, malgré son âge, il avait toujours l'air élégant et à la mode, tandis que les autres, moins chanceux, s'échinaient à paraître.

Avec ces opinions, mon père aurait pu voter communiste. Mais il détestait encore plus les communistes que les nouveaux riches. De toute façon, il ne parlait jamais de politique mais dans les rares conversations que nous avions à ce sujet, il avait manifesté envers eux un mépris assez étrange pour un homme en général mesuré dans ses propos et surtout profondément indifférent. Car c'était la caractéristique principale de mon père : il se fichait de tout. Rien, sauf l'art et une attention épicurienne au temps qui passe, ne pouvait l'intéresser. Tout glissait, incidents et accidents, événements politiques, modes. Nous ne nous en étions jamais expliqués mais il avait comme personne le sentiment du dérisoire. Tout était une vaste blague, un peu comique, un peu sordide. Et il s'en lavait les mains.

Ce soir-là, ce n'était pas son anniversaire. Nous nous trouvions donc dans notre restaurant habituel, avec nos serveurs habituels et notre foie de veau intemporel. Mais dans une brasserie et en hiver, peut-on commander un autre plat qu'un foie de veau ? Tout en mangeant, je racontais à mon père mon séjour à Weimar. Je lui livrais ma théorie du mensonge kitsch de la ville, enrobant le camp de concentration d'un passé littéraire et culturel, décentrant le crime en ramenant la ville vers Goethe, vers le théâtre, vers l'amitié de deux écrivains. Il m'écoutait en souriant d'un air indulgent, comme il le faisait souvent en face de mes théories, trop fougueuses et unilatérales à son goût.

– Ce n'est pas la même époque, voilà tout, finit-il par répondre. Weimar a été une grande ville culturelle et elle a été aussi, au XXe siècle, une ville voisine d'un camp de concentration. À part montrer que la culture n'a jamais protégé de la barbarie, je ne vois pas trop quel lien établir entre les deux.

Voilà comment était mon père. Toujours mesuré, toujours juste, au moins en apparence, dans ses propos. En réalité, cette mesure dissimulait des démons. Son existence routinière canalisait sa violence, et je retrouvais chez lui bien des traits personnels. Mais sa violence était plus introvertie : toute mon enfance, je l'avais vu enveloppé dans des silences terribles, qui duraient parfois plusieurs jours. Il y avait des tempêtes en lui, dont personne ne pouvait mesurer l'intensité, et qui se traduisaient par des migraines, des vomissements, parfois même des ophtalmies. Son corps exprimait sa violence intérieure, que ses silences m'ont léguée. Nous sommes père et fils. Reflets.

Mes propos sur Weimar espéraient toutefois une autre réaction. La photographie m'avait frappé et même si une semaine s'était écoulée, je ne l'avais pas oubliée. À présent que je me trouvais en face d'Adrien, la proximité physique était irréfutable. J'avais observé le prisonnier en songeant à mon père, je contemplais mon père en songeant au prisonnier. Mêmes traits. Mêmes yeux noirs, même chevelure noire, certes en partie blanchie par la soixantaine, même mâchoire forte et carrée. La différence d'âge – le prisonnier avait une trentaine d'années – se faisait anecdotique. L'idée surgit soudain que mon père ne ressemblait pas beaucoup au sien. Cela ne m'était jamais venu à l'esprit mais de fait, mon grand-père, ce petit être au crâne dégarni, au nez camus et aux grosses joues avait peu en commun avec cet homme grand, mince, au visage dur et beau. Il est vrai que mon grand-père n'était pas un prix de beauté, ce qui nous avait toujours fait sourire dans la famille. Et ma grand-mère, que je n'avais jamais connue, avait sans doute été très belle pour compenser. Cela dit, si l'on y songeait plus avant, mon père ne ressemblait pas à grand monde, ni au physique ni au moral. Même pas à ses frères. Dans notre famille bourgeoise, il détonnait... Mais enfin, nous n'allions pas revenir sur cette question récurrente, celle de tous les repas de famille, fêtes, cérémonies, baptêmes... qu'il détestait d'ailleurs, au point d'être presque toujours absent, me laissant, comme il disait, le représenter.

– Tu es déjà allé à Weimar ? lui demandai-je innocemment.

– Jamais. Ce serait pourtant une bonne idée, répondit-il, impassible. Un prochain voyage.

Je souris. Mon père avait souvent cette expression : « un prochain voyage ». Chacun savait, et lui le premier, qu'il ne bougeait jamais de chez lui. Il arpentait son quartier de long en large, dans ses promenades quotidiennes, s'aventurait assez souvent, sans doute pour vérifier leur absence de spiritualité, dans les autres arrondissements, et prenait le RER une fois par mois pour se promener dans la forêt de Montmorency, toujours le même train de 8 h 05. Il était l'homme le plus réglé du monde, le plus prévisible dans son quotidien, au point que j'aurais pu dire à toute heure et à distance ce qu'il faisait, de l'immuable déjeuner du matin, en écoutant France Inter, jusqu'à l'immuable lecture du soir, en passant par les mouvements de gymnastique de 11 heures et la promenade de 14 h 30. S'il était évident pour tout le monde que cette prévisibilité se faisait sur un fond d'angoisse et d'imprévisibilité latente, au point que personne n'aurait été étonné de le trouver un jour partant au Groenland, il n'en restait pas moins que je ne me souvenais pas d'une seule absence de mon père. Métronome singulier.

— Tu devrais y aller. C'est une ville intéressante. Tu pourras y mesurer la pertinence de mes théories, lui dis-je en souriant.

— C'est sûr. J'y passerai. J'aime beaucoup les voyages.

Il me regarda d'un air amusé, comme s'il se moquait de moi ou peut-être de lui-même. Nous ne mentionnâmes plus Weimar. Comme j'avais eu le malheur de lui parler du Bauhaus, mon père s'emballa sur cette école, sur Gropius, sur le design, sur la perte des valeurs, sur la nullité de l'art contemporain, avec ce mélange de culture et d'esprit absolument réactionnaire qui le caractérisait et qui finissait par être une pose. Je subis donc son cours (rien de plus pénible pour un professeur que d'écouter les leçons des autres) jusqu'au dessert. Simplement, en nous quittant, je lui décochai la flèche du Parthe :

— Ça n'a rien à voir mais j'ai oublié de te le dire. J'ai vu la photographie d'un prisonnier à Buchenwald. Il te ressemblait énormément.

Quelque chose en lui se figea. Son regard sembla chercher au loin un objet indéfinissable et il y eut un silence.

— Vraiment, dit-il enfin. Intéressant.

Il m'embrassa et s'en alla.

3.

La vie d'une grande famille est rythmée par ses rencontres, ses grands dîners, pour les naissances, baptêmes, anniversaires, mariages, enterrements... Et ma famille ne fait pas exception à la règle. Il est vrai qu'elle ne fait exception à rien. Chez nous, les Fabre, la règle est de règle.

Ce jour-là, ma cousine Lucie fêtait l'anniversaire de son fils dans la propriété familiale. C'était l'occasion de rassembler une trentaine des nôtres en Normandie. Notre typologie sociale est assez simple : nous sommes des bourgeois. Pas forcément les bourgeois aveugles et stupides de Flaubert, plutôt une bourgeoisie libérale, traditionnelle dans ses valeurs mais assez ouverte et tolérante, bref une bourgeoisie moderne, fondée sur l'argent et la famille (quand même). Nous sommes des bourgeois depuis toujours, c'est-à-dire depuis au moins le début du XXe siècle, depuis que Noël Fabre, avocat rouennais ambitieux, s'appuyant sur la fortune durement acquise par son père, ancien paysan devenu propriétaire terrien, réussit à devenir député d'une circonscription normande. C'était un député sans grande influence, se contentant de suivre les ordres et les oukases de son grand homme, Clemenceau, mais il était tout de même député, ce qui représentait le sommet des ambitions pour une famille paysanne de l'époque. Le socle financier, indispensable à toute grande famille, a ensuite été établi pendant la Première Guerre mondiale, lorsque le même Noël Fabre obtint pour son frère Jean la fourniture en textile des armées, et notamment du célèbre pantalon garance. L'accord de l'industrie et de la politique, coutumier dans notre pays comme dans bien d'autres, donna les meilleurs résultats : à la fin de la guerre, les Fabre étaient une des plus riches familles normandes. La richesse et l'influence se sont ensuite entretenues durant le siècle, grâce à une idéologie du travail et de la réussite dispensée au biberon. Les Fabre ont exercé les métiers bourgeois classiques, avocats, médecins, universitaires, banquiers, avec une tradition publique assez établie, puisqu'il y eut encore deux députés dans nos rangs (malheureusement aucun ministre, à notre immense regret) et surtout une longue lignée de hauts fonctionnaires – directeurs de cabinet, préfets, ambassadeurs. Pour ça, nous sommes vraiment très forts. Comme la fonction publique ne paie plus, le mot d'ordre actuel est de nous recentrer sur les affaires et la banque : nous comptons sur la jeune génération de mes petits-cousins, parfaitement incultes, totalement arrivistes et dénués de scrupules – bref modernes. Ils ont dix-sept, dix-huit ans, sortent en permanence, font des fêtes terribles et ne songent qu'à suivre la filière rémunératrice qui leur permettra de respecter notre rang.

En somme, sans compter parmi les plus grandes familles de ce pays, nous faisons partie d'une sorte d'élite de bon niveau, riche et assez influente, grâce à notre cohésion, plutôt intelligente je crois mais sans excès. L'excès nuit aux bourgeois. J'aimerais citer la première phrase du roman de Gracq *Le Rivage des Syrtes* : « J'appartiens à l'une des plus vieilles familles d'Orsenna », mais nous n'avons pas cette noblesse aristocratique et presque onirique. Non, nous sommes ancrés dans le réel, sortis tout armés d'une lignée paysanne et nous nous défendons bec et ongles. Même si, bien sûr, mon père comme moi-même tenons une position excentrée, lui parce qu'il est toujours excentré, par nature, et moi parce que je suis l'intellectuel de la famille, retiré sur son Aventin franco-allemand, dans un petit lycée ignoré des mortels. Je passe mon temps à lire, préparer des cours, corriger des copies, et écrire des romans. À l'écart : « Pour vivre heureux vivons cachés. » Mais en même temps, je mesure très bien la force du verbe utilisé dans l'incipit de Gracq : « J'appartiens ». Nous, les Fabre, appartenons à notre famille. Notre passé nous accroche, nous retient, nous sommes le passé de cette région normande et un peu de l'histoire du pays. Notre famille est une construction, un bâtiment arc-bouté, sans failles parce que nous colmatons les fêlures. Notre puissance s'est bâtie sur le long terme et se refonde en permanence. Bien que nous ne soyons pas parfaitement adaptés au monde moderne, par notre esprit traditionnel, notre culture classique (nous respectons encore un peu trop les lettres, les arts, la politique, toutes valeurs assez désuètes) nous sommes encore forts et nous nous méfions des fragilités : les secrets, les angoisses, les défaites n'ont pas droit de cité.

Les Fabre se réunissaient donc ce jour-là autour de mon petit-cousin, qui déambulait distraitement d'une bise à une autre, sans se laisser démonter. Ma cousine Lucie était assez belle dans sa robe noire et représentait avec son mari Antoine, banquier, un échantillon familial typique. Sans qu'elle soit d'un physique remarquable, la joliesse des traits, conséquence d'une ascendance choisie, le bon goût des vêtements (éducation attentive) et un maquillage soigné en faisaient une femme agréable. Je l'aimais bien : elle était conventionnelle, mais assez intelligente et parfois drôle, lorsqu'elle abandonnait un instant son rôle d'épouse et de mère.

— Toujours pas de nouvelles de ton père ? me demanda Lucie.

— Il ne vient jamais aux réceptions familiales.

— C'est quand même l'anniversaire de son petit-neveu.

— Je ne pense pas que cela le marque beaucoup.

Ma cousine hocha la tête, plus froissée qu'elle ne voulait l'avouer.

J'allai rejoindre mon grand-père, assis dans un fauteuil, un whisky à la main.

— Toujours bien accompagné, à ce que je vois, dis-je en désignant le verre.

— Tu connais le secret de la longévité, mon garçon : jamais d'eau. C'est trop nocif.

Et il sourit de ses dents jaunes. Mon grand-père portait un prénom introuvable (Marcel), enlaidissait chaque année, devenait toujours plus cynique mais demeurait pourtant, avec mon père, le seul personnage intéressant de notre famille. Les autres étaient de gentils êtres sans surprise, travaillant beaucoup et durs en affaires. Lui possédait une dimension supérieure. Plein d'indifférence et de générosité, il nous prodiguait ses dons depuis notre enfance sans vraiment nous considérer. Je crois qu'il aimait toute sa famille d'un sentiment large et distrait, sans individualiser personne, et je ne sais même pas s'il connaissait nos prénoms, préférant des appellations neutres, telles que mon garçon, mon petit, ma chérie… Du bout de la table, il nous englobait d'un regard amusé, de ses yeux bleus qui étaient sa seule beauté. Il était le patriarche, sans pouvoir particulier mais investi de l'autorité suprême. Il ne donnait jamais d'avis, jamais d'ordre : chacun se débrouillait. Mais au besoin il soutenait nos efforts, par une somme d'argent ou un coup de fil à une relation influente. Sa carrière avait été celle d'un important serviteur de l'État, sous-préfet, préfet de département, préfet de région en Normandie. Il évoquait rarement son métier, qu'il semblait avoir accompli sans passion mais avec un devoir scrupuleux. Il est vrai qu'il n'évoquait jamais grand-chose. Parfois, il me faisait penser à mon père. Physiquement dissemblables, le père et le fils se ressemblaient par leur indifférence, leur goût du secret et un attrait commun pour la littérature, même si l'éducation de Marcel Fabre sentait vraiment ses lycées normands du début du siècle dernier, terriblement vieux et en même temps si solides, si classiques, harnachés de grec et de latin. Le vieil homme rappelait encore des règles de grammaire latine, des sentences de Cicéron et d'Horace. Et surtout, il nous récitait des poèmes, seul moment d'intimité que nous partagions. Ronsard, du Bellay, Apollinaire, Rimbaud, Baudelaire, Hugo. De longues échappées, des poèmes énormes, *Le Bateau ivre* que moi, professeur de lettres, j'étais bien incapable de retenir. Un jour, durant une promenade dans la campagne, il m'avait récité *La Chanson du mal-aimé*. Les longs sentiers tristes de l'hiver normand, ce petit homme infatigable à la voix un peu rauque et les vers d'Apollinaire. Cela reste un de mes grands souvenirs d'enfant.

– Et tes élèves, comment vont-ils ?

Il n'avait pas oublié mon métier. Bonne nouvelle.

– Ils vont bien. Nous sommes allés à Weimar le mois dernier.

Mon grand-père se raidit. C'était sensible. Cela ne dura qu'un instant mais il était impossible de s'y tromper.
— Tu as visité la maison de Goethe ?
De nouveau le mensonge. Je savais qu'il ne pensait pas à l'écrivain mais au camp de concentration. Du reste, sa réaction s'expliquait facilement : sous-préfet en 1940, il n'avait pas démissionné et avait poursuivi sa carrière sous le régime de Vichy, ce qui n'est pas très honorable, bien qu'il n'ait pas été inquiété à la Libération, pourtant prompte aux jugements rapides. Nous n'en parlions jamais et cette période était bannie des conversations.

Le camp de Buchenwald ne pouvait qu'alerter mon grand-père. Si son action quotidienne eut des conséquences, c'est à Buchenwald, où furent déportés de nombreux prisonniers politiques français, que les victimes se retrouvèrent. Et son raidissement ne me surprit donc pas. Mais le coq-à-l'âne de sa remarque suivante me donna à penser. Alors que j'avais répondu par des banalités à sa question sur la maison de Goethe, il demanda soudain :
— Ton père ne vient pas aujourd'hui ?
Et j'avoue que l'association de Buchenwald et de mon père ne me sembla pas neutre.

Je répondis seulement :
— Je ne sais pas, grand-père. Il ne m'a pas dit.
Le vieil homme parut surpris d'être appelé « grand-père ». Il est vrai que cela m'était rarement arrivé depuis l'enfance.

En fin d'après-midi, après le repas et une promenade dominicale en compagnie de mes cousins, je repartis à Paris. Tout avait été agréable et sans surprise. J'étais repu, un peu fatigué et content de rentrer chez moi.

Tout en conduisant, je songeais à l'homme sur la photographie. Le plus simple était d'en revenir au musée de Buchenwald. Le lendemain, après ma journée de cours, j'appelai le musée. Ma demande était particulière et j'étais un peu gêné en la formulant mais c'était oublier les milliers de demandes particulières que reçoivent les camps de concentration. On me passa sans difficulté le conservateur qui ne parut pas du tout étonné par ma question :

– Nous allons rechercher l'origine de cette photographie. Il s'agit de celle d'Erich Wagner, dites-vous ?

– Oui, mais ce n'est pas lui qui m'intéresse. Derrière lui se tient un prisonnier et c'est cet homme que j'aimerais connaître.

– Je préfère vous prévenir que nous ne trouverons probablement rien. Sur Erich Wagner, nous avons beaucoup de renseignements. Mais un inconnu sur une photographie… Si vous aviez un nom, nous pourrions faire des recherches.

– Malheureusement, je n'en ai aucun. C'est la raison de ma démarche.

– Rappelez-moi dans deux jours.

Deux jours plus tard, le conservateur m'apportait peu d'éléments :

– Nous n'avons rien sur cet homme. Simplement, la photographie a été prise le 20 décembre 1941, devant le baraquement IX. Il y avait cinquante hommes à cette date dans le Block et on peut supposer que l'inconnu était du nombre. Ce n'est bien sûr qu'une supposition mais il est possible que l'homme soit sorti de son baraquement à ce moment-là.

Le regard fixe de cet homme, guettant le médecin, ne me semblait pourtant pas le résultat de ces seules circonstances.

Je ne pensais pas qu'il était simplement sorti à ce moment, par hasard, du baraquement. Mais la remarque du conservateur, compte tenu de la faiblesse des informations, n'avait rien d'absurde.

– En revanche, poursuivit le conservateur, nous disposons d'éléments plus précis sur Erich Wagner dont je peux vous adresser une copie.

J'allais répondre que le médecin m'importait peu lorsque je repensai au regard de l'inconnu.

– Pourquoi pas ? On ne sait jamais. Mais sur cet inconnu...

– Il sera difficile de lui attribuer une identité. Mais pas impossible. Nous nous efforçons en permanence de rassembler des informations sur les prisonniers, de garder des traces. Si vous parvenez à préciser votre recherche, des recoupements se feront. Nous nous tenons à votre disposition.

En somme, j'avais un lieu – Buchenwald, baraquement IX – et une date – 20 décembre 1941. C'était un peu maigre mais des recoupements étaient en effet possibles. Le lendemain, je recevais sur mon mail, en pièce jointe, une biographie d'Erich Wagner que je parcourus rapidement, notant qu'il avait été nommé au camp dès 1939. À cette biographie s'ajoutait, ce qui m'importait davantage, la liste des hommes du baraquement IX et la photographie de Wagner et de l'inconnu. Lorsque je la sortis sur imprimante, l'apparition progressive du médecin nazi, en pied, et de la silhouette plus floue en arrière-plan, me causa une impression de malaise, comme l'irruption dans mon appartement d'un corps étranger, venu de très loin.

Je décidai de prendre pour base de mes recherches le baraquement IX, comme l'avait suggéré le conservateur du musée de

Buchenwald. Consulter la liste des noms et faire appel aux survivants pour trouver mon inconnu. Pour cela, j'avais besoin du *Livre des morts*, que je commandai à la librairie du camp. Comme la photo, et de façon plus macabre encore, ce livre, qui me parvint une semaine plus tard, représentait l'irruption chez moi d'une *réalité irréelle* et parfaitement décalée. Je comparai les deux listes : les cinquante noms et la liste des morts. Ce fut une besogne administrative, car ces noms ne signifiaient rien pour moi, et pourtant émouvante. Des hommes absolument inconnus, sans chair, sans histoire, réduits à cette seule ligne répétitive, obsessionnelle :

« *Nom – Prénom   entré (à Buchenwald) le   mort le* »

Beaucoup étaient morts à la fin de la guerre, juste avant la libération du camp, pendant les grandes marches durant lesquelles les Allemands, reculant devant l'avance alliée, évacuèrent les prisonniers, manifestant une dernière fois cette sauvagerie forcenée et incompréhensible qui les amenait à tuer, tuer pour rien, sans raison, alors que tout était perdu. Sur les cinquante noms, j'en retrouvai vingt-neuf dans le *Livre des morts*. Il y avait donc vingt et un survivants, ou du moins vingt et un hommes dont le sort n'avait pas été établi de façon certaine.

Parmi ces vingt et un, je relevai les noms de consonance française, au nombre de six, que je recherchai sur internet. Je retrouvai les six, en craignant qu'il s'agisse d'homonymes. Et je les appelai, c'est-à-dire que je retissai le lien. Je rapprochai le passé du présent, le hors monde d'un quotidien apaisé. Et ce n'est pas sans mal que je balbutiai, aux voix inconnues qui me répondirent, mes propos sur un lointain passé et un camp de concentration du nom de Buchenwald, sachant que ces mots ne pourraient être accueillis qu'avec difficulté. Cinq personnes sur les six étaient des homonymes sans aucun lien de famille. Je ne sus jamais ce qu'étaient devenus les déportés, s'ils étaient morts, ce qui, tant d'années plus tard, devait être le cas pour plusieurs d'entre eux, s'ils avaient quitté la France ou si j'avais simplement mal effectué ma recherche. Mais Vincent Mallet me répondit. Travaillant en Allemagne, il avait été déporté début 1942 pour sabotage. Il n'eut aucune réticence à discuter avec moi et disposait même, à plus de quatre-vingts ans, d'un mail, sur lequel j'envoyai la photographie. Une demi-heure plus tard, il me rappelait :

— Je me souviens bien de cet homme. Dans des conditions normales, j'aurais sans doute oublié son nom mais je l'avais noté sur un carnet parce que ce n'est pas la première fois qu'on m'en parle.

— Vous êtes sûr ?

— Absolument. Il s'appelle David Wagner. Ou plutôt il s'appelait, parce qu'il est mort au printemps 1942, quelques mois après mon arrivée. C'était pourtant un gars solide.

— Et vous dites qu'on vous en a déjà parlé ?

— Oui, il y a longtemps. Un homme m'a téléphoné, comme vous, comme il a téléphoné à beaucoup d'autres, je crois. Il me demandait des renseignements sur un certain David Wagner, un gars qu'on connaissait assez bien dans le camp, un beau type.

— C'était donc quelqu'un qui savait son nom ?

— Oui, et il semblait même avoir pas mal de renseignements. Mais il voulait en savoir plus, sur lui et sur le médecin du camp, Wagner.

– Ils portaient le même nom ?
– Tout le monde s'appelle Wagner en Allemagne, vous savez. C'est comme Martin chez nous.
– David Wagner était allemand ?
– Non. Il était français mais il devait avoir des origines allemandes. Il parlait bien allemand.
– Pourquoi était-il prisonnier ? Il était résistant ?
– Je ne sais plus trop. Il était triangle rouge, donc politique, comme les autres Français. Mais je crois qu'il était juif.
– C'était un de vos amis ?

L'homme eut un temps d'arrêt.

– Non. Ce n'était pas un ami. Je lui ai à peine parlé. Il était dans un autre baraquement. Mais on le connaissait.
– Pourquoi ?
– Parce que certaines personnalités, dans toutes les situations, émergent de l'anonymat. Et parce qu'il était franchement détesté par le médecin Wagner.
– Pourquoi ?
– Aucune idée. Mais les faits sont là. Et Wagner aurait peut-être survécu si le médecin n'en avait pas fait son souffre-douleur.

Cela commençait à faire beaucoup d'informations. Mais je voulais en revenir au coup de fil qu'il avait reçu.

– Et l'homme qui vous a appelé, autrefois, c'était un déporté lui aussi ?
– Non. J'ignore de qui il s'agit mais je suis sûr qu'il n'a jamais été prisonnier. C'était évident. Et je pense de surcroît qu'il était jeune. Sa voix était jeune en tout cas. Vingt ans, trente ans, pas plus.
– Les voix sont trompeuses.

— Oui. Mais je ne pense pas me tromper. Très vite, j'ai eu l'impression que c'était un jeune gars.
— Mais pourquoi téléphoner ainsi ?
— Probablement un membre de la famille. C'est arrivé plusieurs fois, vous savez, des années plus tard. Pour en savoir davantage, pour recueillir des traces. Le deuil est un long travail.

Je le remerciai et raccrochai. Le personnage prenait forme, une nébuleuse s'agglomérait, avec des situations, des noms, des questions : le médecin Wagner, sa haine envers David Wagner (ce qui m'expliquait le regard fixe de celui-ci), le jeune homme qui avait appelé des années plus tard. L'identité renvoyait à d'autres identités et ce réseau nourrissait de nouvelles interrogations. Bref, le tissu qui fait la vie d'un homme se densifiait. Mais rien d'essentiel, rien d'égoïstement essentiel ne s'était dégagé : les ressemblances ne s'éclairaient pas.

Une fois le plus important établi, à savoir le nom, sur quoi se greffent tous les destins du monde, il me fallait découvrir l'histoire de cet homme.

4.

– J'ai repensé à ce que tu m'as dit la dernière fois sur ce prisonnier de Buchenwald. C'est bizarre, non ?

Nous étions dans la même brasserie et ce n'était pas l'anniversaire de mon père. Nous avions pris un apéritif, j'avais commandé un foie de veau et l'hiver s'avançait dans les rues de Paris. Un hiver sans grand froid, bruineux et sale comme nous en connaissons tant. Nous mangions notre entrée et voilà que mon père me posait cette question.

– Qu'est-ce qui est bizarre ? demandai-je en retour.

Ce que je trouvais bizarre, moi, c'était l'air de mon père, un peu joueur, comme goguenard, ni inquiet, ni intéressé, ni alerté, juste ironique.

– Cette ressemblance. Tu vois la photo d'un prisonnier qui me ressemble et tu ne trouves pas ça bizarre ?

– Si, dis-je prudemment. C'est bien pour cela que je t'en ai parlé.

– Tu y as repensé ?

– Un peu, mentis-je.

– Un peu ou beaucoup ? C'est étrange, ce sosie.

– À cinquante ans de distance, tout de même.

– Davantage encore. Il doit être beaucoup plus jeune que moi.

– Oui. Il a environ trente ans.
– Et pourtant il me ressemble ?
– Ton portrait craché.
Je posai la photo sur la table. Mon père tressaillit. Mon intention, au départ, n'était pas de la montrer. Je la portais sur moi comme un fétiche. De visage à visage, l'un dans ma poche, sur papier, l'autre en face de moi, incarné. Attentif aux correspondances.
– David Wagner, déporté au camp de Buchenwald et mort au printemps 1942...
Mon père contempla la photo en silence. Très longuement. Puis il se redressa sur sa chaise et déclara d'un ton détaché :
– C'est vrai qu'il me ressemble. Ou plutôt, dit-il en souriant, que je lui ressemble, compte tenu de la chronologie.
– À ce point, c'est curieux, non ?
Mon père éluda la question.
– Pourquoi gardes-tu cette photo ? Et comment l'as-tu obtenue ?
– Je l'ai demandée au conservateur du musée de Buchenwald. Par curiosité. Parce que cette ressemblance m'étonnait.
– C'est tout ? Tu n'as pas fait de recherches sur cet homme ?
– Non. Pourquoi ? Je devrais ?
Mon père haussa les épaules.
– Comme tu veux. Qu'est-ce que j'en sais ? Tu serais bien capable d'en faire un livre.
Je fis la moue.
– J'aurais l'impression de parler de toi.
Cette fois, mon père me considéra sans aucune ironie.
Nous finîmes assez vite notre repas. Lorsque je sortis du restaurant et que je l'embrassai, je savais que j'allais très vite

reprendre mes recherches sur David Wagner. Et je suppose que mon père le savait aussi. Plein d'indifférence, il était paradoxalement d'une intuition perçante, peut-être parce que étant détaché des autres, il les lisait à livre ouvert.

En croisant les informations du Journal officiel, qui publie régulièrement des listes de disparus, et celles des associations de déportés, je découvris facilement le lieu de naissance de David Wagner, à Paris, dans le 2ᵉ arrondissement.

Une demande motivée à la mairie – et il ne me semble pas hasardeux d'avoir expliqué ma démarche par des raisons familiales – me fournit dans les quinze jours la fiche d'état civil de David Raphaël Wagner, né le 15 septembre 1915, fils d'Ulrich Wagner, de nationalité roumaine, et de Natacha Wagner, née Stawinski, de nationalité polonaise. Il avait un frère, prénommé Charles, et une sœur, Sophie. Charles, Sophie, David : les prénoms signifiaient tout le désir d'intégration des parents pour leurs enfants. Charles et Sophie m'intéressaient au plus haut point puisqu'ils pouvaient être encore vivants. Et s'ils ne l'étaient plus, il me semblait possible de rencontrer leurs descendants.

À partir de cet instant, tout s'enchaîna très vite, et de façon imprévisible.

Une semaine plus tard, je poussai la porte d'un petit pavillon de banlieue, à Meudon, où m'accueillit un vieil homme affable et simple que j'avais eu quelques jours plus tôt au téléphone, après avoir échoué à joindre sa sœur, morte depuis des années.

Charles Wagner me salua et me fit passer au salon. Âgé de quatre-vingt-cinq ans, il paraissait encore vif, même s'il se déplaçait avec quelque difficulté. Il était grand, un peu voûté, avec des mâchoires carrées. Malgré son âge, je n'eus aucune peine à reconnaître en lui les traits de son frère, David Wagner ainsi que ceux d'un autre homme, comme je m'en doutais déjà depuis quelque temps : ses cheveux blancs avaient la même implantation que ceux de mon père, étonnamment fournis et denses pour son âge.

Il me proposa à boire. Je lui demandai du coca. Il eut un air surpris.

– Désolé. Je suis d'une ancienne génération, vous savez. Je ne bois que de l'alcool.

Je souris. On aurait dit mon grand-père. J'optai pour du vin.

– Vous ressemblez à votre père, dit-il lorsqu'il revint avec une bouteille et deux verres. La même prestance, mais en blond.

– Je suis passé par le tamis français, répondis-je sans même m'étonner de ce qu'il connaisse mon père. Ma mère est blonde.

– C'était également le cas de la grand-mère de votre père, Natacha Stawinski. Ma mère était grande et blonde, une de ces belles femmes polonaises au visage un peu dur.

Au moins, nous n'avions pas tardé. Tout était dit et je pouvais même repartir, puisque tous mes soupçons sur l'origine de mon père étaient confirmés. Je comprenais pourquoi mon père ne venait jamais aux réunions de famille : les Fabre n'étaient pas sa famille, il appartenait aux Wagner. Mais évidemment, je restai.

– Je savais qu'Adrien avait un fils. J'ignorais si je le verrais avant ma mort. Je suis content que vous soyez venu.

– Vous connaissez bien mon père ?

– Je l'ai connu autrefois mais il a disparu de nos vies, la mienne comme celle de ma sœur, depuis bien longtemps. Je lui ai envoyé une lettre pour lui annoncer le décès de sa tante, Sophie, et pour lui proposer de venir à l'enterrement. Bien qu'il m'ait répondu très gentiment, il ne s'est pas montré au cimetière, ce que je comprends d'ailleurs. Chacun sa vie. Les Wagner ne sont pas les Fabre, ni maintenant ni quand leurs chemins se sont croisés, avant-guerre.

— Mais mon père est un Wagner! répliquai-je.

Charles eut l'air surpris.

— Non, bien sûr. Il s'appelle Fabre, c'est un Fabre évidemment.

C'était à mon tour d'être étonné.

— Mais vous venez de dire que sa grand-mère était originaire de Pologne!

Le vieil homme me regarda.

— Alors, vous ne savez rien? Rien du tout?

Je secouai la tête.

— Je n'ai qu'une photographie. Un portrait de David Wagner qui ressemble à mon père. Depuis, je cherche…

Charles posa sa main sur le côté de la tête, doucement, comme le font parfois les vieilles gens, doigts écartés, dans un geste fragile. Et il ferma les yeux.

5.

Ils ont été deux, Ulrich Wagner et Natacha Stawinski, deux Juifs venus de l'Est, de Roumanie et de Pologne, pour trouver du travail et une meilleure vie en France. Ils se sont rencontrés en Lorraine, dans une mine. Ils se sont mariés à la synagogue en 1912.

Ils ont été trois. À la naissance de leur fille Sophie, ils sont partis à Paris, décidés à obtenir un meilleur emploi. Ils ont emménagé dans un petit appartement du 2e arrondissement, ont été employés comme ouvriers. Un métier à peine moins difficile. Et puis, au début de la guerre, Ulrich s'est engagé volontairement. Les immigrés de fraîche date font les meilleurs volontaires.

Ils ont été quatre, au moins durant les permissions : David Wagner est né en 1915.

Ils ont failli être cinq. Mais au moment où Natacha apprenait qu'elle était enceinte, Ulrich mourut, frappé par une balle perdue à quelques mois de la fin de la guerre. Ils sont donc restés quatre. Pas les mêmes : Charles Wagner était le nouveau-venu. Une mère et ses trois enfants, deux garçons et une fille.

La dureté de son métier, la faiblesse de son salaire conduisirent Natacha à ouvrir une blanchisserie, qui vacilla d'abord quelque temps avant de se consolider puis de prospérer. De

la lente ascension des Wagner, de la misère des mines jusqu'à la relative aisance du magasin de confection dans le Sentier, au milieu des autres Roumains et Polonais, Charles me parla peu. Peut-être pensait-il que cela ne m'intéresserait pas ou que cela n'était pas utile à mon histoire personnelle. Peut-être aussi glissa-t-il par pudeur sur ses années d'enfance, sur les trois enfants veillés par leur mère. Je lui dis seulement :
— Votre mère semblait beaucoup compter pour vous.
Le vieil homme me regarda.
— Toutes les mères comptent pour leurs enfants. Mais il est vrai que Natacha était tout pour nous. Notre père et notre mère. Toute notre famille. Nous n'avions pas de tantes, d'oncles, de grands-parents. Nous avions notre mère. Sans doute ne nous a-t-elle jamais donné la tendresse que certains attendent d'une mère. Les mots doux lui étaient inconnus. Elle ne nous a jamais dit « je t'aime », ce qu'elle aurait sans doute trouvé ridicule. Jamais elle ne nous a choyés, jamais nous n'avons joué avec elle, jamais nous n'avons traîné avec elle, dans son lit, le dimanche. Parce qu'elle était toujours levée, toujours prête. Mais elle était notre référence, notre attente, notre colonne vertébrale. Elle se tenait droite au milieu des difficultés, toujours, et bien que nous n'ayons compris que plus tard les obstacles qu'elle avait eu à surmonter, nous devions nous aussi nous tenir droit. Elle exigeait beaucoup, notamment à l'école. Nous ne pouvions pas décevoir, justement parce que nous étions des Wagner, des Stawinski. Des W., donc des étrangers. À l'école, on nous appelait les Allemands, alors que seul mon père avait peut-être une lointaine origine germanique, datant d'avant la Roumanie. C'est pourquoi notre français devait être parfait et je crois que peu de petits élèves écrivaient comme nous en étions capables.

Et nous parlions tous allemand de façon plus que correcte. La langue de l'Est, la langue de la Lorraine annexée aussi, là où ils s'étaient rencontrés. C'était comme ça : un Wagner doit être parfait en français et bon en allemand. Par exemplarité envers notre nouveau pays et par fidélité au nom. Oui, elle nous demandait beaucoup.

Il eut un curieux sourire, plein de douceur et de tristesse.

– Bref, elle était notre mère. Ma mère. Toute l'image de la femme qui nous fut léguée durant notre enfance.

Dix années se sont écoulées et voilà que le petit réduit des origines, un goulot sombre où Natacha se nichait contre la fenêtre pour profiter de la moindre parcelle de lumière, est devenu un beau commerce clair, avec trois couturières. La boutique où l'on ravaude, ourle, recoud est estimée et a élargi ses activités vers la confection : chemises, chemisiers, jupes, robes, costumes, pantalons, Natacha peut tout faire. Sa réputation s'est étendue à tout le quartier et certains clients, grâce au bouche-à-oreille, viennent même de plus loin.

L'appartement est situé au-dessus de la boutique. Quatre pièces, soit une chambre pour Sophie, une autre pour Charles et David, et bien sûr une dernière, la plus vaste, celle qui dispose d'une salle de bains particulière, pour Natacha. Le salon, grand et bourgeoisement meublé, témoigne des aspirations sociales de madame Wagner. Elle désire que sa fille fasse un beau mariage et que les garçons deviennent médecins ou avocats, suivant une évolution assez courante en France à cette époque : des grands-parents paysans puis une génération de transition avant l'accession à la bourgeoisie.

Ce sera peut-être le cas pour Sophie et Charles. L'aînée est une adolescente calme, jolie, sans éclat particulier mais semblable à une poupée, avec un teint clair et des yeux bleus. Elle est une version pâle de sa mère, comme étouffée par l'autorité et la prestance de Natacha. On l'imagine facilement se marier dans quelques années. Le cadet est quant à lui un petit garçon réfléchi, studieux, aimant l'école et les livres. Il obéit à sa mère, à son institutrice, de même qu'il obéira à ses maîtres. Son regard est d'une grande douceur.

David est plus inquiétant mais plus prometteur aussi. Charles sera médecin, c'est un fait arrêté pour Natacha. Le destin de David, en revanche, n'a rien de tracé. La mère entrevoit de grandes victoires comme de grandes défaites. À douze ans, David est agité, frondeur, élève médiocre, toujours en mouvement. On a le sentiment qu'il peut tout faire, tout devenir. Tout l'intéresse, rien ne l'intéresse. Il faut toujours que cela aille vite : les livres, les cours, les amitiés, les colères, les chagrins et les tendresses. Il ne tient pas en place. Dès que sa mère lui lâche la bride, il passe son temps dans les rues, à jouer au foot, à se bagarrer, à courir. Une caractéristique toutefois : tout le monde l'aime. C'est sa principale force. Malgré son jeune âge, il est séduisant et séducteur. Il est beau et drôle, brun et musclé. Les filles l'adorent, les femmes l'adorent, les grands-mères l'adorent et il réussit en plus le tour de force de ne pas être détesté des garçons. Dans ses rêves, Natacha l'imagine homme politique, député, peut-être ministre. Elle le voit séduire les foules comme il séduit les femmes. Bien sûr, il est juif, ce qui n'aide pas, mais il y a quelques exemples, comme Léon Blum. Natacha ne connaît rien à la politique mais elle a très bien repéré cet homme. On n'oublie pas un nom pareil lorsqu'on est juif. Alors, pourquoi pas son fils ? Malheureusement, elle songe aussi qu'il pourrait être maquereau ou éternel paresseux.

– Vous croyez qu'il aurait pu être maquereau ? demandai-je à Charles.

Celui-ci éclata de rire.

– Je n'en sais rien. Vous savez, mon frère était léger. Il avait tout : il était intelligent, beau, très séduisant. Tout était facile pour lui. Pour ce type d'homme, la vie n'est pas toujours simple parce qu'ils ignorent l'effort ou la douleur. Comme l'existence leur semble pavée de roses, il leur arrive souvent de tomber de haut et de ne jamais s'en remettre. Mais maquereau, je ne pense pas. Homme à femmes, oui. Il aurait peut-être été comme le héros de Maupassant, Bel-Ami, qui réussit grâce aux femmes.

Puis il se rembrunit.

– Mais rien ne s'est déroulé comme ma mère l'attendait. Et pas seulement à cause de la guerre. En fait, la première bifurcation, et peut-être la plus importante, fut sa rencontre avec les Fabre. De cela, il ne s'est jamais remis. La guerre a conclu le reste.

David avait dix-sept ans lorsque les Fabre entrèrent dans sa vie. Et ce fut en effet une commotion. Jusque-là, son existence était insouciante. À partir du moment où il poussa la porte des Fabre, l'envie, l'inquiétude et le malheur s'insinuèrent en lui.

Cela commença sans surprise, par l'habituel carillon de la boutique de Natacha lorsque Marguerite Fabre, escortée de son fils Marcel, fit son entrée. Ces deux noms, qui ne disent rien à personne, me firent quant à moi tressaillir, puisqu'il s'agissait respectivement de mon arrière-grand-mère et de mon grand-père, que j'avais du mal à imaginer en jeune homme. Marcel Fabre avait alors vingt ans et après une licence en droit il entrait à l'École des sciences politiques, de sorte qu'il venait se faire tailler pour l'occasion deux nouveaux costumes. Sur les conseils d'une amie de la famille, il se présentait à la boutique de Natacha en compagnie de sa mère car même s'il détestait qu'elle l'accompagne chez le tailleur à son âge, il avait peu de confiance en son propre goût.

David Wagner éprouva une immédiate antipathie pour Marcel Fabre. Il l'expliqua ensuite par différentes raisons qui n'en étaient pas et où se lisait la seule vraie explication : la jalousie. Marcel avait tout ce que David n'avait pas et inversement mais le jeune bourgeois ne se donnait même pas la peine de considérer l'adolescent qui venait vers lui pour préparer les mesures alors que David recevait de plein fouet l'assurance et la richesse de ce nouveau client. Physiquement, l'un était grand et beau, l'autre petit et laid. La jeunesse vivifiait encore les traits de Marcel et ne lui donnait pas cet air de crapaud qu'il aurait par la suite mais il était évidemment sans beauté. Seulement, il était riche et promis à un bel avenir. David, qui n'avait pu entrer au lycée, comme les jeunes bourgeois de son époque, puisque seuls les bons élèves de son milieu y allaient – et il était pour cela trop paresseux –, travaillait à la boutique de sa mère. Tout était dit.

Dix jours plus tard, lorsque David apporta les deux costumes à l'appartement des Fabre, l'antipathie devint souffrance. « Pourquoi pas moi ? » se répétait David en traversant les pièces luxueuses de l'immeuble du boulevard Saint-Germain. « Pourquoi lui et pas moi ? » « Pourquoi eux et pas nous ? » Parce qu'ils étaient les Fabre et non les Wagner. Parce qu'une famille, installée depuis toujours, avait fait fortune depuis la fin du siècle précédent et confortait patiemment cet état par le travail, la rente, les mariages et les influences, tandis que l'autre venait de Pologne et de Roumanie. Tout pouvait être renversé mais pour l'instant, telle était la situation.

Après avoir essayé les costumes, Marcel se déclara satisfait. Il allait se détourner lorsque Marguerite, qui n'était pas insensible aux avantages, comme on disait à l'époque, de David, proposa un verre à l'adolescent. Marcel se vit donc contraint de faire aussi la conversation à celui-ci. Mais comme David allait s'en plaindre à plusieurs reprises le soir même, à table, le jeune homme s'adressa à lui comme à un enfant. David avait dix-sept ans, travaillait déjà et était plus grand et plus large que son interlocuteur. Il apprécia donc très peu ce ton qu'il jugea condescendant et qui n'était probablement que maladroit, annonce d'une maladresse dans les rapports humains qui allait prévaloir toute sa vie chez mon grand-père et qui n'était que la conséquence de sa totale indifférence envers les autres.

– Vous avez toujours habité Paris? demanda Marguerite, qui avait envie de faire parler son beau vendeur.

– Oui. Mes parents viennent de Lorraine mais je suis né à Paris.

– De Lorraine? Quel est votre nom?

– David Wagner.

– Vous êtes donc le fils de Natacha Wagner? L'héritier en quelque sorte, dit-elle en souriant.

Ce sourire, qui sembla ironique, passa très mal. Le terme d'héritier ne convenait sans doute pas mais dans ce cas, pourquoi l'utiliser et surtout pourquoi sourire, pensa David. On se moquait de lui. Et il détesta Marguerite Fabre presque autant que son fils.

Lorsqu'il redescendit l'escalier de l'immeuble, quelques minutes plus tard, il n'était plus le même homme. Si sommaire et éculée que soit cette expression (il faut bien avouer que Charles adorait les expressions convenues et prétendument littéraires, comme un bon élève éduqué dans les tournures élégantes et un peu surannées de l'entre-deux-guerres), elle traduisait bien l'évolution de David, qui, en deux semaines, était devenu un ambitieux. Mais comment être ambitieux quand on n'a pas d'avenir ? Comment réussir ? Comment gagner de l'argent ? Comment suer cette suffisance installée, comme les Fabre (ou du moins ce que son envie faisait des Fabre) ? Tandis qu'il effectuait le long trajet de retour, il roulait ces questions dans sa tête. Le moyen le plus simple était l'école et cet accès était barré. Contrairement à Charles, qui n'avait jamais quitté les premières places depuis l'enfance et dont l'avenir se dessinait, il ne ferait jamais d'études. Alors quoi ? Comment ? Comment être un Fabre, lui aussi, catégorie générique qui embrassait pour David toute la bourgeoisie ?

La réponse fut immédiate : épouser une Fabre. Il lui semblait avoir aperçu une silhouette effacée dans l'embrasure d'une porte, créature mince et jeune trop bien habillée, même dans cette vision fugitive, pour être une bonne. Si c'était une Fabre, il se faisait fort de la séduire.

À partir de cette décision, la vie de l'adolescent s'orienta suivant deux axes : il tenta de faire évoluer la boutique vers un magasin de luxe, susceptible de lui rapporter de l'argent et surtout un statut social, tout en se rapprochant de la famille Fabre.

Lorsque David exposa à sa mère ses projets pour la boutique, celle-ci, qui voyait clair dans le jeu de son fils, dit seulement :

— Tu veux t'élever dans la société, mon garçon. C'est très bien, je vous ai tous éduqués dans ce but. Mais n'oublie jamais une chose : les ambitieux qui montent vite et sans scrupules sont comme les singes qui grimpent aux arbres. La seule partie qu'on voit, c'est leur cul et on a tôt fait de s'en moquer. L'ambition est louable mais pas n'importe laquelle.

Cela dit, Natacha accepta de réduire progressivement les activités de couture et de ravaudage du magasin pour aller vers plus de taille et de création de modèles. En réalité, elle s'aperçut assez vite qu'ils n'y gagneraient pas au change, parce que le surcroît de réputation qu'ils en acquéraient n'était pas suffisant pour compenser la perte de cette clientèle quotidienne et quasi-automatique qu'apportait la couture. Mais comme elle comprenait les besoins de son fils et qu'ils ne perdaient pas d'argent, elle ne fit aucun commentaire. Et le profil des clients évolua en effet, comme David l'avait désiré. À la place de la clientèle de quartier, assez modeste, vinrent des femmes – plus que des hommes – aisées, sans qu'ils puissent jamais toucher massivement la bourgeoisie aristocratique des 7e et 8e arrondissements, malgré l'entregent de Marguerite Fabre.

En effet, celle-ci devint une cliente attitrée du magasin et attira quelques amies, en nombre malheureusement restreint. David avait compris que la faille des Fabre était Marguerite. Avec l'intuition des hommes à femmes, cette intuition presque animale qui repère des proies, il avait senti l'attirance de Marguerite à son égard. Celle-ci, âgée d'une quarantaine d'années, assez grasse et assez jolie, s'enferrait dans le destin habituel des femmes de cet âge et de cette époque, après vingt années d'un mariage conventionnel, sans échec ni réussite particulière. De l'ennui, beaucoup de confort et l'inquiétude de l'âge, soit trois facteurs qui la jetteraient dans les bras du premier amant venu. David n'avait pas l'intention d'être celui-ci.

Il était trop jeune. Mais il flairait la faiblesse de Marguerite et devinait que, sans être son amant, il pouvait en tirer parti. Aussi fut-il charmant, attentionné, un peu pontifiant aussi, pour paraître plus vieux que son âge : il lui adressait régulièrement des cartes, pour la nouvelle année, pour les fêtes, pour la présentation des nouveaux modèles, l'invitait aux quelques défilés qu'il réussit à monter et qui furent, malgré le manque de moyens, des succès satisfaisants. Il savait qu'il devait la rencontrer le plus souvent possible, afin de pénétrer l'intimité de cette famille.

C'est pendant un défilé – à vrai dire une simple présentation de la collection de l'année, sans comparaison avec les défilés actuels ou avec les grands défilés de l'époque, tels ceux de Coco Chanel – que David fit la connaissance de la mince silhouette de l'appartement du boulevard Saint-Germain, plus d'un an après cette fugitive apparition. Clémentine Fabre, malgré son prénom, était la personne la moins fruitée et savoureuse qui se puisse imaginer : elle était pâle, laide, effacée, ce qui n'arrangeait pas les affaires de David. D'abord parce que celui-ci, tout en étant un arriviste, aurait préféré allier l'utile à l'agréable en tombant amoureux d'une femme riche. Épouser une femme qu'il n'aimait pas et qu'il n'aimerait jamais, compte tenu de ses exigences physiques – David faisait partie de ces garçons pénibles qui soufflent toujours les plus jolies filles –, représentait un tout autre schéma. Et puis lorsqu'un beau ténébreux s'approche trop prêt d'un laideron, la famille, qui n'est pas forcément idiote, se pose des questions sur les motivations du futur gendre.

Mais David Wagner n'hésita pas longtemps. Clémentine avait en effet une beauté, une seule mais de taille : elle s'appelait

Fabre. Le petit juif Wagner, venu des pays d'Europe orientale, mettrait la main sur l'héritière Fabre. Le commerçant du Sentier entrerait dans les salons du boulevard Saint-Germain. Ce n'était pas une question d'argent mais un besoin plus viscéral d'affirmation de soi, de domination et de revanche. Et lorsque le désir déferla, lorsque la jeune femme sans formes suscita en lui une pure excitation sociale, comme s'il allait faire l'amour à tout un milieu et le dominer, il sut qu'il ne fallait plus reculer.

– Voulez-vous voir mes collections ? dit-il à Clémentine.

Celle-ci demeura interloquée. Pour la première fois, un homme s'adressait à elle. Et celui-ci devait être le plus beau qu'elle ait jamais rencontré.

Sur ce point, il convient de s'arrêter, car Charles m'a montré des photographies. Ce sont les clichés de l'époque, dignes, empesés, où l'on pose comme pour un tableau. David Wagner ne me semble pas si beau que cela. C'était évidemment un bel homme, au sens où il était grand, mince, avec un visage aux traits virils, aux yeux sombres (l'autre photographie, celle du camp, me vient évidemment à l'esprit mais je refuse d'y penser : ce David n'est pas l'autre David). En ce sens, il représentait sans doute un canon masculin. Mais son physique n'était pas non plus exceptionnel. Cependant, il est vrai que les modèles familiaux de Clémentine étaient particulièrement ratés et ne pouvaient qu'exagérer son admiration : sur mon grand-père, j'en ai assez dit et quant à mon arrière-grand-père, le seul portrait qui subsiste de lui, dans un vieux cahier de famille, montre qu'il était, hélas, le digne père de son fils.

D'après Charles, qui à mon avis n'y connaît pas grand-chose et semble être de ces hommes qui n'ont connu qu'une femme, la leur, durant toute leur vie, la séduction de son frère reposait sur son physique et sur sa force de décision. David, si paresseux qu'il fût, savait aussi être déterminé, en amour comme en affaires. Il emportait une femme à la hussarde.

Toutefois, ce n'est pas ainsi qu'il procéda avec Clémentine, parce qu'il ne s'agissait pas d'une de ces liaisons rapides dont il avait le secret – il avait commencé par culbuter les petites du quartier avant de passer, à tout va, aux couturières de l'atelier puis aux modèles – mais d'un mariage qui allait déterminer sa vie et sa fortune. La stratégie était la suivante : il fallait aller vite et lentement. S'installer vite dans son cœur, concrétiser lentement et aller à pas tranquille vers un mariage que la famille refuserait longtemps. Qui aurait voulu d'un petit tailleur du Sentier ? Il n'était que de voir l'exigence de sa mère envers les prétendants de Sophie. Celle-ci, assez jolie mais peu séduisante, par manque d'entrain et de vie, était contrainte de refuser les avances de tous les garçons du quartier, à vingt ans. On récitait à Natacha la fable de cette fille qui dédaignait tous les prétendants, parce qu'elle voulait mieux, tant et si bien que l'âge venant, elle se trouva toute heureuse d'épouser celui qui voulait bien d'elle. Mais Natacha tenait bon contre La Fontaine : elle était venue de Pologne, elle avait creusé dans les mines de Lorraine, elle avait perdu son mari à la guerre, elle avait travaillé comme une chienne pour payer sa boutique, tout cela pour donner à ses enfants la fortune dans ce nouveau pays. Ce n'était certainement pas pour laisser sa fille à un vaurien du quartier.

Témoin de ce manège, David comprenait donc combien la bataille serait rude avec les parents de Clémentine. Mais il savait aussi que celle-ci se battrait. Car c'était en effet la bonne surprise : elle était intelligente et volontaire. David l'imaginait aussi bête que laide, parce qu'elle était effacée. Mais il ne tarda pas à découvrir que, derrière sa façade de timidité, elle était spirituelle et cultivée. Pas assez toutefois – mais qui est assez intelligent pour cette forme de lucidité ? – pour percevoir les motivations de l'homme qu'elle aimait tant.

Car il s'agissait bien de cela : le cœur desséché de Clémentine, comme seul peut l'être celui d'une fille laide confinée dans une pension catholique pendant des années et extirpée de sa prison pour mener une existence désespérément monotone et vide de toute relation masculine, s'était embrasé. Pas d'autre image que l'étoupe. Un homme, un regard pesant, une présence et cela avait suffi. Feu. L'amour n'est souvent que le produit d'une situation et celle de Clémentine la condamnait à tomber amoureuse du premier venu. Si en plus celui-ci arborait un beau visage et une habileté à laquelle les plus belles filles avaient déjà succombé, on imagine dans quel état se trouvait Clémentine. Et de toute façon, même si elle avait deviné, ce qui était peut-être le cas, les véritables intentions de David, elle ne l'aurait pas moins aimé : mieux valait être aimée pour son argent que ne pas être aimée du tout. Il faut être belle pour être romantique.

L'erreur des Fabre, en l'occasion, fut de manquer de stratégie ferme. En face d'eux se trouvaient un garçon absolument déterminé à réussir et une femme absolument déterminée à aimer, alliance difficile à vaincre. Eux étaient désunis : le père était hostile à cette mésalliance, Marguerite ne se faisait pas d'illusions sur les sentiments de David mais avait une faiblesse pour lui et n'éprouvait pas, chose curieuse, de jalousie envers sa fille, qui allait pourtant passer ses nuits avec un homme – c'en était

un maintenant – qu'elle désirait. Quant au grand frère, il traitait l'affaire comme une stupidité, avec son habituelle lucidité froide et désabusée, et lâchait avec désinvolture :
— Si tu veux coucher avec un petit Juif arriviste, libre à toi ! Mais pourquoi l'épouser ?

Entre hostilité, secrète complicité et désinvolture, la conduite des Fabre fut absurde : ils refusèrent que Clémentine se marie avec David mais devant les menaces et les tempêtes de la jeune fille, acceptèrent qu'elle le voie régulièrement et l'invitèrent même parfois à dîner. La seule solution était de le bannir de la maison mais ils craignaient trop une fuite définitive de Clémentine, qui était capable de jouer le tout pour le tout et de se marier en secret.

Cette année-là, Sophie épousa un banquier, de surcroît juif, ce qui n'était pas pour déplaire, même si les Wagner, avec les années, entretenaient un rapport plus distant avec la religion. Le nouveau mari était de bonne famille, sympathique et travailleur. Bref, tout allait pour le mieux : l'aînée était casée, Charles, qui avait obtenu un prix au concours général d'histoire, suivait de brillantes études et promettait beaucoup, tandis que ce diable de David semblait pouvoir arriver à ses fins avec les Fabre. Natacha triomphait.

6.

Le microscope a ceci de merveilleux qu'il nous enfonce dans un monde aux déclivités énormes, aux contours fabuleux, comme un conte visuel d'ordinaire inaccessible. La mince lamelle translucide, sur laquelle est déposé un minuscule fragment, révèle brutalement un univers, de sorte que l'infiniment petit recèle autant de richesses qu'une planète entière. Mais en même temps, l'œil collé à l'embout noir, absorbé par ce nouveau monde, ne voit plus rien de l'ancien.

En plongeant dans les méandres socio-amoureux de David Wagner, j'oublie ainsi que l'Histoire va frapper aux portes. Natacha triomphe, David montre des crocs affamés mais à l'Est, d'énormes forces se mettent en branle.

Pourtant, David ne peut pas voir l'Histoire. Il est trop absorbé par ses intrigues personnelles. En cette fin des années 1930, que périsse la Pologne! Pour lui, comme pour tant d'autres, il y a plus important que la Pologne.

Les mariages se concluaient peu à peu. Sophie s'appelait désormais madame Stern, Clémentine avait de plus en plus de chances de s'appeler madame Wagner, ce qui provoquait un haut-le-corps chez son père, et Marcel Fabre avait donné son nom à une certaine Virginie. David n'avait pas été invité au mariage, ce qui ne l'étonna pas, mais, dans cette guerre de tranchées qu'il menait, il fit à peine attention à ce détail.

Les Fabre étaient revenus aux sources : Marcel était entré dans l'administration et avait été nommé secrétaire général de la préfecture de Rouen, avec le grade de sous-préfet. Installé en Normandie, comme ses ancêtres, il avait rencontré une jeune femme dont il était tombé très amoureux – tout arrive – et était parvenu à ses fins. Il était d'ailleurs de notoriété publique que Marcel Fabre arrivait en général à ses fins. Si David était séduisant et ambitieux, Marcel était intelligent et rusé. L'un l'emportait par une séduction universelle, l'autre par l'habileté.

Un samedi de décembre, David fut convié chez les Fabre pour rencontrer Marcel et sa nouvelle femme. Il était de mauvaise humeur. La veille, il avait dîné à l'hôtel particulier de son beau-frère, où il avait vu sa sœur, radieuse, enceinte d'un premier enfant, tandis que son propre mariage traînait. Les parents ne s'opposaient plus, disait Clémentine, mais n'autorisaient rien non plus. Le père, manifestement, espérait un engourdissement des sentiments, une lassitude. En vain, car Clémentine aimait toujours autant David et celui-ci, avec le temps, avait fini par apprécier sa future femme, pour laquelle il avait la plus grande estime.

Le domestique ouvrit la porte, David entra et découvrit aussitôt Virginie. Cette image devait longtemps le poursuivre : une jeune femme blonde, dans une robe mauve, se dirigeant d'un pas vif vers la fenêtre, un verre à la main. Il ne sut jamais pour quelle raison elle avait eu besoin de se déplacer aussi vite dans un apéritif aussi mortellement ennuyeux que celui des Fabre mais cela installa dans son esprit une impression de rapidité, qui resta toujours accolée à cette femme.

Une infinité de sentiments se nouèrent en cette première minute, dont plus personne n'allait sortir. Pour l'instant, rien n'avait de sens, mais chacun se rendit compte que la suite des événements fut le simple prolongement de ce bref éclat – et cette fois, tout le monde en comprit la signification.

En effet, au moment où David entra dans la pièce, les yeux fixés sur la jeune femme, Marcel eut un sentiment désagréable, qu'il mit sur le compte de sa relative antipathie pour son futur beau-frère, le même sentiment que Clémentine devait éprouver une seconde plus tard, lorsqu'elle aperçut le regard de son amant. Puis, bouclant le cercle de leurs relations, Virginie se retourna et contempla un instant David, avant de sourire et de baisser les yeux, d'un air qui acheva d'inquiéter Marcel.

Aucun mot ne fut prononcé, aucune pensée ne fut ébauchée mais tout était joué. À table, David eut du mal à détacher son regard du visage de Virginie. Par la suite, il serait incapable d'expliquer pourquoi celle-ci lui avait tant plu : la jeune femme était sans doute très jolie mais certaines femmes avec qui il avait couché étaient plus belles encore sans provoquer chez lui de tels sentiments. Virginie avait vingt ans, une peau très blanche, des lèvres rouges et les yeux verts. Avec cela, on peut faire une fille laide ou jolie, selon la chance. Il se trouve que Virginie était tombée du bon côté.

Selon Charles, la jeune femme plut à son frère parce qu'elle représentait tout ce qu'il avait toujours souhaité : elle était habillée avec goût, drôle, superficielle – même si la suite allait révéler d'autres facettes –, bref elle incarnait pour David la femme absolue, un fantasme de vie rieuse et débridée, susceptible de flatter son narcissisme. Et le fait d'être la femme de l'homme qu'il jalousait tant était un aiguillon supplémentaire.

Virginie n'était pas seulement elle-même, elle était aussi, comme toutes les femmes qu'on désire vraiment, un ensemble de représentations.

Ce soir-là, deux êtres d'une séduction supérieure se rencontrèrent et se reconnurent. Après, tout se compliqua. Mais leur rencontre, dans une autre situation, aurait été d'une simplicité originelle : ils se virent, se plurent, se désirèrent. Comme la situation n'avait rien de simple, ce rythme ternaire explosa.

Pendant le repas, David parla beaucoup. Plein d'entrain, il paradait. Clémentine et Virginie riaient à ses plaisanteries et même Marcel condescendait à sourire. Mais les regards de Virginie et de David ne se croisèrent pas, à l'exception d'un bref instant, où le séducteur lut de l'amusement chez la jeune femme : il ne déplaisait pas.

Marcel, assis à côté de Virginie, suivant une vieille habitude qui voulait qu'on ne sépare pas les jeunes couples à table, lui caressait souvent la main, le bras ou la cuisse, comme si ces contacts répétés devaient à la fois la ramener à lui et prouver sa possession. Il l'embrassa même tendrement. David ressentit un pincement. Il voulait cette femme. Jusqu'ici, il ne se l'était pas formulé clairement. Pauvrement, il saisit la main de Clémentine, sans savoir pourquoi, peut-être par culpabilité, peut-être pour répondre à Marcel.

À la fin du dîner, alors qu'ils étaient seuls dans la bibliothèque, où ils se retrouvaient souvent, Clémentine déclara :

– Elle est jolie, la femme de Marcel, non ?

Il savait qu'elle lui demandait, tout doucement, de lui mentir et de répondre par la négative. Il sentit cette demande et parce qu'il respectait cette femme, parce qu'il était touché par son amour, il voulut répondre à son désir. Il pouvait dire que

Virginie était superficiellement jolie mais peu attirante, qu'elle n'avait pas de conversation, qu'il aurait plutôt imaginé une femme de tête pour Marcel. Les mensonges étaient si nombreux... Au lieu de cela, malgré lui, et parce que c'était malheureusement une évidence, il répondit :
— Oui. Très jolie.
Clémentine baissa la tête.
Si Virginie était rentrée à Rouen dès le lendemain, tout aurait pu être différent. L'attirance n'a rien de fatal et se dénoue avec l'absence, lorsqu'on ne lui laisse aucun jeu. Mais elle resta plusieurs semaines à Paris, affirmant qu'elle s'y plaisait beaucoup et qu'elle voulait en profiter quelque temps, tandis que Marcel faisait les allers-retours entre Rouen et la capitale. Comme elle ne connaissait personne d'autre que Clémentine, celle-ci était chargée de la conduire dans Paris. Mais loin de réclamer les paisibles visites du Louvre ou de la Tour Eiffel, dont elle avait été gorgée dans son enfance, Virginie n'aspirait qu'aux théâtres et aux cabarets. Son mot d'ordre était l'amusement, que Clémentine appréciait peu.
David les rejoignait le plus rarement possible : son attirance pour Virginie ne pouvait que lui nuire et il n'y voyait aucune issue. Mais il était de ces hommes qui ne savent pas résister à leurs passions. Il cédait parfois brutalement, quittant soudain la boutique pour proposer aux deux jeunes femmes une sortie. C'est ainsi qu'ils canotèrent au bois de Boulogne, sur le lac. Le temps était voluptueux, chaud et un peu lourd, comme arrondi, avec les moutonnements des nuages, les crêtes oblongues des arbres, et les rondeurs vertes des rives. David, en chemise, les manches retroussées, le col un peu ouvert, ramait. Il s'appliquait, montrant sa force et son habileté, dans cette

parade primitive, sans nuances, qu'il réservait à Virginie. Sa séduction était sans but, puisqu'il désirait la jeune femme sans vouloir agir, mais elle était naturelle, parce qu'il en avait besoin, comme un animal. Virginie observait son jeu avec ironie, cette distance palpable qui excitait encore davantage David, mais parfois son sourire se figeait, parce qu'elle le trouvait beau et attirant. Elle-même ne devait pas vouloir plus que cette parade mais la perte de ces hommages l'aurait déçue.

– Tu n'es pas fatigué ? demanda Clémentine.

– Je pourrais traverser l'Atlantique, répondit David en bombant le torse d'un air moqueur.

Virginie eut un rire rauque, sans véritable raison, un rire de plaisir et d'abandon. Elle pencha la tête en arrière, ployant la nuque, découvrant sa gorge, et contempla les nuages, comme perdue dans le ciel. Sa main traîna dans l'eau, estafilade liquide, abandonnée. David en éprouva un choc. Un désir comme il n'en avait jamais ressenti.

Un soir, ils allèrent danser. La piste était pleine, la chaleur enflait la salle et la musique était assourdissante. Les populations les plus diverses se mêlaient et tous trois s'étaient habillés simplement. Mais la simplicité de Virginie était pleine d'art, celle de David montrait son cou musclé et moulait son torse tandis que la simplicité de Clémentine n'était que banale. Il est vrai que celle-ci s'enferrait dans ce désir dont elle était exclue, ressentant un malaise et refusant de le comprendre, voyant la séduction de sa belle-sœur mais s'aveuglant sur ses conséquences.

Clémentine et David dansèrent d'abord ensemble, un peu raides mais élégants, parce que habitués l'un à l'autre. Ils se parlaient doucement, Clémentine souriait. Puis, comme il se doit,

David invita Virginie, pendant que Clémentine allait commander une boisson au bar avant de s'asseoir. Une fois installée, elle chercha le couple du regard.

Ils dansaient. Le sourire s'effaça du visage de Clémentine. Rien ne se passait, absolument rien, pas un seul geste douteux. Ils dansaient, voilà tout. Mais une telle harmonie se dégageait d'eux, ils étaient si naturellement beaux qu'ils paraissaient, selon l'expression consacrée, faits l'un pour l'autre. Peut-être n'était-ce qu'un accord physique mais celui-ci était si troublant qu'il les unissait, parce qu'il y a une vérité des corps, tout simplement, une vérité de l'union physique.

– Vous dansez bien, dit David.

– Vous aussi, répondit Virginie. Mieux que Marcel. Mais je suppose que vous faites beaucoup de choses mieux que Marcel, ajouta-t-elle avec un peu de tristesse.

Elle ne dit rien d'autre mais ce fut suffisant. David devina tout ce qu'elle n'avait pas avoué. Il perçut la faille, la mésentente du couple. Peut-être une simple fissure mais il savait à quelle vitesse s'élargissent les fissures. Il songea au petit homme laid, terriblement sérieux, et vit cette femme grande, belle et joyeuse, terriblement jeune, enfermée à vingt ans dans une vie de maîtresse de maison. Les deux images ne correspondaient pas. On pouvait déchirer la photo.

Deux jours après, Virginie retournait à Rouen. Lorsqu'elle revint à Paris, trois mois plus tard, pour une visite de deux semaines, les deux amants étaient liés. Ils ne s'étaient pas vus, ils ne s'étaient pas parlé mais le temps avait fait son office, cristallisant les attentes et les désirs. Alors que David se hâtait au dîner, la sueur perlait sur la paume de ses mains et il avait mal au cœur, comme l'adolescent qu'au fond il était. Et c'est ce qui le rendait attachant : arriviste, jouisseur, dénué de scrupules, David Wagner était aussi un être innocent, capable de tout perdre pour une passion. Depuis des années, il menait une bataille qui devait lui permettre de remporter la mise d'un seul coup : l'argent, la respectabilité, la stabilité. Depuis quatre mois, il rôdait autour de sa perte, sans plus d'hésitation, la passion amoureuse succédant à la passion sociale. Il savait qu'il avait tout à perdre : peu importait. Soudain, la possession de Virginie lui semblait plus nécessaire que tous les trésors du monde.

Lorsqu'il entra dans l'appartement, ce soir-là, David ne savait comment elle l'accueillerait : elle pouvait être froide, distante, ou bien encore amicale et indifférente, ce qui revenait au même. Mais quand la jeune femme se retourna, les joues roses d'émotion, dans son tailleur trop élégant pour une réunion de famille, il éprouva ce bizarre sentiment d'enclenchement, comme une serrure qui claque, annonçant la victoire. Deux désirs à la rencontre l'un de l'autre. Ils plaisantèrent ensemble. David rentra chez lui en chantonnant et sautillant.

Deux jours plus tard, Virginie se trouvait à la boutique, pour commander une robe dont elle avait découpé le modèle dans un magazine. Elle tendait la page à David. Le cœur battant, celui-ci observait la main fine, un peu tremblante, qui lui présentait le modèle, alors que tous deux savaient que Virginie ne venait pas pour cela. Il lui ouvrit la porte à l'arrière du magasin. Ils montèrent l'escalier, égrenant des propos ordinaires, décolorés par leur désir. Leurs voix étaient un peu étranges, comme décalées, la tonalité du jeune homme parfois désaccordée. Peu importait. Ils entendaient à peine, conscients que tout était en train de se jouer. Et c'est un peu sans savoir comment qu'ils se retrouvèrent dans les bras l'un de l'autre. Mais c'est en toute conscience que David s'empara d'elle, entièrement et pour toujours.

Virginie fut l'unique amour de David, ce qui à mon sens le rachète de bien des défauts. Il avait eu des passades, des attachements et une certaine tendresse le liait à Clémentine. Mais il n'aima qu'une femme, jusqu'au bout. On ne peut jamais connaître un homme. Il est déjà bien difficile de se connaître soi, comme nous l'avons récité péniblement dans les devoirs de philosophie de terminale, alors que dire d'un ancêtre disparu depuis un demi-siècle et ramené par les propos d'un vieillard ? Un fantôme, juste un fantôme, nuée évanescente. Cependant, je pense que David appartenait à ces êtres suicidaires qui n'aiment vraiment que lorsqu'ils peuvent en perdre la vie ou la liberté. Au fond, ce sont des êtres sans cause à la recherche d'un absolu. David, dans sa vie, n'avait rien. Il n'aspirait qu'à l'argent, à la reconnaissance, qui ne sont que les masques d'un manque plus essentiel. Lorsque le sort lui donna l'occasion de tout perdre, il se jeta dessus, parce que la perte est un absolu : elle donne le sentiment de posséder quelque chose à lâcher.

Sa perte avait un visage fascinant et un sourire à damner : elle se nommait Virginie.

Ils se virent comme ils purent, c'est-à-dire assez mal et en même temps assez bien. Mal parce que ce fut, comme toutes les relations interdites, inégal, brinquebalant, difficile, de loin en loin, avec des fréquences brutales pendant une semaine ou deux. Bien parce que le désir ne s'épuisait jamais et que l'autre fut sacré par l'absence. À vrai dire, je ne sais pas trop comment tout cela se fit et Charles non plus : c'est juste, comme David l'avait senti, que tout s'était enclenché.

7.

Lorsque la guerre éclata, l'Histoire affirma de nouveau son emprise. Il n'y eut plus d'individus, d'amours adultères, de vie privée, parce que tout cela fut occulté par l'énormité de l'affrontement. Ce n'était pas que l'individu disparaissait, c'est qu'il était enfoui, avec ses désirs et ses affaires personnelles, sous une affaire générale qui était la guerre. Le 3 septembre 1939 à 17 heures, tout bascula, avec une violence et une barbarie que personne n'aurait jamais soupçonnées.

– Où étiez-vous lors de la déclaration de la guerre ? demandai-je à Charles.

– Près d'Evreux, en Normandie, répondit le vieil homme. Je me trouvais dans un petit village chez des amis. Le tocsin a sonné. Nous avons aussitôt compris. Des gamins ont sauté en criant. Mais les adultes se sont rassemblés en silence à côté de l'église.

– Et David ?

– Probablement avec Virginie. J'en suis presque sûr puisque ma mère m'a dit n'avoir pu le trouver. Ils devaient être à l'hôtel, ils n'ont appris la nouvelle que plus tard.

– Vous connaissiez Virginie ?

– À l'époque, non. Ils se cachaient trop bien, même si ma mère s'en doutait, et par ailleurs les Fabre n'invitaient pas les

Wagner, ce qui m'interdisait de la rencontrer dans un cadre officiel. Mais à la fin de la guerre, et une fois par an pendant des années, elle m'a rendu visite, pour parler de David et peut-être par sympathie. C'est là que j'ai tout appris. Puis elle est tombée malade et j'ai su plus tard qu'elle était morte, en 1952.

– Vous avez été mobilisé pendant la guerre ?

– Oui, en tant que médecin. À vrai dire, je n'avais pas fini mes études, loin de là, mais on avait besoin de jeunes médecins au front. Au début, ma présence n'était pas très utile et lorsque les Allemands ont attaqué, le 10 mai, nous avons été submergés, nous pouvions à peine nous occuper des blessés. Ensuite, j'ai été fait prisonnier, je suis resté près d'un an dans un camp avant de revenir à Paris. Quelques mois plus tard, je réussissais à passer à Londres où j'ai été médecin dans l'armée française avant de rejoindre les troupes d'Afrique.

– Vous n'avez pas hésité à franchir le pas de la Résistance ?

– Non, c'était pour moi une évidence.

– Pourquoi ?

– Parce que j'étais devenu juif.

– Vous ne l'étiez pas ?

– Vaguement. Ma culture familiale était juive, ma religion était le judaïsme mais je n'étais pas plus juif que parisien. Mais lorsque la guerre a été déclarée, lorsque l'Allemagne a écrasé la France, je suis devenu juif. Vichy me désignait comme tel. On a fait des lois pour me marquer, pour m'emprisonner, on a emporté mon frère et on l'a tué. Alors, non, je n'ai jamais eu d'hésitation. Dès le début, je savais que les Juifs devaient rejoindre la Résistance.

– Les autres membres de votre famille ont été emprisonnés ?

– Ma sœur et son mari ont rejoint assez tôt la Suisse. Leurs biens ont été confisqués, ils ont été ruinés mais ils étaient vivants. Après la guerre, ils sont revenus, mon beau-frère a repris son poste et il a fait une belle carrière. Quant à ma mère, elle s'est effondrée tout d'un coup, pendant l'hiver 1944. Comme mon père, elle est morte au bout du tunnel, alors que la délivrance approchait. Elle avait été forte toute sa vie, elle n'a jamais faibli, même lorsque mon frère a été déporté. Elle l'aimait, savez-vous, elle en était folle. C'était lui qu'elle préférait, depuis toujours. Ils travaillaient ensemble, vivaient ensemble. Elle le devinait, le condamnait parfois, l'aimait toujours. J'en ai été jaloux toute mon enfance, toute mon adolescence. Et en même temps, moi aussi je l'aimais, je l'admirais. C'était mon grand frère. Lorsqu'il est parti, elle a tenu. Elle a espéré. De Buchenwald, elle a reçu deux lettres, ces envois dactylographiés où l'on avait seulement le droit de barrer les mentions : « je vais bien / je vais mal », auxquelles elle faisait de longues réponses, sans jamais savoir si David les recevrait. Puis plus rien. Mais cela ne voulait pas dire qu'il était mort, simplement qu'il était rien, moins que rien. Pas un homme, même pas un numéro. Rien. Ma mère espérait que le rien réapparaîtrait, un jour, comme cela, sonnerait à la porte. Et ils tomberaient dans les bras l'un de l'autre. Oui, elle gardait espoir, les nouvelles de la guerre étaient bonnes, je lui avais moi-même envoyé une lettre pour lui assurer que l'Allemagne nazie allait être anéantie, que ce n'était que l'affaire de quelques mois. Mais un jour, elle s'est brisée, brutalement. Il n'y avait plus d'ouvrière dans la boutique, ma mère avait été obligée de fermer, et de toute façon elle n'avait plus goût aux affaires. C'est une voisine qui l'a trouvée le lendemain, effondrée au bas de sa chaise, la bouche ouverte. C'était une femme qui se tenait debout, droite, et elle est tombée tout d'un coup, comme ça !

Le vieillard fit un geste brusque, du haut vers le bas. Puis il resta silencieux. Je compris qu'il fallait que je parte. Je le fis un peu maladroitement, comme d'habitude. Je n'ai jamais su partir. Dans la rue, je me rendis compte que je n'avais même pas posé de questions sur mon père. Sans doute parce que la réponse était trop évidente.

Depuis le moment où j'avais découvert la photo de cet homme, à Buchenwald, des fragments s'assemblaient peu à peu. Des questions, des figures éparses, présentes en moi depuis l'adolescence, se rejoignaient comme des particules de sel, dans les creux des rochers, s'agglomèrent en formant une surface dure et blanche. En ce sens, au sein de ma vie de célibataire, agréable mais contingente, la quête rassemblait mon existence et lui donnait un but : j'avais *quelque chose* à savoir. Mais en même temps, ce ne fut pas non plus un bouleversement de tout mon être, plutôt une lente cristallisation, ou tout simplement une maturation. Je n'étais pas pressé. J'attendais. *Quelque chose* arrivait.

Qu'il soit le fils de David et de Virginie n'altéra pas mon regard sur mon père. Au contraire, je ne l'en compris que mieux. Même si je m'étais habitué à lui depuis toujours, emportant avec moi, au fil de mon éducation décousue, ses bizarreries, qui étaient aussi en partie les miennes, puisqu'on reste toute sa vie le fils de son père, ma plus grande difficulté avait été de l'insérer dans notre famille, les Fabre. Socialement, psychologiquement, il était différent et toute ma partie Fabre se rebellait contre ces bizarreries. Adrien Fabre n'était pas comme nous devions être, avec notre morale familiale un peu étroite, conventionnelle, mais en même temps accrochée à la vie, à son matérialisme primitif. Adrien Fabre n'avait pas de famille à lui – à peine avait-il vécu avec ma mère, puisqu'ils s'étaient séparés dans ma première année –, Adrien Fabre ne voulait pas réussir professionnellement, l'argent l'indifférait et plus globalement, même si personne ne le formulait de façon explicite, tout l'indifférait. Le monde existait à peine. Il était un touriste de l'existence, visitant avec nonchalance ce que les autres hommes appellent une vie. Résumée sommairement, la question était : pourquoi Adrien Fabre n'était-il pas comme les autres Fabre ? Lorsque j'appris sa bâtardise, les différences s'expliquèrent : un Fabre-Wagner ou un Wagner-Fabre, dépourvu de lien de sang avec le patriarche et le socle de notre famille, Marcel Fabre, n'avait pas de raison d'agir en Fabre. En somme, si la fêlure des bizarreries ne lézardait pas également mon être, si j'avais moi-même adhéré entièrement à notre morale, au lieu d'être un composite, héritier comme tous les autres et en même temps incapable d'appliquer cette morale dans ma vie, j'aurais dit : « Adrien F.-W. n'est pas des nôtres. »

Son attitude face à la vie était d'ailleurs celle de beaucoup de bâtards. Tandis que certains manifestent une volonté de reconnaissance exacerbée, tentant de se forger une place dans le monde pour y laisser une marque, d'autres se réfugient dans leur monde intérieur, où ils fabriquent un univers. Parce qu'ils se sentent étrangers dans leur propre famille, invités, tolérés même, ils se sentent aussi invités dans le monde extérieur. L'attitude de chat aux pattes de velours qu'ils ont adoptée dans leur enfance, glissant de pièce en pièce, sans trop se faire remarquer de ces êtres à la fois familiers et étrangers qui les entourent, ils l'adoptent ensuite dans leur vie, glissant de lieu en lieu, de décennie en décennie, comme une ombre. Mon père était de ceux qui avaient oublié le monde extérieur, peut-être parce que celui-ci, avec ses luttes animales, lui rappelait la morale primitive, la morale de l'avoir, de notre famille. Il s'était enfoncé dans son monde intérieur, avec ses arabesques propres, ses linéaments familiers qu'il traçait jusque dans ses promenades répétitives dans Paris.

Cette conduite, toutefois, impliquait que mon père savait ne pas appartenir aux Fabre. Les bâtards sont des bâtards conscients, même si les secrets de famille – j'en suis la preuve – ont d'étranges interventions sur les personnalités, en dehors des mots, forgeant dans l'inconscient des séparations et des différences. Les absences d'Adrien aux réunions de famille n'étaient pas la conduite d'un bâtard inconscient mais bien d'un homme qui sait et qui en tire les conséquences. Toutefois, je n'en étais pas sûr. Mon père avait toujours proclamé le ridicule de ces réunions conventionnelles, à Noël, pour les anniversaires, se lamentant de surcroît sur les cadeaux à aller chercher, les dépenses d'imagination que cela supposait, surtout pour les neveux, nièces, cousins qu'il connaissait à peine, la tâche se compliquant encore lorsqu'il s'agissait d'enfants « ignares et ennuyeux ».

Je pris un verre avec lui dans le vague espoir d'évoquer ces questions. Il se présenta avec un léger retard, qui ne lui était pas coutumier. Lorsqu'il m'embrassa, je notai chez lui un certain malaise. Je me demandais ce qui lui arrivait. Nous parlâmes de choses et d'autres, parce que j'espérais trouver le bon moment. Mais comment celui-ci pouvait-il se présenter ? On m'avait raconté une histoire qui nouait d'autres destins à ceux de notre famille. On m'avait créé une nouvelle généalogie. Comment en parler ?

Je tâchai d'y arriver par la bande :

– Tu ne m'as jamais vraiment parlé de ma grand-mère...

Mon père me regarda fixement.

– Virginie Fabre, poursuivis-je.

– Tu veux écrire un livre sur elle ? répondit-il avec un peu d'âpreté. Mon sosie ne te suffit pas ?

La remarque me parut assez déplacée.

– Je voudrais simplement en apprendre un peu plus.

– Il n'y a pas grand-chose à en savoir. Sa vie a été brève mais sans histoires.

– Les vies sans histoires sont rares, surtout au milieu du XXe siècle.

– Cela dépend des protections dont on dispose. Virginie est entrée dans notre famille, elle a épousé un futur préfet, elle a pris le nom des Fabre. C'est une bonne protection.

– Elle est morte jeune...

– Oui, dit mon père. Elle est morte en 1952.

– Et tu avais dix ans.

Il ne répondit pas.

– De quoi est-elle morte ?

– Aucune idée, dit-il.

– Cela a dû être dur pour vous tous.

– Je ne te savais pas si sentimental, me coupa sèchement mon père.

Son ton ne m'impressionna pas. Je comprenais qu'il voulait seulement m'écarter, parce que j'approchais trop de ce qu'il gardait pour lui. En cela, il était un Fabre : l'intime est interdit d'accès.

– Perdre sa mère à dix ans, c'est dur. Pas besoin d'être sentimental pour le comprendre. Et pour grand-père aussi.
– Il ne s'en est jamais remis, dit mon père, qui préférait parler de Marcel. Il est resté en apparence le même, avec la même autorité, le même zèle au travail. Mais je sais qu'il portait un spectre en lui. Même s'il n'a jamais pleuré devant nous, il était dévasté. Un jour, un an après le décès de Virginie, je l'ai trouvé errant dans la grande maison, au pied de l'escalier, hagard et le cheveu en bataille. Il ne m'a pas reconnu.
– Il n'a pas reconnu son propre fils ? dis-je.

Je regrette encore cette lourde allusion, cette perfidie inutile d'un fils enquêteur. Mais mon père ne releva pas et j'espère qu'il n'entendit pas ma question. Il restait perdu dans ce souvenir.
– Pourquoi n'ai-je jamais vu de photos d'elle ? demandai-je après un temps.
– Je n'en ai pas.
– Était-elle belle ?

Mon père resta silencieux.
– Très belle.

Il le dit comme un regret. Puis il poursuivit, d'un ton sec et dur :
– Depuis que tu as trouvé la photo de cet homme, tu cherches ce qui ne te regarde pas. Être écrivain, ce n'est pas fouiller dans la vie des autres, c'est avoir de l'imagination, c'est inventer. Tu es jeune et tu passes ton temps avec les morts. Depuis ton enfance, tu es dans les livres, tu ne vis jamais toi-même, tu vis par procuration. Et maintenant, c'est encore pire. Tu renifles les morts. Cette histoire est celle de notre famille. Je t'interdis de l'écrire. Ne te fais pas de publicité sur notre dos. Je ne l'accepterai pas.

Et il s'en alla.

Je restai pétrifié. Mon père ne m'avait pas parlé sur un tel ton depuis l'enfance. La raison fondamentale de sa sortie était évidente : j'approchais du but et il le savait. De là sa nervosité, de là sa déclaration. Mais on a beau s'expliquer les causes, la blessure subsiste. Et je me demandais en effet si je ne devais pas arrêter mon enquête. À quoi bon en somme ? Je savais l'essentiel. Il n'y avait d'ailleurs dans cette découverte rien de criminel. Un homme et une femme s'étaient aimés en dehors du mariage et avaient eu un enfant. Mon père n'était pas le premier bâtard. Il va de soi que pour moi, la nouvelle était de taille mais si l'on contemplait calmement la situation, il n'y avait là rien de nouveau sous le soleil. Et par ailleurs, la question de la publication de cette histoire se posait en effet. Dans quelle mesure avais-je le droit d'écrire sur des événements si intimes, qui ne pouvaient que nuire à la cohésion de notre famille ? En même temps, si je songeais à mes cauchemars d'enfant, à ma marginalisation dans le monde, à la vie de mon père, elle-même silencieuse, repliée, comme un homme sans droit de cité, sans nom et donc sans parole, je me sentais obligé d'affirmer l'existence des Wagner au sein des Fabre.

Le travail au lycée était lourd à ce moment-là. Si j'avais la chance d'enseigner à des élèves doués, compte tenu du recrutement très particulier de mon établissement, l'envers de la médaille était des soirées et des week-ends très chargés, noyé dans les livres, les cours et les copies. Il me fut donc assez facile de laisser de côté l'histoire de David Wagner au profit du programme de l'année, l'humanisme politique de Montaigne et de Rabelais. Il y avait peu de risques de tomber sur de nouveaux grands-pères ou d'autres secrets de famille.

Toutefois, dans mon sommeil, tournait parfois l'image d'un homme sans visage. Je n'y rêvais pas toutes les nuits mais de temps à autre cette silhouette anonyme revenait, lancinante, comme une question. Je savais pourtant de quel nom affubler cette maigre et fantomatique silhouette, qui ne pouvait être que David Wagner, mais les nuits échappaient à cette trop rassurante réponse, et l'homme sans visage m'observait. Dépourvu de traits, sans regard, je le sentais pourtant me fixer. Sous l'emprise de ce regard absent, ployant peu à peu sous son autorité, je revins à mon enquête.

8.

Lors de mon entretien avec lui, Vincent Mallet m'avait conseillé de contacter un certain Serge Kolb, qui, d'après lui, avait été le meilleur ami de David Wagner au camp de Buchenwald. Il m'avait précisé que Kolb était juif (ce qui semblait une catégorie à part dans la bouche de Mallet) mais qu'il n'était pas au camp pour cette raison. Prisonnier de guerre, il avait tâché deux fois de s'enfuir et à la deuxième tentative, on l'avait déporté. Et les Allemands ne l'avaient jamais rangé parmi les Juifs.

Juif. Ce mot devenu obsessionnel dans la bouche de Hitler. Ce mot qui résonnait sourdement depuis des siècles en Europe et que le nazisme a corné aux oreilles du monde, comme dans un haut-parleur dément. Durant mon adolescence, le mot « juif » est soudain devenu important, sans raison, comme si j'avais pu prévoir qu'un jour, ma vie serait consacrée à l'élucidation d'une page d'histoire familiale dans un camp de concentration. Preuve à l'appui de ce pouvoir prophétique que certains, comme Hugo, attribuent à l'écriture, et auquel je crois assez, simplement parce que ce labeur minutieux, tous les sens rivés à la page, fait monter des vagues secrètes, révèle des domaines cachés, déterminants et amenés à paraître au grand jour. C'est ainsi que le robuste Jack London nia sa parenté avec son héros

Martin Eden, tout en soulignant les évidentes ressemblances du parcours biographique. Mais, affirmait-il, l'essentielle différence est l'individualisme de Martin Eden, qui l'empêche de trouver l'espoir en ses semblables. La preuve, concluait-il, c'est qu'il se suicide alors que je n'en ai pas la moindre intention. Des années plus tard, il s'abandonnait au même destin que son héros, rejoignant les lignes qu'il avait tracées lui-même et que l'écriture avait sournoisement devinées.

De fait, la question juive est devenue un jour pour moi, sans que je sache pourquoi, une question essentielle. Je me souviens encore de ma fascination pour l'un de mes camarades juifs qui, tous les samedis matin, écoutait les bras croisés, attentif, le monumental cours de philosophie (trois heures d'affilée avec le même professeur – un pensum pour des adolescents) sans jamais rien noter, en étant venu à pied de Vincennes, ce qui, pour ceux qui connaissent la distance entre la ville de Vincennes et le centre de Paris, au Panthéon, représente une marche tout à fait respectable. Même en comptant avec la nuance de préciosité d'un élève, qui, dans une classe aux ego surdéveloppés, était très fier de manifester sa singularité, l'effort était tout de même remarquable et me laissait assez décontenancé. C'était vers cet élève que je me tournai donc naturellement pour donner le résultat de mes « recherches », si l'on me permet de donner ce nom à une série de réflexions et de lectures disparates que je menais alors. Le sort des Juifs me paraissait si terrible, et si effrayant, que j'avais voulu comprendre pourquoi s'était développée cette haine. L'histoire des Juifs était pour moi un mystère. J'avais lu les *Réflexions sur la question juive* de Sartre et d'autres ouvrages estimés à l'époque (parmi lesquels Poliakov je crois) avec le sincère souci de trouver une réponse. Peuple déicide, peuple lié à l'argent et à l'usure depuis que les chrétiens leur avaient autorisé le prêt, arrogance du peuple élu, j'avais lu beaucoup des explications qu'on avançait alors et j'avais développé l'idée qu'il existait une haine tenace à l'encontre du premier peuple monothéiste, remplaçant les paisibles religions polythéistes, si humaines, si anthropocentristes, par cette sombre image d'un Dieu vengeur et abstrait. J'étais allé benoîtement présenter ma théorie à mon camarade, qui m'avait considéré d'un air à la fois effaré et goguenard, à la suite de quoi mon idée, comme un jouet usé, avait été rangée sur les étagères de ma mémoire.

– Vous savez où habite Serge Kolb ? avais-je demandé à Vincent Mallet.

– Essayez à Saint-Cloud. Il possédait autrefois une grande maison là-bas. C'est un monsieur, un grand industriel.

– Il a donc survécu ? dis-je bêtement.

– Comment aurait-il pu ne pas survivre ? Quand vous le verrez, vous comprendrez.

– Pourquoi ? Il est particulièrement fort ?

Vincent Mallet avait haussé les épaules.

– Non, ça, ce n'est pas très utile. Lui c'était autre chose. Vous comprendrez, je vous dis. Les riches sont comme ça parfois.

– Tout le monde était pauvre à Buchenwald.

– Parfois, avait ajouté le vieux communiste en soupirant, je me demande si la richesse n'est pas une question de nature.

Je n'avais rien compris à cette présentation de Serge Kolb, avec qui j'allais avoir de nombreuses conversations par la suite mais dès que je fis sa connaissance, les propos de Mallet s'éclaircirent. En effet, comment aurait-il pu ne pas survivre ? Serge Kolb, dès notre première rencontre, et même si nos discussions ultérieures nuancèrent sans l'anéantir cette première impression, me fit penser au personnage de Primo Levi dans *Si c'est un homme*, l'ingénieur Alfred L.

Dans la désolation du camp d'Auschwitz, en dehors de toute socialité, l'homme est apparu dans sa nudité, dans son essence. Avec une lucidité confondante, Primo Levi s'est efforcé, écrit-il, de « fournir des documents à une étude dépassionnée de l'âme humaine ». C'est ainsi que dans le chapitre « Les élus et les damnés », il présente deux catégories d'hommes. Si la vie ordinaire, explique-t-il, par la loi, les familles, l'organisation sociale, entraîne une modération des attitudes humaines, ce qui permet à tous de subsister, le camp d'extermination relève d'une implacable lutte pour la vie. Nulle modération n'est possible : on vit ou on meurt, on est élu ou damné. Contrairement à la vie courante, il n'existe pas de troisième voie. Et la plus simple façon de mourir est « d'exécuter tous les ordres qu'on reçoit, de ne manger que sa ration et de respecter la discipline au travail et au camp ». Bref, il suffit de suivre la pente, sans se rebeller, sans ruser, sans dénicher les solutions. Levi affirme même qu'*aucun* Juif survivant d'Auschwitz n'a été un Häftling (prisonnier) ordinaire, dans un Kommando normal. Tous avaient des fonctions particulières, grâce à des métiers spécifiques (cuisiniers, médecins, tailleurs…), ou des responsabilités dans le camp. Levi évoque ainsi, en une phrase d'une terrible lucidité, « quelques individus particulièrement impitoyables, vigoureux et inhumains, solidement installés (après y avoir été nommés par le commandement SS, qui en matière de choix témoignait d'une connaissance diabolique de l'âme humaine) dans les fonctions de Kapo, Blockältester ou autre ». Les êtres ordinaires sont devenus des « musulmans », terme à l'origine incertaine, désignant ceux qui sont promis à la mort et aux cendres du four crématoire.

Parmi ces élus qui ont su s'adapter, par la force et la ruse, Primo Levi décrit le cas de l'ingénieur Alfred L. qui prouve « combien est vain le mythe selon lequel les hommes sont tous égaux entre eux à l'origine ». Celui-ci dirigeait auparavant une usine de produits chimiques et dès son entrée au camp, suivant une stratégie bien établie, il fit tout pour manifester sa supériorité : ne jamais se plaindre, avoir toujours l'apparence la plus soignée alors même que les conditions étaient terribles, travailler avec ardeur, se comporter comme un responsable du camp parce que « passer pour puissant, c'est être en voie de le devenir ». Lorsqu'un Kommando de chimie fut créé, il fut aussitôt nommé technicien en chef, chargé des nouvelles recrues, ce qui lui permit d'éliminer les possibles rivaux. Et Primo Levi de conclure : « Il est fort probable qu'il a échappé à la mort et qu'il mène aujourd'hui la même existence glacée de dominateur résolu et sans joie. »

Serge Kolb n'avait rien d'impitoyable. Et Auschwitz, camp d'extermination, ne peut être comparé à rien d'autre. Mais au premier regard, dans la grande et un peu impersonnelle maison de Saint-Cloud, cet homme de haute taille, au visage émacié et dur, me rappela cette supériorité. Je ne sais comment il apparut à David Wagner, alors qu'il était jeune encore, mais j'imagine qu'avec le poids des années en moins, il était le même : confiant et plein d'autorité. Au moment où nous eûmes nos conversations, Serge Kolb avait en principe transmis la direction de ses usines de faïence, au nom bien connu, à son fils, mais en fait aucune décision importante ne se prenait sans lui et il suivait encore de très près ses affaires. Tous les matins, il se levait tôt, partait courir puis revenait prendre sa douche et son petit déjeuner. Toute sa vie était empreinte de cette rigueur. Dans l'épouvantable massacre de Buchenwald, il aurait bien sûr pu ne pas survivre mais si un homme donnait le sentiment d'être indestructible, c'était bien lui. Une vitalité imposante et froide en émanait.

Mais cette froideur, qui installait distance et respect, n'excluait pas, comme je m'en rendis compte plus tard, l'amitié. Personne n'aurait tapé dans le dos de cet homme, ce n'était pas le genre, mais il était néanmoins de ces êtres sur qui on peut compter. Il fut en tout cas l'ami le plus fidèle de David Wagner.

J'ai hésité en inscrivant le mot d'« ami ». Pouvait-on avoir des amis dans un camp ? N'est-ce pas un lien qui exige le temps, la confiance ? Je n'en sais rien, à vrai dire. Si Levi parle d'amis, Semprun parle de copains mais il utilise beaucoup aussi le terme de fraternité. Et j'ai toujours été frappé que la même phrase de Malraux, avec son merveilleux sens de la concision et du mystère, soit citée en exergue des livres de Styron et de Semprun : « Je cherche la région cruciale de l'âme où le Mal absolu s'oppose à la fraternité. » Dans la désolation du camp, la fraternité a pu représenter le seul moyen de ne pas sombrer dans la démoralisation, qui mène tout droit à la mort.

Serge Kolb fut toute cette fraternité pour David Wagner. Malgré sa pudeur, c'est bien ce que je crus comprendre de leurs relations. Ils furent un appui l'un pour l'autre. Par le hasard des lacis ferroviaires, et alors que Kolb venait d'Allemagne, les déportés Kolb et Wagner furent du même train pour Buchenwald et c'est en ce lieu que leurs regards se croisèrent pour la première fois. Ce qui avait frappé Kolb, ce jour-là, au milieu de la peur, de la soif et de l'angoisse générale (puisque même si les grands convois pour le camp n'existaient pas encore, un groupe d'environ trente personnes, de diverses nationalités, provenant de plusieurs prisons allemandes, avait tout de même été rassemblé), c'était l'apparente impassibilité du jeune homme. Il ne bougeait pas, n'exprimait rien, ne faisait pas un mouvement. Il ne semblait même pas concerné.

– On a dit parfois que j'étais un homme froid, dit Kolb. Mais jamais je n'ai rencontré, dans ma vie pourtant bien remplie, d'être aussi impénétrable que David ce jour-là. Ce n'était pas sa nature pourtant mais j'ai pu remarquer par la suite que les situations dramatiques le transformaient ainsi. Le danger l'emmurait. Rien ne sortait plus de lui : ni émotions ni affects. Je ne sais même pas si c'était bon, je crois seulement que c'était sa forme d'angoisse, comme les animaux qui se replient dans leur coquille devant le péril.

Puis ils s'étaient retrouvés ensuite au petit camp. Tous deux avaient approximativement le même âge, ils étaient français (et ceux-ci, en 1941 et 1942, étaient peu nombreux à Buchenwald), juifs et parisiens, ils avaient sympathisé. C'est-à-dire que même dans l'environnement tragique d'un camp, l'amitié pouvait avoir les ressorts banals de la vie courante.

– À mon retour de captivité, j'ai mis très longtemps à parler des camps. Je fais partie de ceux qui n'ont rien dit. Distinction bien connue, dit Kolb avec un geste de la main à la signification ambiguë, comme s'il s'excusait de toute cette science de la déportation, parmi nous, les déportés. Il y a eu les silencieux et les bavards, ceux qui avaient besoin de parler pour survivre et ceux qui, pour la même raison, en étaient incapables. Moi, je n'ai rien dit. Pas un mot. Lorsque je me suis marié, ma femme a mis un an à savoir que j'avais été dans un camp. Et puis un jour mes enfants ont grandi. Et j'ai pensé qu'il était de mon devoir de père de transmettre la mémoire de ces événements. Parce que les témoins de cette horreur ne sont plus très nombreux.

– Je suis obsédé par cette idée. J'ai beau tendre de toutes mes forces à l'exactitude, je n'ai rien vécu de votre expérience. Je représente la troisième génération. Nous n'essayons même pas de comprendre l'histoire de nos pères mais celle de nos grands-pères. Après vous, il n'y aura plus que des documents. Plus aucune conscience vivante n'aura vu l'Ettersberg nazi.

– Vous avez malheureusement raison. Mais ce n'est pas à cela que je voulais en venir. La transmission m'incombe en effet, si fragile qu'elle soit pour des générations qui n'auront pas vécu la réalité des camps. Un des problèmes de la transmission, cependant, c'est de faire comprendre que Buchenwald était à la fois absolument autre mais aussi assez banal dans ses ressorts. La mort y était omniprésente et je pourrais vous décrire des scènes d'horreur : violence, décomposition, sadisme. Vraiment, si vous n'avez pas subi cela, vous ne savez pas ce qu'est le Mal. Mais à Buchenwald, nous mangions, si peu que ce soit, nous discutions et nous avons aussi ri. Je n'ai jamais vu un film où des déportés rient. Tout y est gris et sombre. Pourtant, j'ai ri à Buchenwald, ce qui peut paraître totalement scandaleux, au sens le plus sacrilège du mot, mais ce qui est vrai. Je peux même vous dire qu'à Buchenwald, j'ai ri en discutant aux latrines, oui j'ai ri en chiant, pour parler net. J'ai aussi entendu le dimanche des conférences de professeurs ou d'amateurs de littérature. J'ai lu des ouvrages philosophiques au camp. Et c'est cela que je ne parviens pas à transmettre à mes enfants : ce fond d'horreur absolue combiné à la banalité, qui montre qu'on peut chier et discuter littérature en mourant. Et on pouvait très bien sympathiser parce qu'on aimait le football. Ce qui n'était pas notre cas, d'ailleurs. Nous n'avions aucun intérêt pour le football, David et moi. Mais notre amitié commença comme toutes les autres : parce que nous avions des points communs. Elle se renforça contre l'ennemi et lorsque le médecin Wagner entra en scène, je tâchai de l'aider de mon mieux, malgré mon impuissance.

9.

Un épisode étrange me revient alors que je tâche de restituer l'essentiel de mes conversations avec Serge Kolb. Mauvais enquêteur, je n'ai pas enregistré nos discussions, tant j'étais certain qu'elles s'inscriraient dans ma mémoire comme dans de l'argile fraîche. Il me semblait de surcroît que les détails étaient inutiles puisque je cherchais non pas un récit, qui est un ensemble cohérent de détails, mais une vérité. La lumière rasante de la vérité. Et pour connaître la vérité de David Wagner, la vérité de cet arriviste trop aimé devenu martyr, les détails m'encombreraient, pensais-je.

Mais les discussions furent plus longues et plus nombreuses que je ne l'aurais jamais espéré. Avant ces conversations avec Kolb, j'avais le sentiment de l'imposture. D'abord parce que mon père m'interdisait cette recherche. Ensuite parce que les camps de concentration sont un sujet brûlant dont seuls les déportés, a-t-on parfois le sentiment, peuvent parler. Par ailleurs, certains affirment que l'énormité du crime interdit les commentaires, les récits, surtout lorsqu'il ne s'agit pas de témoignages directs. J'avoue que lorsque ces propos ne viennent pas de déportés, ils ne me touchent pas. Et je crois vraiment que l'art a un don de voyance et que mes peurs d'enfant, ma violence, sont une voie d'accès à Buchenwald.

Mais je me sens mal à l'aise devant ce passé forcément inconnu, étranger.

Heureusement, Kolb m'ôtait le manteau d'imposture. J'avais le droit de savoir et même, si je le voulais, le droit d'écrire, puisque j'étais le petit-fils de son ami David Wagner. Ma démarche lui semblait même nécessaire. Certes, il restait l'impossibilité essentielle de transmettre ce que je n'avais pas vécu. Non, je n'avais pas connu l'Ettersberg nazi. Pour moi, l'Ettersberg, c'était ce malaise historique de la colline de Goethe et d'Anna Amalia, des nazis, du camp communiste puis de cette survivance qu'est le mémorial du camp. C'était un camp vide, avec des miradors, un portail géant marqué du sinistre « *Jedem das Seine* » – « À chacun son dû » – et un musée. Voilà tout. Ce n'est rien comparé à l'expérience vécue. Mais je pouvais transmettre une forme d'expérience différente. Et d'ailleurs, si la mémoire s'arrêtait en même temps que meurent les générations, l'humanité n'existerait plus.

Cependant, ce qui n'est pas pour me rassurer, le plus étrange souvenir de nos discussions me laisse incertain. S'agit-il bien d'un événement de la vie de David ou d'un fait lu dans un des innombrables livres que je dévorai alors sur l'Europe nazie ? Parfois, je crois me rappeler que le protagoniste de l'histoire n'est pas mon grand-père mais une adolescente, comme si des destins se superposaient. J'hésite, les souvenirs se brouillent et puis tout se noie dans le vide et Serge Kolb, au moment où j'écris, n'est plus là pour m'épauler puisque voilà deux ans qu'il est mort.

Le souvenir est pourtant essentiel puisqu'une vie s'est jouée à ce moment-là. Mon grand-père – ou du moins le personnage que je pense être mon grand-père – était sur le point d'être déporté à Buchenwald. Déjà on commençait l'appel. Peut-être David n'en avait-il pas pleinement conscience mais il devait rester. Il ne fallait pas qu'il parte. Dans quelle mesure se rendait-il compte que la vie d'autrefois n'avait plus cours, qu'il n'avait plus de soutien, qu'il ne s'en tirerait pas, comme il l'avait toujours fait, par le tour de magie de la séduction, je l'ignore. Mais peut-être pensait-il aller en camp de prisonnier... Comment aurait-il pu soupçonner la réalité d'un camp de concentration ?

Il s'est trouvé – ou en tout cas un jeune homme nommé David, à moins que ce ne soit une adolescente inconnue –, ce matin-là, devant les latrines et il s'est dit qu'il fallait plonger dans la fosse, échapper au convoi, disparaître à tous les regards. Par-delà les minces parois de bois, il entendait les noms prononcés un à un, d'une lourde voix rocailleuse. Il ne fallait pas qu'il réponde, et il ne fallait pas qu'on le trouve. Si son nom était effacé des listes, tout devenait possible. Le cœur au bord des lèvres, il s'est approché, contemplant le trou puant, sombre, répugnant, comme on regarde l'eau avant de se suicider. Il a avancé la main, le visage... et il n'a pas pu. David ou l'adolescente, ces deux déportés, ces deux disparus, n'ont pas pu. Ils sont partis et ils sont morts.

Il est incroyable que je ne me souvienne pas de l'origine de cette histoire. Et pourtant c'est le cas. Peut-être n'est-ce qu'une reconstruction, peut-être ai-je plaqué une histoire vécue sur la vie de David Wagner simplement parce que je voulais tellement qu'il s'enfuie avant le camp. C'est possible, je l'ai déjà fait. Pendant toute mon adolescence, j'ai cru que j'avais sauvé, enfant, un de mes camarades. Je devais avoir sept ou huit ans lorsque mon copain Richard fut persécuté par un petit voyou, accompagné de sa bande. C'était un pur cas de sadisme, probablement parce que Richard était doux et gros. Un jour, ils l'ont forcé à les suivre dans un coin reculé de la cour, où s'étendait un petit jardin, et ils lui ont baissé sa culotte. C'est à ce moment que je suis intervenu, comme un chevalier, en sautant sur le meneur de la bande. Et c'est ainsi que j'ai sauvé Richard.

Dans mes rêves. Parce qu'en fait j'étais resté sans rien faire, apeuré, tandis qu'ils l'emmenaient. Je voulais tellement l'aider… et j'en étais incapable. Mais cela, je ne l'ai su que des années plus tard, après ma vingtième année en tout cas. Un beau jour, je me suis rendu compte qu'à l'image – Freud appelle cela un souvenir-écran, je crois – du petit chevalier blond sautant sur le méchant se superposait celle de Richard revenant du fond du jardin en pleurant et en remontant sa culotte. C'est comme cela que je m'étais menti pendant des années, par lâcheté, et que j'avais vraiment cru sauver mon copain. Ils ne l'avaient pas violé, bien sûr, ni même vraiment touché mais ils l'avaient humilié, cul nu, encerclé par la bande. C'est cela qui leur avait fait plaisir.

De la vie de David Wagner, on ne peut malheureusement plus rien sauver, sinon sa mémoire peut-être, qui est une part de la vie, et je laisse aux psychanalystes le soin d'explorer le sens de mon oubli ou de ma reconstruction. En tout cas, fosse à merde ou non, David est monté dans le train, il a croisé le regard de Serge Kolb et puis tous deux ont sombré dans la nuit, avec les chiens qui hurlaient et les coups de crosse des SS.

À partir de ce moment, plus rien de ce que je vais raconter n'a de signification. Je suis un intellectuel, un professeur à lunettes et l'essentiel de ma vie, avec tous les doutes que cela peut entraîner, consiste à donner du sens aux actes des hommes, à la mémoire, aux émotions. Mais quel sens accorder aux camps de concentration ? Dans mon adolescence, le premier livre que j'ai lu sur ces camps m'a fait fondre en larmes. Depuis, j'ai rencontré d'anciens déportés, j'ai lu beaucoup de livres, sans doute me suis-je endurci et je n'ai plus pleuré. Mes sentiments n'ont pourtant jamais été banalisés parce que le répertoire de l'horreur est absolument sans fin et chaque fois qu'on croit avoir dépassé toute échelle du crime, un nouveau fait, jailli de l'imagination déréglée d'un sadique, vient ajouter un nouveau degré dans le Mal. Et je n'ai jamais trouvé d'autre signification à cette folie que le plaisir de la mort. Tous les déportés ont parlé de l'enfer des camps. Cette image en apparence éculée est sans doute la plus juste qui puisse convenir, parce qu'il me semble que les constructions religieuses du paradis et de l'enfer ne sont que la projection, comme sur un écran de cinéma, des fantasmes humains. La vaste imagination de l'enfer moyenâgeux, l'enfer de Dante et de Bosch, fait apparaître le délire humain dans ses plus redoutables composantes. Les camps de concentration sont l'enfer réalisé parce que le terrible mélange d'un ordre de fer et des plus affreuses pulsions humaines a fait surgir sur la terre tout ce que des représentations séculaires avaient imaginé. Les camps sont l'Homme. Entrer dans un camp, c'est pénétrer dans un délire glacé, dénué de toute autre signification que la destruction, la souffrance et la mort. Et parfois, malgré les témoignages, je doute que la moindre fraternité ait pu s'opposer au Mal absolu.

Il m'arrive de me méfier des mots. Alors je vais parler en chiffres. Tout le monde croit connaître les camps alors qu'au fond, on ne peut même pas les imaginer. Plus de huit millions de personnes passèrent par les camps de concentration et d'extermination. Pourtant, il n'y eut jamais plus d'un million de personnes en même temps dans tous les camps réunis, soit les vingt grands camps de concentration et les milliers de Kommandos de taille plus réduite, auxquels il faut ajouter des camps d'extermination dont les noms sont connus de tous : Auschwitz-Birkenau, Maïdanek, Treblinka, Belzec, Sobibor. La différence entre ces deux nombres n'a qu'une explication : au moins six millions de déportés sont morts en camps, et notamment à Auschwitz, qui est le plus grand cauchemar de l'humanité. Le commandant de ce camp, le SS Kramer, ne manquait aucune exécution. On dit qu'il en riait à se taper les cuisses. Le chef du crématoire, Moll, s'amusait à suspendre les Juifs par les mains et il tirait sur les bras jusqu'à ce que ceux-ci se brisent et que le corps tombe à terre. Alors, il faisait suspendre sa victime par les jambes et recommençait puis il jetait le torse agonisant dans la fosse ardente. À la chambre à gaz, les SS purent battre des records : un jour, ils réussirent à exécuter trente-quatre mille détenus à la suite. Ils leur disaient de se déshabiller, de ranger et plier leurs vêtements, des écriteaux annonçaient qu'après la douche, un café noir leur serait servi. Ils leur disaient d'attacher leurs chaussures pour ne pas les perdre. Pour ne pas les perdre. Le nom des SS contrôlant les camps n'a d'ailleurs jamais eu la moindre ambiguïté : Totenkopf-Standarten. Les compagnies Tête de mort.

 David vit-il le motif de la tête de mort sur la veste des SS qui le frappaient ? Je n'en sais rien. Même si maintenant, j'en sais beaucoup. Même si, au fil des entretiens avec Kolb, je me suis senti à la fois plus conscient et plus solidaire de ce destin. Même si je sais que, les bras en l'air, David a fait le trajet en courant, titubant sous les cris et les coups, de la gare au camp. Un homme est tombé. Il a été frappé. Un peu plus loin, un autre : les coups de pied et de crosse ont été encore plus violents. Lorsqu'un troisième homme, un vieillard, quelques minutes plus tard, s'est effondré après avoir trébuché, un soldat cette fois l'a tué d'un coup de fusil. C'était un gamin. Serge apprit plus tard qu'il était arrivé depuis à peine deux mois au camp et qu'au début il était presque timide, il avait même donné une cigarette à un détenu. Et voilà qu'il était pris maintenant, qu'il était devenu une bête comme les autres, avec un visage presque démoniaque lorsqu'il avait tiré, malgré ses cheveux blonds, sa peau blanche et son cou trop mince d'adolescent. Un Oberscharführer déclara simplement : « Il était trop vieux. Il n'aurait servi à rien. »

Puis plus personne ne tomba. Même les cris des SS furent moins virulents, comme s'ils avaient satisfait un vœu secret. Le groupe était arrivé dans la nuit. Les portes du camp ne s'ouvrirent pas. David fut jeté dans une petite cellule avec dix autres prisonniers, dont Serge. Certains n'avaient pas encore compris. Malgré le confinement du train, malgré la course. L'un d'eux s'écria : « On n'a pas de place. On ne peut pas entrer. » On le fit pénétrer à coups de gourdin, le sang coulait de son crâne sur les vestes et les visages de ceux qui le collaient. La cellule était étroite et noire, surchauffée. On entendit : « Ils veulent nous étouffer. » L'air manquait. Ils étaient entassés, serrés. « Déshabillez-vous », dit une voix. Masse de corps grouillante de gestes lents, affaiblis. La chaleur montait à un niveau insoutenable. Plusieurs évanouissements s'ensuivirent. Et puis chacun sombra dans une sorte de buée nauséeuse, une asphyxie qui était le dernier stade avant la mort, d'où on vint les tirer au matin, en hurlant.

Certains se réveillèrent de leur évanouissement en pleurant. Parmi ces hommes, de nationalités différentes, il y avait des résistants, des communistes qui savaient pourquoi ils se battaient et qui menaient depuis plusieurs années des existences difficiles. Mais il y avait aussi des hommes qui ne savaient même pas pourquoi ils étaient là, qui voilà quelques jours encore vivaient agréablement, bien nourris, bien habillés. C'étaient ceux-là qui pleuraient. Parce qu'on les tirait d'une vie normale, malgré la guerre, pour les plonger en enfer. Parce que depuis le premier interrogatoire, on s'efforçait de les briser. Et parce qu'on y réussissait très bien. Toutes leurs ressources morales s'effondraient d'un coup. David, lui, ne pleurait pas : comme l'avait dit Serge, sa destruction intérieure sauvait les apparences. C'était comme s'il s'était figé. Pas un mot n'était sorti de sa bouche.

Ensuite, le groupe attendit plusieurs heures à côté des barbelés, à genoux, les bras croisés en hauteur derrière la tête, prostrés. Des soldats qui passaient leur hurlaient dessus, parfois les frappaient. Un gros sous-officier courut au milieu d'eux en les renversant comme des quilles. Un homme sanglota, le visage contre le sol. Lorsqu'il redressa la tête, des particules de boue se détachèrent. David regardait cela, fasciné.

Un homme vint. Il criait des avertissements, une liste d'interdictions punies de mort : approcher des barbelés, fumer, s'évader, manger dans les Kommandos de travail, voler, se reposer, mentir, dépasser les lignes de sentinelles...

– En gros, vivre, c'est être puni de mort, murmura quelqu'un.

L'homme qui, tout à l'heure, pleurait et qui, depuis, demeurait prostré, immobile et courbé comme une statue de douleur, se mit soudain à gémir. Et puis ses gémissements enflèrent, sa bouche s'arrondissant en un sinistre et terrible hurlement, un hurlement de mort avec des filets de salive. Son cri ne finissait pas, ne pouvait pas finir, parce qu'il comprenait qu'il était perdu, que tout était perdu, de sorte qu'il hurlait dans une angoisse sans fin. Et les autres le fixaient en frissonnant, transis de peur, attendant on ne sait quelle échéance, tandis que le hurlement se poursuivait.

Un SS massif, en chemise et bretelles, sortit du bâtiment. D'un coup de matraque, il abattit l'homme, qui demeura assommé. Puis il avertit :

– *Bald werdet ihr aus gutem Grund schreien!*

« Bientôt, vous crierez pour de bonnes raisons. » Même ceux qui ne comprenaient pas l'allemand saisirent la menace.

Après plusieurs heures d'attente, on les fit soudain se lever et courir. Ils entrèrent dans une salle vide où ils se déshabillèrent. Tous ces êtres nus et blanchâtres semblaient d'une fragilité désespérante. L'un après l'autre, ils passèrent chez le coiffeur, qui les tondit entièrement, ce qui les fragilisa encore, avec leurs longs cous dégagés et leurs yeux devenus soudain plus grands, plus angoissés. En face, un soldat qui les surveillait, harnaché, botté, casqué paraissait une machine invincible. Puis on les poussa dans une cuve de désinfectant, un liquide gluant de saleté et de particules décomposées, qui brûlait la peau. Ils durent ensuite s'incliner devant les SS, jambes écartées. Un soldat riait. D'un coup de pied, il claqua un gros fessier : l'homme s'écroula menton en avant. Lui-même rit pauvrement. Ils eurent droit ensuite à une douche très chaude, seul moment de répit depuis des jours. David ferma les yeux. Quand il les rouvrit, on l'envoyait déjà vers le magasin d'habillement, où il reçut des haillons, un uniforme de bagnard rapiécé, en ayant la chance d'échapper aux souliers à semelles de bois, dont les arêtes tranchantes blessaient et empêchaient bientôt de marcher. Un homme qui ne pouvait plus se déplacer n'était pas utile dans un camp de travail. Et un homme inutile n'avait pas de raison de vivre.

On les dépouilla alors de toutes leurs valeurs. Ils ôtèrent montre, alliance, médaille. Les bagages furent enregistrés, « ils vous seront rendus à la fin de la période d'internement ». David y perdit son portefeuille, soit son argent, ses papiers d'identité et une photo de Virginie. On lui avait déjà tout enlevé : à force de coups, de hurlements, il avait été dépossédé d'une partie de son identité. Selon un processus très maîtrisé par les nazis, on lui avait ôté son ancien monde qui, après la prison et le trajet en train, n'était plus qu'un vague souvenir, une sorte de frisson rassurant et fugitif. Mais tout de même, il ne put s'empêcher de contempler avec angoisse cette disparition symbolique. Il n'avait plus rien, plus d'identité, plus d'amour, si ce mot avait la moindre signification dans le bloc dur de folie qui l'entourait.

J'ignore si j'ai pu donner la moindre idée, dans cette arrivée au camp de David Wagner, de ce qu'était un camp de concentration, tel du moins que me le présenta Serge Kolb. Je pense qu'il est inutile de détailler longuement le Block d'habitation dans lequel pénétra David, avec ses châlits de deux étages, ses détenus rassemblés comme des bêtes contagieuses. Je pense que l'on peut imaginer David se glisser au milieu des autres corps pour commencer sa première nuit, dans ce magma de formes et d'odeurs.

Mais ce que l'on peut difficilement se représenter, c'est la cérémonie du lendemain, la pantalonnade tragique dont tout le mérite revenait au chef de camp Plaul, de sinistre mémoire.

Celui-ci venait en fait de décider, depuis environ un mois, que les détenus devaient vivre selon le modèle sportif de l'Allemagne hitlérienne. C'est pourquoi l'heure du lever avait été avancée d'une demi-heure afin d'effectuer le sport matinal, une gymnastique effrénée menée par Plaul lui-même, sorte de héron long, maigre, voûté, et relayée par des sous-officiers. Et c'est ainsi que des squelettes ambulants, affaiblis, agitèrent grotesquement leurs membres, en suivant avec maladresse les hurlements, en montant les genoux, en trébuchant, en s'écroulant dans la fraîcheur du matin. Le spectacle, dans l'aube brumeuse, de ces milliers de corps frénétiquement disloqués ressemblait d'autant plus aux visions de Dante, dans son excès macabre et mortel, qu'à la suite de l'exercice, on emporta deux morts.

Ce n'était que l'annonce de la journée. Une mécanique s'était mise en place, comme un ressort qui lentement se déplie, à partir de la folie, de sorte qu'un piège à la fois implacable et absurde se refermait. Pulsion meurtrière dissimulée sous la froideur de l'organisation, le camp était un délire animé par des fous.

Serge, qui, en sa qualité de prisonnier de guerre, avait noué quelques contacts dans le camp, avait prévenu David qu'il devait se présenter comme « spécialiste » lors de l'attribution des Kommandos. Aussi, lorsque les nouveaux arrivés avaient été convoqués au bureau du chef du service du travail, à l'appel « les spécialistes hors des rangs », les deux hommes avaient fait un pas vers l'avant. Serge avait expliqué qu'il était ingénieur et on l'avait affecté aux usines d'armement. David avait dit qu'il était tailleur. Le chef, pour une raison incompréhensible, l'observait avec animosité. Avec l'arbitraire du pouvoir absolu, il jeta :

— Kommando des carrières.

David pâlit. Il savait que c'était le pire Kommando, surnommé « aller direct vers le ciel ». La plupart des nouveaux arrivants y furent affectés.

Bizarrement, ils n'y allèrent pas le jour même. Ils restèrent dans le Block, sur les paillasses, à dormir, à rêver, s'enfonçant dans le sommeil comme dans une eau lourde, comme dans le liquide gluant du désinfectant. À l'appel du soir, ils sortirent. La vision qu'ils eurent alors et qui les fit s'arrêter net, stupéfaits, était encore plus infernale qu'au matin : des hommes rentraient des travaux du jour, chancelants, épuisés, certains d'entre eux portés par d'autres, tous avançant comme des morts vivants, tandis qu'une musique joyeuse, conduite par un orchestre de détenus grimaçants, grinçait dans les airs. Et c'est peut-être ce soir-là qu'ils comprirent qu'ils étaient en enfer et qu'ils n'avaient pas plus de chance d'en sortir que s'ils étaient effectivement morts.

À la fin de l'appel, après l'attente de près de deux heures où les noms des présents furent un à un déclinés, toujours avec la même obsession comptable et administrative des nazis, cinq hommes du groupe arrivé la veille, dont David, furent rassemblés, sans qu'ils en connaissent la raison. Parmi ceux-ci se trouvait l'homme qui avait crié. Lorsque les autres le reconnurent, ils se souvinrent des propos du SS et se mirent à trembler. On les conduisit un peu plus loin. Là, un chevalet était dressé, soit une table sur laquelle on couchait le détenu, la tête en avant, sur le ventre, tandis que les jambes traînaient à terre. Et dès que le petit groupe aperçut ce Bock, ils devinèrent qu'un châtiment allait commencer.

L'homme – ce même SS sorti la veille de son Bunker – qui s'avança, ce soir-là, pour donner la bastonnade, est un des hommes sur lesquels j'ai le plus réfléchi durant toute cette période de ma vie. Son nom est Martin Sommer. Inconnu de presque tous, il est pourtant un terrible cauchemar parce que dans son royaume restreint il atteignit les limites de l'horreur. Ce n'est que plus tard que David entendit le récit de ses hideux exploits et il se félicita d'être sorti vivant de cette seule et unique rencontre. Peu de temps après, à la suite d'événements qu'il importe de rapporter, Sommer quitta en effet Buchenwald. Mais il n'en reste pas moins que, bien plus que le commandant Koch, dont j'aurai également à parler et auquel il fut lié, Martin Sommer a occupé mes pensées, peut-être même davantage encore que le médecin Wagner. Peut-on en effet concevoir un meurtrier professionnel ? Un homme plus féroce que toutes les bêtes ? Un homme qui ne tua pas en masse, au gaz ou au canon, mais qui assassina un par un, en les étranglant, en les pendant, en les empoisonnant, des centaines de détenus. Sommer avait pour royaume de sang et de meurtre le Bunker, la maison d'arrêt. Les récits qui courent sur ce lieu sont absolument terrifiants, même s'il est difficile aujourd'hui d'imaginer cet étroit couloir, à gauche du portail d'entrée du camp, ce couloir gris bordé de petites cellules d'où émergeait l'Hauptscharführer Sommer balançant sa massive silhouette, avec ses épaules épaisses, son corps puissant, avant de rentrer dans une cellule puis d'abattre à coups de barre de fer sa victime, le sang giclant sur sa chemise, avec tant de force et de haine que les bras et les jambes en étaient parfois arrachés du tronc.

Je me souviens d'une photographie de Sommer. Sanglé dans un uniforme des SS Totenkopf, il tend le doigt, l'air rageur, vers deux détenus suspendus à un arbre par les bras noués dans le dos, châtiment qui arrachait les épaules, entraînant l'infirmité ou la mort. En face de cet homme au premier plan, grand et fort, les prisonniers amaigris, avec leurs tenues zébrées comme des pyjamas, les visages non pas clairement souffrants, à cause de la mauvaise qualité de la photo, mais plutôt effarés, paraissent petits et faibles comme des adolescents. Et de nouveau, même si mon souvenir n'est pas parfait, je ne parviens pas à voir le sceau du Mal sur le visage de Sommer. Comme lors de ma visite de Buchenwald, rien n'annonce le Mal, rien, sur ce visage, ne crie : « Je suis un monstre. » S'il n'y avait pas ces deux hommes suspendus en face de lui, Martin Sommer ressemblerait plutôt à un ancien lutteur reconverti en militaire.

Et pourtant, que révèlent les témoins rescapés, Fritz Männchen, Kurt Leeser ou les domestiques du Bunker Richard Gritz et Roman Haldemeyer ? Tant d'atrocités qu'il serait impossible de les raconter ici. Mais quelques faits me hantent encore. Peut-être pas les plus violents, mais les plus gratuits.

Pourquoi Martin Sommer abattait-il aussitôt les détenus qui regardaient par la fenêtre ou qui lisaient quelques lignes sur le papier journal qui servait de papier hygiénique ? Il les surprenait à travers l'œilleton, poussait la porte et les tuait.

Pourquoi, un jour qu'il se promenait dans le couloir un broc à la main, est-il entré soudain dans la cellule de sept Juifs et, furieusement, en a-t-il assommé deux avant d'arracher un morceau de fer du radiateur et de tuer tous les autres ?

Pourquoi avait-il ce sadisme affreux de mettre des laxatifs dans la nourriture des détenus et de ne donner qu'un minuscule pot de chambre, afin que toute la cellule fût tapissée d'excréments ? Ensuite, faisant le dégoûté, révolté par tant de saletés, il assassinait tout le monde.

Pourquoi fit-il durer pendant dix-huit mois le martyre du pasteur Schneider, le frappant à coups de nerf de bœuf, laissant les plaies suppurer, sans jamais les panser, sans jamais permettre au pasteur de se laver, et en inondant la cellule de quelques centimètres d'eau, dans un continuel écoulement de sang, d'eau et de poux ? Pourquoi manifestait-il la tendre compassion de l'envelopper de couvertures, se penchant doucement sur le pasteur et l'entourant de ces étoffes, alors que ces couvertures étaient glacées et ne servaient qu'à affaiblir son cœur usé ? Pourquoi au moins ne l'a-t-il pas tué, puisque sa fin était inéluctable ?

Tout cela, je ne le comprends pas. Il va de soi qu'il n'y a pas de réponses à ces questions sinon la vaine et décevante explication du sadisme. Ces questions résonnent et résonnent encore, parce que Martin Sommer ne fut pas toujours ce bourreau, ni avant ni après les faits. De cela, il faudra que je reparle.

C'est cet homme qui s'avança vers le petit groupe. Il allait les frapper parce que l'un d'entre eux avait crié. Les autres étaient choisis au hasard. Mais il aurait pu tout aussi bien les battre parce qu'ils avaient les yeux bleus ou bruns. Ou parce que leur immobilité lui avait déplu. Ou pour toute autre raison. Le silence se fit plus pesant sur son passage. Il paraît que les bourreaux portent ainsi ce halo étrange, comme escortés d'une menace mortelle. Il ploya l'un des hommes sur le chevalet et commença la bastonnade, lentement, avec application. Le bâton retomba dix fois sur les fesses. L'homme ne cria pas. Un peu de sang coula seulement de ses lèvres qu'il mordait. Un deuxième homme, celui qui avait hurlé, fut installé sur le chevalet. Sommer frappa alors non pas sur les fesses mais sur les reins, avec une terrible violence. L'homme se tordit. Sommer poursuivit son œuvre d'anéantissement jusqu'au bout. Il fallut soutenir le blessé et le porter jusqu'au Block, où il allait mourir trois jours plus tard. C'est avec épouvante que David le suivit sur le chevalet. Cependant le bourreau, ce jour-là, ne voulait pas le tuer. Les dix coups furent portés sur les fesses. Chacune des frappes était une déchirure dans tout le corps. Mais aucune blessure grave ne s'ensuivit. Ce n'était qu'un avertissement : « En ce jour commence le châtiment. »

Lorsque la cérémonie fut terminée, Serge alla vers David. Il lui parla.

– Regarde-moi, dit-il.
– Quoi ?
– Regarde-moi. Tu ne me regardes pas.

C'était vrai. David ne pouvait le fixer dans les yeux. Parce qu'il n'avait plus d'identité, parce qu'il n'avait plus le sentiment d'être un homme. Et il allait mettre des jours et des jours à retrouver un peu d'assise sous la conduite de son ami. Il est même assez étonnant qu'il ait pu conserver un peu d'équilibre dans son cauchemar car si Serge, en sa qualité d'ouvrier spécialisé, allait travailler à l'intérieur, dans une relative chaleur, à des tâches de précision, avant de devenir au bout de deux mois chef d'équipe, David connaîtrait cet aller direct vers le ciel qu'étaient les carrières.

Qu'on se représente un tableau diabolique ! Contemplez-les du haut du ciel. Mettez-vous à l'aplomb du sol, quelques centaines de mètres au-dessus, et contemplez ces petits êtres éparpillés dans un cône blanchâtre, cette myriade d'esclaves uniformes, sans visages et sans caractéristiques, abattant leur pioche à coups maladroits tandis que d'autres soulèvent des pierres trop lourdes, d'autres encore, par grappes de dix poussant des wagonnets, sous la surveillance de soldats en armes. Ils ont mangé un morceau de pain, absorbé un liquide sans goût et ils travaillent toute la journée, avec une pause d'une demi-heure à midi pour avaler le reste de pain – si reste il y a. Un escalier mène au fond du cône mais le Kapo Müller, un détenu chargé du Kommando des carrières et aussi sadique que les SS, n'a pas permis aux nouveaux arrivants, le premier jour, de les emprunter. Il les a poussés vers la pente, ils ont trébuché, roulé, l'un d'eux s'est brisé la cheville. Il a tenu deux heures parce qu'on lui disait qu'il fallait tenir et puis Müller est arrivé, lui a proposé d'aller se reposer derrière la ligne de sentinelles. Un homme a murmuré, en tâchant de ne pas se faire surprendre par le Kapo :

– N'y va pas, ne va surtout pas te reposer.

L'autre l'a regardé avec surprise, sans comprendre, il est remonté avec Müller, clopin-clopant, en haut de la carrière, puis il s'est éloigné seul vers les sentinelles. Deux détenus, à côté d'un wagonnet, ont tourné la tête. La ligne s'est ouverte, l'homme est passé et dix pas plus loin, il a été abattu d'une balle dans le dos, « mort pendant une tentative de fuite ». Un soldat a récompensé Müller d'un paquet de cigarettes que celui-ci a fumé béatement en surveillant le travail.

Ce travail, David l'a accompli tous les jours. Il se levait pour la gymnastique grotesque, qui allait s'achever quelques semaines plus tard, par un brusque rapport, surgi d'on ne sait où, sur le nombre de décès occasionnés par cette pratique, avalait sa boisson brune (café ?), se rendait, dans la longue colonne, sur la place d'appel, cherchait des outils, descendait dans la carrière, soulevait les pierres, poussait les wagonnets, revenait pour l'appel du soir, attendait pendant des heures, entrait ensuite dans la bousculade pour manger, réussissait parfois à percevoir en plus de la soupe une pomme de terre pourrie. Tous les soirs, avant le coup de sifflet final, il discutait avec Serge Kolb et il tâchait de retrouver son regard. Cette discussion était une cérémonie de plus dans son emploi du temps, une contrainte qu'il acceptait bien ou mal mais à laquelle il se pliait, selon la volonté de Serge.

Les raisons pour lesquelles celui-ci devint l'ami de David ne me sont pas très claires. Mais le fait est qu'il le prit sous son aile et qu'il tâcha de le maintenir en vie. Sa force de caractère, on l'a vu, sortait de l'ordinaire, et surtout sa vie à l'usine était beaucoup moins dure que dans les Kommandos (il était même jalousé par les autres, qui y voyaient une sorte de paradis interdit), de sorte qu'il lui restait un peu de force à donner.

— Pourquoi étions-nous devenus amis ? répondit un jour Kolb à mes questions. Pourquoi devient-on ami. Il n'y a pas de raison précise.

— Il y a toujours des raisons, dis-je. Qu'aimiez-vous chez lui ? Après tout, ce n'était pas un homme très sympathique.

— Détrompez-vous. David était très sympathique. C'était un séducteur et même la vision pâlie, affaiblie qu'il offrait de lui-même dans le camp gardait des traces de cette séduction. Vous portez un jugement sur lui sans le connaître, en faisant allusion à des histoires maritales sans importance. Vous m'avez dit plusieurs fois qu'il était arriviste, menteur. C'est peut-être vrai. Mais cela vient du fait que David était faible, il manquait d'unité.

— Que voulez-vous dire ?

— Il n'avait pas d'unité, il se pliait au regard des autres. Le séducteur est plastique parce qu'il s'adapte au regard des autres, des femmes surtout mais aussi des hommes. Il s'aime sans s'estimer vraiment, c'est pourquoi il offre l'image qu'on lui demande. Je vous l'accorde, c'était sa faiblesse. Mais si vous voulez vraiment revenir sur le chapitre des femmes, je ne peux vous dire qu'une chose : David n'en aimait qu'une.

— Pourquoi dites-vous cela ?

— À cause de cette fille. Je ne me souviens plus de son nom. Une belle fille blonde. Des gars voulaient lui acheter la photo… Ils avaient tellement besoin de se rincer l'œil.

— La photographie de Virginie ? Je croyais qu'elle avait été détruite pendant la fouille initiale.

— Bien sûr que non ! Les nazis ne détruisaient rien, cela pouvait toujours être revendu. Et puis on ne parle pas de la même photo. Il l'a reçue plus tard, celle-là, par courrier. Il l'avait tout le temps en main.

— Par courrier !

— Oui, évidemment. On pouvait nous envoyer du courrier. Parfois il était jeté au feu, parfois non. David a reçu plusieurs lettres de sa mère. Ainsi que celle-ci. Et je pense que rien n'aurait pu lui faire davantage plaisir que cette photographie. Je la vois encore… Vraiment une belle fille.

— Je trouve cela incroyable ! Une photographie provenant de l'extérieur et arrivant dans un camp de concentration !

— Oui, c'était une sorte d'anomalie, comme les colis de nourriture qui furent permis plus tard. Une faille dans le système de destruction, qui montre seulement l'irrationalité du camp, beaucoup plus absurde et illogique que le croient les gens. Une sorte d'immense machine à tuer traversée de brutales incohérences. Certains en ont profité. Et David est un des symboles de l'irrationalité : l'absurde l'a d'abord sauvé puis a fini par le tuer. Mais en tout cas, cette photographie lui a donné un peu de force. Il était français – et la politique de notre gouvernement depuis 1938 ne nous rendait pas populaires au camp –, juif, ce qui finissait toujours par se savoir, bref toutes les chances n'étaient pas de son côté.

– Vous aussi, vous étiez français et juif.

– Oui mais j'étais prisonnier de guerre évadé, ce qui m'assurait un certain respect. Et puis comme je travaillais à l'usine, cela me valait des amitiés intéressées, des hommes qui auraient voulu être pris dans l'équipe. Et surtout je n'étais pas affecté aux carrières. J'étais donc plus fort que David. Je ne songeais qu'à cela : lui apporter de la force. C'est pourquoi j'aimais cette photographie. Et c'est pourquoi j'avais institué cette discussion du soir. Pour le retenir. Pour lui donner des conseils aussi. Je commençais à comprendre le système du camp. Je comprenais que si l'on n'était pas malin, si l'on ne se débrouillait pas, avec le travail, la nourriture, on allait tout droit vers la mort.

En réalité, Serge disposait de peu de temps pour retenir son ami. Tout se jouait très vite dans un camp. Le choc initial était si violent, physiquement mais surtout psychiquement, qu'un homme se brisait dans les premières semaines, au maximum les premiers mois. S'il passait ce cap, cela signifiait qu'il s'était adapté. Ensuite si le corps ne lâchait pas, si l'on n'était pas happé, pour une raison ou une autre, par un SS ou un Kapo, on pouvait devenir un « concentrationnaire », soit ces êtres insérés dans le système, groupés contre l'adversaire, durs et solides. Cela ne voulait pas dire qu'on allait survivre mais cela signifiait qu'on avait au moins une chance.

Ce qui menaçait David Wagner, c'était de devenir un « musulman », c'est-à-dire un mort en sursis, sans regard, sans avenir, un épouvantail décharné et vacillant qui marche vers la mort sans la voir. Dans le Block, trois hommes étaient devenus fous. Un jour, ils avaient perdu la raison. Leur esprit avait éclaté de souffrance et de désespoir. La réalité s'évadait d'eux, ils se mettaient à hurler ou au contraire ne disaient plus rien : le camp les avait dévorés. Comme l'un d'entre eux s'était mis à délirer un soir à l'appel, un SS lui avait jeté un seau d'eau puis l'avait précipité contre les barbelés électriques. C'est cette dimension psychique du tourment des camps qui est incommunicable. L'idée du Mal absolu, cette idée quelque peu abstraite, voire rhétorique chez certains, prend à mon sens sa source dans le tourment moral du camp. C'est de là qu'elle tire sa signification et c'est pourquoi elle est au cœur de l'expérience des déportés comme Semprun, qui en parle beaucoup, et de leur regret de ne pouvoir la transmettre. Le Mal absolu n'était pas une idée mais un tourment : on ressentait le Mal à l'intérieur de soi. Parce que le camp n'était pas seulement une destruction physique, c'était aussi une destruction morale, une volonté affichée de briser les hommes et d'en faire des esclaves inoffensifs, lobotomisés. La folie n'était que la conséquence extrême du Mal. Mais tous, à des degrés différents, étaient touchés.

La liquéfaction du cœur de David se lisait dans ses entrailles. Comme beaucoup de détenus, il se vidait en permanence. Il ne mangeait presque rien mais ce rien s'en allait aussitôt. En quelques semaines, il avait perdu vingt kilos, alors qu'il n'avait jamais été gros. Je connais une dizaine de photographies de David : la première, l'originelle, celle de Buchenwald, qui est au fondement de ce récit et qui a noué bien des liens. La photographie du bellâtre, dans le style d'avant-guerre des photos Harcourt, un portrait posé, hollywoodien de beau séducteur.

De ces deux photos, j'ai déjà parlé. Il existe aussi une photographie de vacances ou de week-end que m'avait sortie Charles Wagner et qui montre les deux frères à la mer. Charles, jeune homme, est étendu sur le sable, raidi par l'effort qui consiste, les bras tendus, à soutenir son frère, les jambes en équerre, comme à la gymnastique, abdominaux saillants, maigre et très musclé. Cette photographie m'émeut. Peut-être parce qu'elle rassemble les deux frères, ou parce qu'elle montre David dans une forme impressionnante. Ou peut-être, comme toute photo, parce qu'elle surprend et suspend pour l'éternité l'éphémère de la vie. Quoi qu'il en soit, elle est aussi la preuve que David n'avait pas un kilo en trop. On imagine donc ce que signifie pour lui la perte de vingt kilos en quelques semaines.

C'est à la suite d'un appel du matin, qui avait duré plus de deux heures, dans le vent de l'Ettersberg, alors qu'il avait souillé deux fois son pantalon, et que l'écoulement chaud le long de ses jambes l'avait envahi d'un mélange de honte et de peur, parce qu'il craignait la dysenterie, que David s'était fait inscrire sur la liste de l'infirmerie. Il n'en attendait rien d'autre que le repos et un peu de chaleur, qui suffiraient peut-être à calmer la diarrhée.

L'idée était en soi aberrante mais David ne pouvait le savoir. Même si les nouveaux venus l'ignoraient, sauf à avoir des relations dans le camp (car Buchenwald était un mystère opaque à déchiffrer, et la première sélection se faisait par le savoir ; mais les anciens ne pouvaient prévenir les nouveaux, par crainte de tomber sur des traîtres ou des informateurs SS ou parfois tout simplement parce qu'ils s'en fichaient), l'infirmerie était une loterie de la mort : le seul traitement était l'aspirine, on se débarrassait des détenus pour faire de la place, ou alors les médecins SS pratiquaient des expériences sur eux avant que le docteur Hoven, le supérieur d'Erich Wagner, ne les élimine.

De tout cela, Serge n'était pas pleinement conscient. Néanmoins, des bruits si inquiétants circulaient sur l'infirmerie qu'il voulut dissuader David de s'y rendre. Mais il n'avait aucun argument véritable. C'est ainsi que David Wagner, par une combinaison de hasards, reçut l'autorisation de s'absenter de son Kommando de travail, fut en effet sélectionné à l'entrée de l'infirmerie par un détenu généralement peu conciliant et se retrouva en face de son homonyme Erich Wagner.

J'imagine celui-ci pénétrant dans la pièce où se trouve David. Je ne peux que l'imaginer mais les traits sont bien les siens, comme sur la photo, avec ses lunettes, son front légèrement dégarni et son air d'intellectuel. Mais est-ce la connaissance plus intime que j'en ai désormais, après la condamnation qu'il jeta à sa victime, je ne peux m'empêcher de lui trouver un air plus jaune, plus mauvais, plus vicieux. D'autant que sa biographie m'est plus familière également. Je sais qu'au moment où Erich Wagner entra dans cette pièce, il avait trente-sept ans, une femme et deux enfants qui vivaient avec lui à l'extérieur du camp. Ils occupaient une agréable villa avec jardin et même si la fumée des fours crématoires, rabattue par le vent, avait parfois une odeur de chair brûlée, même s'il arrivait à Erich d'être un peu sévère avec les enfants ou avec sa femme, ils menaient une vie somme toute plaisante. C'était une position enviable d'être le médecin d'un des plus importants camps de concentration d'Allemagne, à quelques pas de la jolie et prestigieuse ville de Weimar, avec son théâtre, ses musées, ses souvenirs de Goethe et de Schiller. Poste d'autant plus enviable qu'Erich Wagner n'avait jamais été médecin, puisqu'il avait échoué trois fois à l'examen de médecine, à la grande honte de sa famille, où l'on était médecin de père en fils, en lignée aristocratique pour ainsi dire. Mais il avait en revanche adhéré dès 1930 au NSDAP, manifesté un engagement à la mesure de son échec préalable, et démontré une parfaite absence de scrupules ainsi qu'un dévouement brutal – surtout avec un gros gourdin – au national-socialisme. Cela suffit bien entendu à en faire un médecin de grande qualité, nommé à Buchenwald en 1939, et bientôt affublé du titre de docteur, puisqu'un détenu, Paul Grünewald, authentique médecin celui-là, fut contraint de rédiger pour lui une thèse de doctorat intitulée *Une contribution à la question des tatouages*.

Personne n'assista jamais à la première rencontre entre les deux Wagner, ou plus exactement entre le matricule 8007 et le médecin-chef Erich Wagner. Peut-être celui-ci entra-t-il dans la pièce en déclarant : « Bienvenue, sale Juif, dans la salle des morts. » Ou encore : « Cher Juif, j'ai envie de découper ton foie pour le jeter aux chiens. Les Juifs d'hier soir avaient la peau trop jaune, la chair trop blette, les pauvres bêtes sont allées se coucher l'estomac vide. » Ou bien : « Cher Monsieur, nous sommes bien heureux de votre venue car nous avons décidé ce matin de vous injecter le tout nouveau bacille du typhus dont nous disposons, qui, agrémenté de quelques autres maladies mortelles, devrait nous permettre de fabriquer pour nos soldats des vaccins de première qualité. Si vous le voulez bien, cela va de soi, cher Monsieur le Juif. »

Bien entendu, j'anticipe – et de surcroît avec un goût plus que douteux. Mais c'est pourtant ce qui est en train de se jouer dans cette infirmerie. C'est ici que le triangle rouge – donc politique, comme tous les Français de Buchenwald – devient juif, par la stupidité d'une visite médicale où sa nudité le révéla aussitôt.

    Et pourtant cela ne suffit pas. Bien d'autres Juifs français, déportés non pour des motifs raciaux – car ils étaient alors envoyés à Auschwitz – mais politiques, se retrouvèrent à Buchenwald, sans pour autant subir la haine particulière d'un SS. Juste la haine globale d'un système de destruction. Erich Wagner a certes compris durant cette visite que David était juif mais cela n'explique pas sa haine, d'autant qu'il n'a jamais été un antisémite déchaîné. Qu'il tienne les Juifs pour des créatures malfaisantes, on ne peut en douter. Qu'il les déteste personnellement est pour le moins improbable.

    L'attitude du médecin Wagner suppose donc que le matricule 8007, loin de faire partie de ces masses indifférenciées, mouvantes, inconnues, qu'étaient les détenus, ait acquis une identité humaine et soit devenu une personne. Pour une raison ou une autre, Erich Wagner a reconnu l'existence de son homonyme et a décidé d'en faire sa victime. Et même si j'en ignore la cause, même si je ne peux qu'imaginer le médecin passant à travers les lits superposés, durant une de ses rares venues à l'infirmerie, et découvrant soudain son ennemi, il faut bien que cet événement, sans doute minime, puisque je ne vois pas comment un incident notable aurait pu se produire entre un déporté, de surcroît malade, et un SS, soit intervenu.

    Le plus étrange dans cette histoire est que la véritable tragédie ne se déroulait pas entre les deux Wagner. David est alité à l'infirmerie, je me passionne pour le moment d'une rencontre, mais en ce moment même les concentrationnaires ne s'intéressent qu'à un autre détenu. En ce jour, si l'infirmerie avait une importance aux yeux du camp et des concentrationnaires les plus importants, qui ignoraient tout de David et ne s'en souciaient pas une seconde c'est parce qu'un meurtre devait s'y dérouler, sans aucun rapport avec David Wagner.

Dans la pièce adjacente se trouvait isolé Grogorij Kouchnir-Kouchnarev, un émigré russe blanc, directeur du secrétariat des détenus (et donc détenu lui-même). Celui-ci était entré à l'infirmerie le même jour que David, sans méfiance. Or, c'était l'occasion que les politiques attendaient depuis des années. Kouchnir était un informateur souterrain de la Gestapo et il avait livré à la SS des centaines d'hommes de la résistance intérieure du camp. Celui-ci, presque depuis son origine, était en effet le théâtre d'une lutte interne et secrète entre les détenus politiques et les détenus criminels, sur qui s'appuyaient les SS, trop peu nombreux pour contrôler tous les détails d'un camp de cette importance. Progressivement, les politiques s'étaient emparés de certains lieux-clefs du camp, et notamment l'infirmerie. Ils n'y régnaient pas, bien entendu, et les SS y continuaient leurs meurtres, mais la situation s'y était tout de même améliorée. Par stupidité, ou par excès de confiance, Kouchnir, se sentant malade, alla donc à l'infirmerie. Aussitôt, les politiques le déclarèrent contagieux et l'isolèrent dans une pièce. Là, il fut assassiné.

Si je raconte cet épisode, ce n'est pas pour vanter un des hauts faits de la résistance intérieure du camp, mais pour manifester la solitude tragique de David Wagner. Au sein de ce fourmillant réseau de vies parallèles qu'était un camp de concentration, où les destins se nouaient avec une rapidité effroyable, dans l'isolement inévitable que suppose une lutte contre la mort, la vie de David Wagner se décidait en cet instant et personne ne s'en souciait. Dans le camp, on ne songeait qu'à Kouchnir, auquel personne, d'ailleurs, ne pensait au dehors. Au même moment, l'événement qui occupait le monde était l'avancée allemande à l'Est puisque l'issue de la Seconde Guerre mondiale, sans que cela soit parfaitement clair pour les gens, se jouait alors en Russie, où des millions d'hommes s'affrontaient pour le destin de milliards d'autres.

Mais je veux me souvenir d'un seul homme. En ce jour un homme sans importance, un homme dont tout le monde ignore le nom, dont il ne reste qu'une photo anonyme dans un camp d'Allemagne, rencontrait celui qui allait le tuer.

10.

Tout est une histoire de nom. L'inconnu sur la photo a reçu son nom et autour de cette identité se sont accumulés des dizaines d'autres noms. Des vivants et des morts. Des vivants qui m'ont aidé à reconstituer la mémoire d'un homme et des morts qui ont hanté son destin. Si je cite parmi ces derniers Erich Wagner, Karl et Ilse Koch, plus accessoirement Martin Sommer, dont le rôle est sans doute plus important pour moi que pour David, par la signification – ou l'absence de signification de ce délire mortel – qu'il revêt, j'aurai indiqué les plus marquants.

De Sommer, j'ai déjà parlé et il a déjà brièvement croisé l'existence de David. Mais je n'ai fait qu'évoquer Koch, sur lequel il convient de s'arrêter, bien que sa personnalité importe moins dans ce récit que celle de son épouse, Ilse Koch.

L'histoire de Buchenwald peut être scindée en deux : sous la direction du colonel Koch et après son départ, en 1942. À l'évidence, il n'est pas responsable de toutes les évolutions : les terribles conditions de la construction du camp, en 1937, et de son organisation, dans les années suivantes, sont aussi la cause de sa dureté. Par ailleurs, la chute de plus en plus rapide de l'Allemagne, dans la dernière année de guerre, explique également la raréfaction de la nourriture et la désagrégation progressive du camp, ce qui engendra à la fois des dérives mortelles et une prise de contrôle plus importante des détenus. L'histoire interne des lieux échappa donc à l'emprise de Karl Koch. Il n'en reste pas moins que celui-ci présida aux années les plus dures et que c'est sous sa direction que Sommer officia, en même temps que la corruption sévissait à Buchenwald, toujours au détriment des détenus. Son éviction fut un soulagement.

Koch était un exemple typique des déclassés SS s'élevant par la violence, les concussions et le crime et dont l'adhésion au nazisme fut autant la conséquence d'un tempérament que d'une ambition sociale. Né à Darmstadt en 1897, il était le fils d'un petit fonctionnaire d'état civil. Après des études plus que médiocres, il fut mobilisé, bien qu'il ne combattît en fait, malgré ce qu'il put raconter, que quelques semaines sur le front. Mais dès 1920, il était prêt pour la suite : soldat démobilisé, avide de revanche et de gloriole, anticommuniste, participant déjà à quelques raids fascistes contre les organisations ouvrières, vague ouvrier de commerce, il correspondait parfaitement au recrutement nazi. Son portrait allait être complété par de nombreuses escroqueries commises à l'encontre de ses employeurs et une peine de prison. Lorsqu'il en sortit en 1930, semi-clochard, divorcé de sa première femme et père d'un enfant interné pour débilité mentale, il faisait partie de ces déclassés sociaux prêts à tout qui allaient être le fer de lance des nazis. En 1931, il adhéra au NSDAP et commença alors une ascension rapide chez les SS. Officier de la SS-générale, il passa aux unités Totenkopf et devint à Berlin commandant de la Columbia-Haus, la prison pour détenus politiques. Remarqué pour son activité (soit pour le nombre et la cruauté de ses tortures) par Eicke, l'inspecteur général SS des camps de concentration et par ailleurs assassin de Röhm, chef des SA concurrents, Koch fut nommé commandant de la garde du premier grand camp nazi, Esterwegen, dans la région des marais d'Emsland, puis commandant du camp lui-même, avant d'accéder à la direction de Buchenwald en 1937 pour y édifier un des camps les plus fameux de l'histoire nazie. Quelques mois plus tard le rejoignait sa seconde femme, Ilse Koch, qu'il avait épousée en 1937.

C'est cette femme que David croisa dans les allées qui bordaient Buchenwald, et de cette circonstance, coïncidant avec la rencontre d'Erich Wagner, allait découler son destin. Après une semaine à l'infirmerie passée à produire chaque jour la preuve d'intenses diarrhées, cérémonial durant lequel les malades de dysenterie, à la queue l'un derrière l'autre, avaient chaque jour une minute pour produire dans une bassine et devant un infirmier, la preuve viscérale et liquide de leur état, faute de quoi ils étaient expulsés du Revier, David était sorti à peu près rétabli. En fait, alors même que cette rencontre avec Erich Wagner fut décisive pour son destin, David s'en était à peine rendu compte. Tout au plus avait-il aperçu un médecin SS, sans même qu'on sache s'il avait pris conscience de cette homonymie (je dois d'ailleurs ajouter, pour l'avoir recherché sur les registres, que dans toute l'histoire du camp, quatre détenus Wagner, sans aucun lien de parenté, se sont succédé à Buchenwald, auxquels il faut donc ajouter l'Untersturmführer SS Wagner).

David avait retrouvé les carrières. Trois ou quatre hommes par jour, épuisés, y étaient « abattus pour tentative de fuite ». Lui-même était très clairement, selon Serge Kolb, en train de devenir un « musulman ». Un soir, au retour des carrières, Müller lui ordonna de passer avec un de ses compagnons de travail par les usines d'armement pour y prendre des outils. Comme les deux détenus marchaient, un soldat derrière eux, ils entendirent un bruit de sabots.

— Ne te retourne pas.

— Pourquoi ? demanda David.

— C'est la commandante Koch. Ne te retourne pas, ne la regarde pas. Elle nous hait. À son passage, tu te mettras au garde-à-vous mais *surtout ne la regarde pas.*

Au moment où la commandante arrivait à leur hauteur, le soldat les frappa d'un coup de crosse pour les obliger à s'incliner. Malheureusement, Ilse Koch ne se contenta pas de passer son chemin, ce qui était toujours mauvais signe. Elle arrêta son cheval.

— Que faites-vous là ? demanda-t-elle.

— Nous allons chercher de nouveaux outils pour les carrières, répondit David en allemand.

— C'est de la paresse. Je vais noter vos matricules.

Avec son crayon, elle nota les deux numéros de matricule, en signalant d'un astérisque celui de David Wagner.

Le compagnon de David, un certain Weiss, était accablé.

— Nous sommes bons pour le chevalet ce soir.

— Pourquoi ? Nous étions en service commandé. Et elle l'a bien vu : il y avait un soldat avec nous.

— Tu ne la connais pas. Elle est totalement folle, pire que les SS. Les punitions tombent de partout avec elle. Il suffit de la regarder mais parfois aussi de ne pas la regarder pour passer sur le chevalet. Elle a tué plusieurs détenus pendant la construction de sa villa. Il suffisait de casser un vase ou une branche pour être envoyé au Bunker. Et là Sommer prenait le relais.

— Elle est jolie, dit David.

C'était une des rares paroles d'« avant » qu'il ait prononcée depuis son arrivée au camp, une appréciation esthétique et légère.
Weiss eut un air stupéfait.
— Tu as vu sa veste bariolée ? demanda-t-il.
— Oui. Surprenante.
— Elle a fait tuer un Tzigane à son arrivée pour prendre sa veste. Et ses bottes ?
— Quoi ? Qu'est-ce qu'elles ont ?
— Ce sont celles d'un prêtre polonais.
Le soir, David fut appelé à la grande porte. Souvent, ces appels étaient définitifs et celui qui allait à la grande porte, c'est-à-dire la porte d'entrée du camp, n'en revenait jamais. Weiss lui serra la main.
— C'est l'œuvre de la commandante. Je ne sais pas pourquoi tu es seul à t'y rendre.
David traversa le camp. Dans la nuit, des flocons de neige tombaient avec un froissement délicat. Une lumière sourde émergeait des Blocks mais David était seul. Il raconta plus tard qu'il pensait vraiment mourir ce soir-là et qu'il marchait avec un mélange d'angoisse et de soulagement, en aspirant la nuit, les étoiles et la clarté de la lune, comme un ultime cadeau glacé de la vie. La jouissance de ses dernières minutes était mêlée d'un sentiment de parfaite contingence : en cela, le camp avait fait son ouvrage. Sans l'avoir brisé, il l'avait néanmoins persuadé de son inutilité. Un homme allait mourir. Cela n'importait pas. À côté de lui, d'autres mouraient chaque jour, et chacune de ces morts était acceptée, parfois même accueillie. Si elle n'était pas une compagne, la mort était tout de même une solution. Ce qu'on pouvait craindre, c'étaient les derniers

moments, c'était la torture, peut-être même la balle qui faisait éclater la tête mais certainement pas la mort. David craignait Sommer, il avait peur des minutes qui allaient suivre mais voilà des semaines qu'on l'avait préparé à la mort. Il s'aperçut à un moment qu'il tremblait, et il savait que ce n'était pas seulement de froid.

Mais ce ne fut pas Sommer qui l'accueillit. À la grande porte, un Kapo ensommeillé lui expliqua qu'un SS l'accompagnerait le lendemain à 5 heures à la villa Koch. Bien que la nouvelle fût incroyable, David avait suffisamment l'expérience du camp pour ne pas trop se réjouir. Une rencontre avec les Koch avait toute chance de l'envoyer directement dans les bras de Sommer. Mais il obtenait au moins un avantage : il échapperait pour une journée aux carrières.

Le lendemain, Weiss fut étonné de le voir mais David eut seulement le temps de lui dire qu'il était convoqué chez les Koch. Weiss hocha tristement la tête. Quelques minutes plus tard, à la grande porte, un SS conduisait David à la villa Koch, située en bordure du camp, à proximité de la route qui menait à Weimar. Ils arrivèrent devant la porte d'entrée d'une haute villa de bois sombre entourée d'un jardin et de grands arbres. Le soldat frappa. Personne ne répondit. Il frappa de nouveau. En vain. Alors, ils attendirent une heure devant la porte, presque sans bouger, espérant percevoir un mouvement dans la maison. Mais David se doutait que les Koch ne se levaient pas si tôt.

À l'aube, une voiture s'arrêta devant la villa. Il devait s'agir du chauffeur du colonel. (C'était le grade de Koch. On appelait Ilse Koch la commandante non parce que son mari avait le grade de commandant mais parce qu'il commandait le camp de Buchenwald.) Un quart d'heure plus tard, la porte s'ouvrit et un homme en uniforme apparut. David se mit aussitôt au garde-à-vous. L'homme le considéra avec étonnement.

– *Zu Befehl!* dit David en renouvelant son salut.

L'homme haussa les épaules et passa. Comme la porte restait ouverte, le soldat poussa David à l'intérieur et demeura dehors à monter la garde. Dans la maison, rien ne bougeait. Pas de domestique, pas de soldat, pas de détenu. Ou bien tout le monde dormait. La première pièce était une grande salle de réception dans un terrible désordre, l'immense table encore jonchée de reliefs de nourriture, tachée de vins, plusieurs chaises et fauteuils à terre, avec partout des verres qui traînaient. David restait debout au milieu de la pièce, sachant qu'il n'avait pas le droit de s'asseoir. Mais lorsqu'il se fut persuadé qu'il n'y avait décidément personne, il releva un fauteuil et s'assit. Il faisait chaud, il était seul et, comme toujours depuis son arrivée au camp, épuisé. Ses paupières se fermaient mais il savait que si la commandante se levait et le trouvait endormi dans un de ses fauteuils, il retournerait aussitôt aux carrières. Dans le meilleur des cas. Ce combat entre la peur et le sommeil était inégal. David sombra. Heureusement, après un temps indéfinissable, un bruit l'éveilla. Du fond de son sommeil, il se redressa aussitôt, chancelant, saisi par le vertige de ce passage à la conscience. Ilse Koch avait ouvert la porte de sa chambre et descendait l'escalier. Brumeuse, somnambulique, elle était encore en chemise de nuit. Ses cheveux roux étaient en désordre. David, effrayé, ne savait que faire. Et si elle se mettait en fureur d'être ainsi surprise ? Un regard était puni du chevalet. Alors la surprendre ainsi, pieds nus, en chemise de nuit !

Ilse Koch s'avançait dans la salle de réception. Elle marchait sans rien voir, ténébreuse, avec une moue maussade. Elle

s'arrêta, considéra un verre de vin encore plein puis le but. David ne bougeait pas, ne faisait rien. Il n'osait pas se signaler, il n'osait pas partir. Et puis elle le vit. Elle ne parut pas surprise. Simplement, elle ignorait la raison de sa présence. Elle lui demanda son nom, de son air revêche habituel.
— David Wagner.

Elle s'approcha. Le contempla. Puis hocha la tête, paraissant se souvenir.

David ne comprenait toujours pas. Pourquoi l'avait-elle fait venir ? La commandante se retourna, erra de nouveau dans le salon. Elle lui dit qu'il serait son nouveau « Kalfaktor », mot qu'il ignorait et dont il tâchait de comprendre le sens. Pourquoi ce titre ? Et puis s'asseyant dans un fauteuil, elle s'arrêta de parler. Son regard lourd, hautain, contemplait le salon, comme devant une splendeur défunte. En fait, elle n'était pas jolie. On aurait plutôt dit une bouchère un peu vulgaire, grasse et plantureuse, mais suintant le mépris. Son nez comme un bec d'aigle, ses yeux durs, sa bouche charnue, et même sa chevelure en cet instant emmêlée, hirsute, tout cela soulevait l'antipathie. Elle pouvait susciter un désir mêlé de haine mais elle n'était pas jolie.

L'homme maigre, tondu, humilié qui lui faisait face n'avait pas la force de juger. Il se contentait d'avoir peur, tout en se demandant toujours pourquoi elle l'avait fait venir. Et puis soudain, mû par une inspiration, il se mit à ranger la pièce. Il commença par remettre les fauteuils en place puis débarrassa la table en rangeant les verres et les assiettes à la cuisine. Au début, la commandante demeura dans son fauteuil puis elle disparut. Aux alentours de 10 heures, une femme arriva. Elle lui lança :

— *Du bist der neue Kalfaktor ?*
— *Ja.*
Puisqu'il entendait de nouveau ce mot, c'est qu'on l'avait en effet appelé pour cela. Il devait être une sorte de domestique, puisqu'il passa son temps, en compagnie de la femme qui travaillait aussi à la maison, une grosse femme d'une quarantaine d'années aussi méprisante envers lui que sa maîtresse, à faire les lits, laver la vaisselle, faire le ménage. Cette tâche accomplie dans la chaleur d'une maison, et surtout le moment qu'il passa à allumer le feu dans la cheminée, presque avalé par la flamme tant il se collait à elle, ainsi que les déchets dont il put se nourrir, et qui étaient abondants, furent un répit merveilleux dans son existence de détenu. Il se cacha pour savourer ces moments, car il savait qu'il lui était interdit de manger, et que plus généralement tout plaisir était sévèrement puni : aux carrières, un homme qui se reposait était frappé, un homme qui fumait pouvait être tué. Dans la villa Koch, au centre du système, il n'y avait pas de raison que les règles changent.

Le soir, après être rentré au camp, toujours sous la surveillance d'un SS, David relata à Serge sa journée. Celui-ci réfléchit longuement, posément, puis donna son avis :

— On m'a parlé d'Ilse Koch. Elle est mauvaise. J'essaierai d'en savoir davantage. Mais le fait est que ta place est intéressante. Si vraiment tu es devenu domestique des Koch, cela signifie la fin des corvées, du froid, peut-être même de la faim si tu réussis à voler de la nourriture. Il est clair que tu seras renvoyé à la moindre erreur mais pour le moment tu ne peux qu'y gagner. Une seule question, à mon avis, se pose : pourquoi toi ? Je veux bien que tu sois domestique, tu es agréable, mais pourquoi ne pas avoir pris un Allemand ? Les autres nationalités entrent rarement dans les maisons SS, elles sont plutôt affectées au jardin.

– La raison, je l'ignore. Mais tout est préférable aux carrières. Et puis même si je ne suis pas allemand, je parle bien la langue.

L'explication linguistique n'était pas impossible, la connaissance de la langue allemande étant le premier facteur de survie dans les camps. Cela dit, une explication plus ponctuelle que Serge rapporta le lendemain, après avoir pris des renseignements, pouvait aussi éclairer ce choix. Les Koch recherchaient en effet un domestique. Kurt Titz, le précédent Kalfaktor (terme en fait presque inconnu en allemand courant et qui désigne des hommes de peine dans une prison), avait été retrouvé en état d'ivresse par la commandante. Celle-ci ajoutait même qu'il s'était travesti en femme, ce que Titz niait. Ses dénégations n'y changeaient d'ailleurs évidemment rien et il était enfermé au Bunker depuis plusieurs semaines. D'autres Kalfaktor engagés à l'essai n'avaient pas plu à la commandante, de sorte qu'ils en avaient été punis par des affectations dans les Kommandos les plus durs.

Soucieux de ne pas effrayer son ami, Serge n'ajouta pas d'autres informations et il est possible que David ne connut jamais le terrifiant passé d'Ilse Koch. Avant Buchenwald, celui-ci n'a toutefois rien de remarquable. Malgré les affabulations (elle aurait été fille de prostituée, violée à l'âge de douze ans…), Ilse Köhler était la fille d'un contremaître de Dresde, militant social-démocrate. Dactylo, la jeune femme s'engagea par arrivisme dans le NSDAP, où elle rencontra son futur époux, le cadre montant de la SS Karl Koch. Et bien que celui-ci ait une fois affirmé qu'il ne l'aurait jamais épousée si elle ne s'était pas tant accrochée, le fait est que l'obstination paya : Ilse Köhler devint la commandante Koch. À partir de ce moment, sa vie se fit monstrueuse. Mais elle est en même temps plus accessible à la raison que celle d'un homme comme Martin Sommer et tout l'itinéraire de la commandante ne m'a jamais plongé dans des abîmes comme celui de Sommer. Il y a dans la cruauté et le sadisme de cet homme une impossibilité confondante. La cruauté de la commandante était la plupart du temps indirecte : elle tuait en notant un matricule. Son sadisme était pour l'essentiel une déviance purement nazie, c'est-à-dire qu'elle épousa non seulement Koch mais un système de destruction de l'autre. Cette femme à la fois vulgaire et arriviste, à l'existence médiocre, gagna soudain un pouvoir absolu, un pouvoir de vie et de mort, sur des dizaines de milliers de détenus. Si Sommer est une de ces incarnations souterraines d'une folie obscure, un délire de cruauté du nazisme, tapi dans les caves et les prisons, Ilse Koch en est sa face avouée : la négation de l'autre, le mépris, la délation qui conduit à la mort. Sommer était l'exécutant des basses œuvres d'Ilse Koch et en cela il y a un lien indéfectible entre les deux. Lien de ressemblance aussi : lourds, forts, avec une virilité évidente pour l'un et une féminité opulente, grasse pour l'autre. Peut-être même ont-ils été amants, tant la commandante a été prodigue de son corps. Mais encore une fois, la déviance d'Ilse Koch ne nous fait pas pénétrer les visqueux méandres du délire et on devine, si prudent qu'il faille être en ces domaines, par quels chemins sa médiocrité s'est transformée en perversité.

Je reparlerai du destin d'Ilse Koch, puisque si mon histoire familiale est du côté des victimes, la volonté de savoir me porte vers les coupables, et j'ai voulu connaître leur châtiment. Ce n'est pas par esprit de vengeance : on a compris, je pense, que je ne suis pas engagé du côté de mon grand-père. Je n'éprouve pas d'amour pour cet homme que je n'ai jamais connu et qui n'en méritait peut-être aucun. Passé disparu, poussière dissipée, il ne restera, malgré les témoignages, qu'une ombre. Mais je suis engagé aux côtés de la mémoire de David Wagner, notion plus abstraite et plus nuancée que l'amour. J'ai voulu savoir ce que les coupables sont devenus parce que la mémoire des morts a deux visages : celui de l'homme tombé à terre et celui de l'homme qui l'a fait tomber. Autour vit le système qui a permis le crime. C'est à ces trois termes de la mémoire que je me suis intéressé.

Qu'on sache seulement, pour l'instant, qu'Ilse Koch fut jugée trois fois. Peu après son deuxième procès, celui de Dachau, l'accusateur américain, William D. Denson, écrivit dans un article du *Frankfurter Rundschau* du 8 octobre 1948 : « Ilse Koch est l'image même de la perversion sadique. Peu à peu, je pris conscience qu'Ilse Koch n'était pas une femme dans le sens ordinaire, mais une créature d'un autre monde, absolument inhumain. » Je ne partage pas cet avis, qui me paraît trop rhétorique. Si la commandante était en effet d'un autre monde, ce n'était pas de Mars ou de Neptune, mais de Buchenwald, qui est tristement humain. Ilse Koch n'était pas inhumaine et les procès de l'après-guerre, fondés sur une métaphysique sous-jacente du Mal, auscultant avec effarement le Mal absolu, en faussaient la compréhension. Il faut au contraire considérer en cette femme l'insigne médiocrité, la vulgarité, la petitesse, l'appétit sexuel transmués brutalement en pouvoir absolu. De cette confrontation jaillit la tragédie.

Les éléments la condamnant sont exprimés au procès d'Augsbourg en 1949 par le juge Jagomast. Je me contente de les résumer. On comprendra pourquoi Serge n'avait pas voulu trop en dire. Il est précisé dans l'exposé des faits que l'épouse du commandant, lors de ses sorties à cheval, frappait avec une cravache ou un bâton les détenus qu'elle rencontrait. Elle notait également certains matricules afin qu'ils soient punis du chevalet, de la pendaison par les bras à un arbre ou du Bunker, où beaucoup trouvèrent la mort. Le juge cite ensuite plusieurs meurtres qu'elle a ordonnés. Puis, dans un long paragraphe, il évoque une pratique monstrueuse de la commandante : à partir de l'été 1940, après avoir vu des photographies de détenus tatoués faites par le docteur Wagner dans le cadre de ses « recherches » (son doctorat, rappelons-le, portait sur les tatouages), Ilse Koch demanda qu'on lui livre les plus beaux tatouages, ce qui signifiait assassiner les hommes et leur prélever la peau pour la tanner. Le juge note qu'il arrivait aussi à la commandante de relever un matricule dans les allées du camp lorsqu'elle avait aperçu un tatouage qui lui plaisait. Ces peaux étaient utilisées pour des abat-jour, des reliures de livres, des chaussures. Enfin, le dernier chef d'inculpation revient sur le sort de vingt-quatre détenus juifs du printemps de 1941 conduits à la carrière. Sur le chemin, des SS se mirent à leur tirer dessus. La commandante, à cheval, les exécutait quant à elle au pistolet.

Voilà ce que David Wagner aurait pu apprendre. Et voilà ce qu'heureusement il n'apprit pas, au moins avant d'entrer à son service, puisque c'est ce même arbitraire du bourreau, dans la toute-puissance du meurtre ou de la sauvegarde, qui allait provisoirement le sauver. Au lieu de partir à la carrière, dans le froid, soumis aux rigueurs et aux fatigues, il se rendait chaque matin à la villa Koch. Il rangeait la salle à manger en attendant le réveil de la commandante, vers 8 heures, qui lui disait d'aller s'occuper des enfants. Artwin, le garçon de quatre ans et Gisela, une petite fille de trois ans, étaient curieusement doux. Lorsqu'ils sortaient du sommeil, les yeux un peu vitreux, leurs gestes fragiles le touchaient. Parfois, la petite fille, blonde et blanche, observait David avec des yeux écarquillés, comme si elle cherchait à comprendre. Quoi ? Il ne le savait pas. Il nourrissait également le chien Artus, un fox à poil dur, qui recevait sa viande de la cuisine SS, une portion qui aurait pu servir à la soupe de dix détenus. Parfois, David lui en dérobait mais ce n'était pas simple parce que le chien aboyait contre ces vols.

Un autre Kalfaktor travaillait au jardin. Il n'entrait jamais dans la maison. Du reste, David était jaloux de ses attributions. Sa place le maintenait en vie et au chaud. Il n'aurait pas admis de rival sur ses terres.

Vers 10 heures, la bonne arrivait. Elle s'appelait Gudrun et s'adressait à lui le moins possible. Lorsque la besogne lui répugnait, elle appelait David. Un jour où Artus s'était répandu dans la cuisine et alors même qu'elle venait de glisser dans les excréments, elle demanda à David de lui essuyer les chaussures et de laver le sol. Celui-ci ne faisait aucune remarque. La bonne était allemande, elle était libre, elle habitait Weimar. Elle était donc membre de l'autre monde, celui qui s'ouvrait au-delà des portes du camp. À ce titre, si stupide qu'elle soit, elle était une créature supérieure, non pas en droit mais en fait. Parfois, elle racontait à Ilse Koch sa soirée de la veille. Elle se mettait à rire. Ces brefs aperçus de l'autre monde étaient lourds de tristesse pour David. Il percevait une vie de famille, des enfants, la liberté. Mais il savait aussi que cette tristesse était une bonne nouvelle car les mélancolies ne le touchaient pas lorsqu'il travaillait à la carrière. La désolation de son âme n'en autorisait pas la douceur. Il lui arrivait maintenant, plus souvent, de songer à sa vie passée, à sa famille, à Virginie. Sa solitude s'étoffait de souvenirs.

À midi, Ilse Koch sortait de ses appartements. Ce bruit faisait toujours frissonner David car la commandante pouvait exploser en de violentes colères. Curieusement, ces tempêtes étaient plus souvent dirigées contre la bonne que contre lui. Mais Gudrun, pour l'instant, gardait sa place. Il était de notoriété publique que les bonnes ne restaient jamais longtemps chez les Koch. Après une rapide inspection, dont le résultat ne tenait pas tant à la qualité du ménage qu'à celle de son humeur, Ilse Koch commandait un repas à la cantine SS, qui lui préparait toujours ses meilleurs plats. Elle déjeunait seule ou avec des amis. David les servait. Il était inutile d'en profiter pour se nourrir dans la cuisine. Gudrun, qui veillait, l'aurait dénoncé. Jamais il ne put ne serait-ce qu'y goûter. Il se rattrapait le matin, avant le réveil de la famille, en profitant des restes. Ilse Koch, bien entendu, ne lui offrit jamais à manger ni à boire. Cela allait de soi. Du reste, il devait se méfier de la nourriture puisque les toilettes lui étaient interdites.

L'après-midi, Ilse Koch sellait son cheval. Elle chevauchait des heures, parcourant le camp et les forêts, surveillant son domaine, cravachant les détenus. Son terrain de jeu s'étendait devant elle, toujours identique et toujours renouvelé, avec cette marée humaine sous son pouvoir.

Il lui arrivait aussi de recevoir des amis ou des amants. Devant David, elle ne se cachait pas puisque cet homme n'était rien. Peut-être était-ce d'ailleurs une des raisons de son choix. Les détenus, surtout étrangers, n'ont pas de regard. Même Titz, pourtant marqué du triangle noir de l'asocial, était allemand.

Le docteur Hoven, le supérieur de Wagner, ou Florstedt, l'adjoint de Koch, étaient ses amants avoués, ce qui n'excluait pas les amants de passage.

Il y avait néanmoins un aspect troublant dans cette neutralité du regard de la commandante. Parfois, David avait l'impression de ne pas exister, comme si on l'avait déjà rayé du monde des vivants. Depuis son arrivée au camp, il était évident qu'on lui avait ôté sa qualité d'homme. En même temps qu'il avait abandonné ses vêtements et qu'on l'avait tondu, il avait remis son identité, comme on tend un manteau. Il n'était plus rien, sauf un élément de la destruction. Mais l'absence d'expression de la commandante était une expérience nouvelle. Chaque jour, chaque nuit, il avait connu la perte de l'humanité. Cependant, il n'avait pas éprouvé cette absence. Artus avait bien sûr beaucoup plus de présence que lui mais même le premier chien errant en avait davantage. La commandante aurait pu faire l'amour devant lui sans en être gênée. Le matin, lorsqu'il entrait dans sa chambre pour prendre ses ordres, elle était à moitié nue. Elle aurait fait tuer tout détenu au regard trop insistant mais elle s'affichait ainsi devant lui. Plusieurs fois, il avait vu son sexe, roux, à la toison abondante, et il y avait une excitation vénéneuse dans cette vision interdite. Il était si certain d'être mis à mort au moindre geste, au moindre regard insistant, que l'aperçu était presque un blasphème. Mais la commandante ne voyait pas un homme – à peine une chose.

David se demandait parfois si elle ne jouait pas avec lui ces matins-là. Il était possible qu'il ne soit pas seulement cette absence et cette chose mais aussi un homme qu'elle pouvait absolument mépriser, qu'elle pouvait exciter et mettre à mort s'il révélait son désir. C'était peut-être un jeu mortel auquel elle s'adonnait. Mais les jours passaient et il fallait bien se rendre à l'évidence : le regard de la commandante ne cillait pas lorsqu'il passait devant elle. Il n'avait plus de corps, plus d'ombre, plus de chair. Il était un fantôme.

Cela ne l'humiliait pas. Il songea seulement une fois qu'à Paris, cette femme n'aurait même pas valu une nuit. Une sieste à la rigueur. Il aurait sans doute même repoussé ses avances (et il était bien clair qu'elle aurait tenté de le séduire). Cela le fit sourire. C'était de nouveau une pensée normale, une pensée d'« avant ». Le fantôme avait une pensée de séducteur.

C'était assez étrange. Par certains aspects, il retrouvait des pensées d'autrefois et donc une identité. Le « musulman » s'éloignait. Son âme était plus forte, ses gestes plus vifs, il se reprenait à espérer en l'avenir. Il se disait qu'il fallait tenir. Très souvent, il agissait comme un automate, ses pensées étaient ailleurs, nichées dans l'atelier parisien, au bois de Boulogne, dans les fêtes de la capitale. Une femme riait à ses côtés, une femme grande et blonde dont il possédait la photo, qu'il contemplait sans cesse. Il la retrouvait dans des lits d'hôtel, la poursuivait, la rejoignait dans sa chambre au-dessus de l'atelier. Ensemble, ils volaient du temps. Elle était douce et flamboyante, enragée parfois. Tout cela, il pouvait l'éprouver dans le silence de la grande maison, à l'aube surtout, lorsque le soldat l'abandonnait et qu'il accomplissait les premiers gestes du ménage. Et il ressortait plus fort de ces plongées dans le passé.

Mais par ailleurs, ses pensées étaient pénétrées par la mort. Des visions morbides et violentes le traversaient, comme si l'enveloppe de normalité apparente se détachait et libérait des songes monstrueux. Chaque matin, lorsqu'il entrait dans la chambre des enfants et que ceux-ci s'éveillaient, sa main se tendait vers leurs cous et il imaginait cette tendresse fragile au cou brisé, comme des fleurs blanches jetées en travers des draps. Et lorsque Ilse Koch se prélassait dans son lit, son regard croisait la lampe dont le pied était constitué d'un os humain et dans une brusque déflagration, la pièce entière se couvrait d'ossements et lui-même devait se retenir pour ne pas hurler et pour ne pas bondir sur la femme devant lui, non pour la punir de sa cruauté, mais simplement parce que la violence et la mort éclataient en lui. Il passait dans la cuisine, brisait la tête de Gudrun, le sang coulait, coulait, inondait le sol et Artus léchait des ruisseaux de sang. Le monde avait explosé et lorsqu'il entrait dans le camp, la rumeur sourde de la mort lui parvenait, un grand gémissement qui n'était peut-être pas, celui-là, imaginaire mais qui était seulement la conscience des meurtres qui s'accomplissaient. Parce que les colonnes épuisées qui s'allongeaient à l'appel, ces morts vivants au visage hâve, squelettiques, parce que les corps étendus dans les châlits comme sur des lits de mort, qu'était-ce sinon la mort elle-même, dérobée aux songes ? Alors peut-être fallait-il donner un peu de violence et de mort à cette famille préservée. Peut-être fallait-il aussi que le sang coule, de sa propre main. Que le Juif fantomatique, l'ennemi, le pervers, la plaie du genre humain joue en effet son rôle.

Mais il ne le joua pas. Les visions restèrent inachevées. David ne songea jamais sérieusement à tuer la famille Koch, sans doute parce qu'il espérait encore rester en vie, alors que ce meurtre aurait signé sa fin. Ou tout simplement parce qu'il n'était pas un meurtrier – même dans le vacillement immense des notions de vie et de mort.

Ce balancement ivre des visions fut un matin accentué. Il travaillait dans la maison lorsqu'il sentit une présence dans son dos. Il se retourna. Un adolescent se tenait debout, la bouche ouverte. Il était pâle, immobile, les yeux fixes. David le salua. Le garçon ne répondit pas. Il ne bougeait pas. David poursuivit sa tâche, en jetant de temps à autre des regards derrière lui. Il proposa à boire. Aucune réponse. Mais l'adolescent le suivait des yeux. David prit un balai et se mit à essuyer le sol avec une serpillière. L'autre eut l'air intrigué. À un moment, ils se trouvèrent à proximité. Le garçon fit un geste vers le balai. David s'arrêta, le lui donna et le ménage passa ainsi dans d'autres mains. L'adolescent, avec des gestes maladroits mais énergiques, se mit en devoir de promener partout la serpillière, sous tous les meubles, dans tous les recoins. D'une attention minutieuse, il scrutait les détails de son œuvre, en poussant parfois des grognements.

Au bout d'un quart d'heure, David, craignant les reproches à venir, voulut reprendre le balai. Peine perdue. L'autre grogna d'un air plaintif, marmonnant « *Will nicht, will nicht* ». Déconcerté, David entra dans la cuisine mais dès qu'il n'y eut plus personne pour l'observer, le garçon cessa son mouvement. Il paressa rêveusement, appuyé sur son balai, fit quelques pas de danse puis, laissant tomber le balai, se rapprocha de la cuisine. Prudemment, comme un chat, il passa la tête.

Un cri lui fit rebrousser chemin.

– Manfred !

C'était la commandante.

– Va-t'en ! Ne traîne pas dans la cuisine !

Le garçon, les bras ballants, s'éloigna à l'autre bout du salon. Puis il s'assit dans un fauteuil en fermant les yeux.

Manfred, le fils du premier mariage de Koch, exilé par sa belle-mère au pensionnat de Gera, était à la villa pour une semaine. David passa ainsi une semaine sous ce regard fixe, légèrement hagard, dans cette suspension de la réalité provoquée par l'anomalie mentale du garçon. Entre les cris de la commandante, les rares passages de Koch, uniforme noir imposant mais toujours furtif, le regard fixe de Manfred et les visions meurtrières, David touchait du doigt le délire du camp. Lui-même, pourtant, malgré les images, n'avait pas l'impression d'être fou. Mais il se rendait compte que la folie était entrée dans le camp, qu'elle ne concernait pas seulement les déments vite assassinés par la garde mais qu'elle s'était immiscée dans la vie commune. Une folie multiforme, du squelette en haillons, attaché et bavant comme le dessinaient les représentations du Moyen-Âge, au bourreau déchaîné, en passant par le concentrationnaire pointilleux, attentif, maniaque, spectre de la survie à tout prix.

Si les événements prirent en effet un tour quelque peu hystérique, c'est aussi parce que les Koch étaient sur le déclin. David observa leur crépuscule. Bien entendu, Koch restait le maître incontesté du camp mais le mécanisme qui devait le broyer s'était mis en marche. Cette affaire, David n'en eut jamais une idée claire et même Serge, alors que tous les réseaux du camp travaillaient sur la question depuis des semaines, puisqu'il en allait de l'avenir de la direction de Buchenwald, ne la connut dans son intégralité qu'après la guerre. Les historiens se sont beaucoup penchés sur le procès Koch, qui fut en fait le procès de la corruption des camps SS, et mon propos n'est pas d'entrer dans les détails. Néanmoins, pour présenter brièvement les faits, il semble que toute l'accusation soit née de l'inimitié et des rivalités entre Karl Koch et le prince de Waldeck-Pyrmont, le responsable SS du district de Weimar. Lorsque Koch était protégé par Eicke, l'inspecteur général des camps, l'abattre était impossible. Mais lorsque Eicke partit combattre sur le front de l'Est, où il allait trouver la mort, le prince passa à l'attaque. À l'automne 1941, le fisc interrogeait Koch sur une absence de déclaration d'impôts à propos des comptes de la cantine de Buchenwald. À partir de ce moment-là, la chute de Koch commença. Elle fut au début enrayée par le soutien du Reichsführer Himmler : le colonel fut seulement muté au début de 1942 à Lublin, plus connu sous le nom de camp d'extermination de Maïdanek. Mais le prince de Waldeck-Pyrmont, accompagné du juge Morgen, qui était décidé à combattre les malversations dans les camps SS, mettait peu à peu à jour des informations accablantes. Tout le camp, gangrené par la corruption, était un réservoir de bénéfices considérables, dont Koch profitait au premier chef : détournement de la nourriture des détenus, extorsion de fonds par des procédés divers (c'est pour cela que les familles étaient autorisées à envoyer de l'argent aux détenus) incluant le chantage ou la punition, utilisation du travail des ouvriers d'usine, exploitation des talents des artisans du camp pour usage personnel et revente. Pour faire disparaître les preuves, l'administration Koch avait brûlé tous les papiers. Mais le juge Morgen découvrit que le colonel avait aussi fait exécuter par le caporal-chef Planck deux Kapos d'infirmerie, Krämer et Peix, qui en savaient trop sur l'exploitation financière des Juifs.

– Jamais la justice ne s'est inquiétée d'exécutions de détenus dans les camps. Pourquoi s'intéresser à ces deux hommes ? demandai-je à Kolb.

– J'ai l'impression que la personnalité de Krämer a joué. C'était un homme très fort qui avait beaucoup contribué à l'amélioration du Revier, qui pratiquait même des opérations, alors qu'il était tourneur sur métaux de formation. Si l'infirmerie a été infiltrée par les politiques, c'est en bonne partie grâce à lui. Il était très connu à Buchenwald et même si David et moi sommes arrivés au camp quelque temps après son exécution, cette histoire circulait beaucoup. En fait, ce qui intéressait le juge Morgen, c'était le motif plus que l'acte. Assassiner des détenus, c'était pratique négligeable mais si ceux-ci étaient tués parce qu'ils avaient été témoins de malversations, l'affaire prenait un tout autre tour.

Les charges s'accumulaient contre Koch. Le soutien faiblissant d'Himmler se traduisit par une nouvelle mutation, qui entraîna cette fois Koch en Bohême-Moravie, en août 1942. La chute s'accélérait. Un an plus tard, Koch était incarcéré. Les enquêteurs avaient découvert l'élément le plus accablant : comme le sous-officier SS Köhler avait menacé de faire des révélations, Martin Sommer et le docteur Hoven, sur ordre de Koch, l'avaient assassiné. Karl Koch, Ilse Koch, Planck, Sommer, Hoven furent jetés en prison.

Nous n'en étions pas là. Lorsque David était Kalfaktor chez les Koch, la chute n'avait pas commencé. La menace, à l'évidence, planait depuis l'automne et Karl Koch se défendait autant qu'il pouvait. C'est à cette époque qu'il fit le ménage dans le camp. Mais si j'ai présenté les faits, c'est que, outre leur intérêt historique, la photographie originelle de ce récit trouve ici son explication. C'est en effet à l'occasion d'une visite du Reichsführer, venu soutenir son protégé et donc mettre en garde le prince de Waldeck-Pyrmont, que le cliché du 20 décembre 1941 fut tiré.

On trouve dans les archives de Thuringe de nombreuses photographies de cette journée, prises dans l'éclat hivernal du soleil. La visite du Reichsführer était toujours un événement mais elle eut ici un éclat particulier puisque Koch y jouait son avenir. Himmler, petit et gras, avec ses lunettes rondes, arriva avec son escorte habituelle, accompagné en outre de deux hauts fonctionnaires de l'administration du Reich, le préfet de Thuringe Saack et le Landrat du district (ce qui correspond à peu près à nos sous-préfets) Lachmann. Sur les clichés, Koch et Himmler se serrent la main, manifestent la plus grande cordialité, et on voit Koch sourire en permanence, de façon presque stupide. De nature expansive, Saack s'exprime avec de grands gestes, bras ouverts, corps incliné tandis que le Landrat Lachmann se tient sur la réserve, plus à l'écart, sans doute parce qu'il est plus jeune, malgré son allure très posée, son crâne dégarni, et d'un rang subalterne. D'autres clichés s'attardent sur des responsables du camp, dont quatre sur les médecins, présentés en groupe puis individuellement. Et soudain, la voilà! C'est la photographie des origines, celle qui se trouve au musée de Buchenwald! Le docteur Wagner et derrière, diminué par la distance, produit aléatoire de la nonchalance du photographe, moins attentif à un simple médecin qu'au Reichsführer, David Wagner. Malgré mes recherches, je n'ai jamais retrouvé le nom de ce photographe. Je connais tous les personnages sur les photos, je peux en parler des heures, mais j'ignore tout du regard fondateur.

À cette date du 20 décembre 1941, en apparence rien ne s'est passé entre les deux Wagner. Un détenu malade a croisé le médecin SS du Revier, puis, en tant que domestique, l'a de nouveau rencontré chez les Koch. Et alors? En fait, tout s'est déjà joué. Quelques jours avant le 20 décembre, comme Serge me le révéla, une conversation décisive avait eu lieu entre les deux hommes. Cette discussion a pour nom la Parabole du Juif. Je la désigne ainsi dans mes notes parce que Erich Wagner en parla en ces termes.

La conversation avait débuté très agréablement dans le salon de la villa, où le médecin était venu prendre le café en compagnie d'Ilse Koch. Celle-ci était partie à la cuisine avec, comme à son habitude, une longue liste de récriminations et de tâches à exécuter. Erich Wagner était demeuré seul dans son fauteuil, sa tasse de café à la main, tournant distraitement sa cuillère dans le liquide. Puis, alors que personne ne s'adressait jamais à David, sinon pour glapir des ordres, et que lui-même, qui était venu plusieurs fois, ne lui avait jamais prêté attention, au moins en apparence, il s'était mis à lui parler. Il lui avait demandé s'il était satisfait de ses nouvelles fonctions, si tout allait bien. Puis il lui avait expliqué qu'il aimait beaucoup la France, dont il admirait la culture, en particulier la littérature, qui était la plus riche et la plus diversifiée du monde, assura-t-il. Il aimait bien sûr les grands écrivains du XIXe siècle mais aussi Diderot, Rabelais ou encore des contemporains comme Gide ou Malraux. Ce dernier nom alerta David Wagner : il était très ignorant en littérature mais Malraux lui était familier, comme à beaucoup, pour des raisons politiques et chacun savait depuis la guerre d'Espagne que l'écrivain était un des hérauts de l'antifascisme. Quant à moi, cette profession de foi française m'a toujours paru louche. Je n'y ai jamais cru et je n'ai même jamais pensé qu'Erich Wagner avait vraiment lu ces auteurs. Sans doute était-il capable de les citer, ce qui n'était pas difficile à un homme même médiocrement cultivé, mais le fait qu'il nomme un antifasciste comme Malraux était surprenant, à moins que ce ne fût un vice suprême, appâtant pour mieux prendre. À mon avis, Erich Wagner était un truqueur. Ce n'était pas un monstre, il faudrait plutôt le ranger dans la catégorie des suivistes et des menteurs, des arnaqueurs de petit acabit dépassés par leurs œuvres et devenus tueurs par hasard, par la gratuité misérable du hasard. C'est ainsi qu'il avait fait écrire sa thèse par un détenu et que sa pauvre recherche sur les tatouages s'était transformée en un prélèvement et tannage de peaux humaines. En somme, j'intégrerais ce discours d'Erich Wagner dans ce qu'on appelle en rhétorique la *captatio benevolentiae*, introduction qui cherche à s'attirer la bienveillance du lecteur ou de l'auditeur.

À la suite de cette mise en bouche, il s'interrogea sur cette homonymie entre eux : David Wagner, Erich Wagner. Étrange coïncidence. D'où venait-il ? Wagner n'était pas un nom français. David, qui préférait ne pas s'étendre sur ses origines polonaises et roumaines, assura qu'il l'ignorait mais qu'il avait de bonnes raisons de penser que ses ancêtres venaient d'Allemagne.

– C'est bien possible, déclara Wagner d'un air réfléchi. Les Juifs allemands étaient autrefois très nombreux. Car, si je me souviens bien de votre visite médicale, vous êtes juif, non ?

David acquiesça.

Erich Wagner développa alors sa « Parabole du Juif ». Il raconta que le Juif était semblable au rat des champs, qui errait et fuyait devant l'hiver. Celui-ci était venu, avec son long manteau blanc (on appréciera les métaphores d'Erich Wagner), et il avait recouvert toute la contrée. Le rat serait bien resté dans son terrier, bien au chaud, mais l'hiver, avec la faim qui l'escortait, l'en avait fait sortir. Les yeux clignants, grelottante, la petite bête avait partout cherché un secours. Mais l'hiver s'étendait à l'infini, figeant la contrée, arrêtant la vie. Alors, le rat avait sautillé, marché, boité pendant des jours et des jours, sans même trouver un grain à manger. Il était sur le point de mourir lorsque au loin s'était élevée une masse sombre. Retrouvant à cette vision un peu de force, il s'était dirigé vers elle. À mesure qu'il s'approchait et que la brume neigeuse, d'un blanc opaque, se levait, le rat avait distingué une ferme. N'osant y croire, il était entré et, à son grand émerveillement, il avait entendu le hennissement d'un cheval. Il s'était dirigé vers l'écurie où paressaient trois grands chevaux, foulant la paille et se nourrissant d'avoine et de grains. Le cœur battant, il s'était précipité vers l'auge et s'en était fait un festin. Le rat avait ainsi vécu des semaines et des semaines de la nourriture des chevaux. Il pensait que l'hiver allait se terminer sans que personne n'ait remarqué sa présence. À tort. Le fermier l'avait notée depuis longtemps. Et un jour qu'il avait avalé gloutonnement, alors que les chevaux étaient au loin, un reste de grain particulièrement appétissant, il commença à se sentir gourd, ses membres se paralysèrent tandis que ses yeux s'obscurcissaient d'un voile sombre. Et c'est ainsi qu'il mourut, victime de son appétit pour des grains empoisonnés.

– Vous comprenez la Parabole du Juif ? demanda Wagner en se levant et en lissant sa veste d'uniforme.

David hocha silencieusement la tête.

– L'important, c'est de comprendre, poursuivit le médecin, que même si le rat croit être en sécurité, il meurt toujours à la fin. Merci pour le café.

Rien de plus difficile pour un homme que l'espoir déçu. David croyait avoir trouvé un peu d'humanité chez ce médecin et voilà que celui-ci était comme les autres, acharné à sa perte. Cette conversation l'accabla pendant plusieurs jours. Il ne cessait d'y penser.

La Parabole du Juif était la dernière pièce de ce puzzle qu'était la photographie. Noms, date, occasion, explications, tout était recomposé. Cette journée du 20 décembre 1941, qui semblait afficher la puissance de Koch, s'acheva par une invitation de Himmler à la villa. Ilse Koch, désastreuse maîtresse de maison mais habile exploiteuse de talents, avait bien fait les choses. C'était un véritable festin pour les vingt-deux convives. La table, couverte d'une nappe immaculée et festonnée de décorations de simili-or, occupait toute l'étendue de la pièce. Des créations florales en scandaient la blancheur. D'énormes assiettes, des couverts d'argent, huit verres de tailles et de formes différentes pour chaque convive annonçaient l'abondance du dîner. Quatre serveurs, des détenus vêtus pour l'occasion d'une veste blanche et à qui Ilse Koch avait fait prendre une douche chaude, pour atténuer l'écœurante odeur qui finissait par s'attacher aux prisonniers, se tenaient au garde-à-vous, aux quatre points cardinaux de la table. La nourriture provenait des deux meilleures boutiques de Weimar, la boucherie Daniel et la maison Fisckkettel. Les vins et les alcools avaient été réquisitionnés en France. Au menu, des petits fours, du foie gras accompagné de vin blanc, une succession de plats et des marinades diverses, plusieurs coqs dressés sur la table, quatre énormes gigots avec des pommes de terre sur un lit de sel, des fromages et une dizaine de petites tartes.

Une place demeura vide, celle du Landrat Lachmann, qui prétexta une obligation de travail, mal acceptée par Ilse Koch.

Celle-ci eut ensuite une remarque désobligeante. Le préfet murmura une phrase à l'oreille du Reichsführer, qui hocha la tête tout en suivant des yeux le départ du Landrat. Puis il dit :
– *Er war doch ein verheißungsvoller Mitarbeiter.*
Le collaborateur prometteur, comme disait Himmler, avait pourtant quitté les lieux. Mais cela ne changea en rien la physionomie de la soirée, qui fut une énorme ventrée, une accumulation qui laissa les hommes pantelants et rouges, affalés sur leur chaise, riant grassement et gueulant. Les détenus présentaient sans discontinuer boissons et viandes. David servit plusieurs fois Himmler et le fait de savoir que la moindre erreur l'enverrait au Bunker provoquait en lui un mélange d'angoisse et de haine, qui le faisait presque chanceler lorsqu'il retournait à la cuisine. Ses visions l'assaillaient, il se voyait tacher de sauce la chemise du Reichsführer, qui se mettait à hurler, tandis que la commandante se levait de son siège, juge fatal, et voilà que la terreur se renversait et qu'armé de son couteau à viande il lacérait la gorge d'Himmler, le sang du petit pourceau giclait sur la nappe blanche, se mêlait aux sauces brunes de la viande, les convives criaient et se précipitaient mais il n'y avait plus rien à faire pour le pourceau tombé à terre. Le détenu en veste blanche se tenait debout, le couteau à la main, hagard et couvert de sang.

La disparition des visions le laissait haletant, comme s'il avait véritablement accompli son meurtre et il lui fallait quelques minutes en cuisine pour recouvrer ses forces, la marée des images se retirant sur son limon de faiblesse. Il retournait en salle, tâchait d'éviter le Reichsführer, les membres un peu tremblants.

Heureusement, Himmler partit assez tôt, avec les deux hommes de son escorte et le préfet Saack. En se levant de table, il donna une accolade à Koch, qui sourit, comme en extase. La garnison restait entre habitués, officiers et sous-officiers rassemblés. En l'absence du chef suprême de la SS, ils se lâchèrent. Ils buvaient et se goinfraient, se lançaient des morceaux de viande qu'ils allaient chercher en cuisine. Des femmes affichaient des mines dégoûtées, d'autres au contraire riaient aux éclats. L'une d'elles grimpa sur la table et commença à danser en montrant ses jambes. Des bouches s'ouvraient sur des gencives rouges. Il faisait très chaud. La commandante avait fait hurler la musique. Des odeurs fortes montaient. Les vins étaient bus à la bouteille. À un moment, sans qu'on sache trop comment, trois putes du bordel de Weimar se retrouvèrent dans les bras de deux sous-officiers, à se dévorer la bouche, la poitrine débraillée. En cuisine, David avait pris du vin. La salle tournait. Il n'avait pas assez mangé, il était trop faible. Les couleurs étaient trop fortes, la musique grinçait. Les bouches s'ouvraient trop larges, comme des gueules de fauves. Ilse Koch dansait dans les bras de son mari, ses cheveux roux avaient l'air de flamber. Florstedt contemplait la scène avec gourmandise. Une poitrine fut entièrement dénudée. Des seins gras et lourds. David était vraiment fatigué, ses yeux se fermaient, il ne se sentait pas bien. Une odeur chaude le saisit. La chaleur du feu, des corps. Il circulait dans la pièce, sans but, un coup de pied l'envoya à terre. Il se releva, retourna à la cuisine où se trouvaient les trois autres détenus. Des cris et des grognements provenaient de la salle.

– On est mieux là qu'au camp, dit l'un.
– Il fait chaud.

– Et puis on n'a pas eu à subir l'appel.

Dans la nuit, on les jeta hors de la villa. Un SS les ramena au camp. La puanteur, après la froideur pure de la nuit, était renversante mais le sommeil les prit avant même que leur tête ne s'effondre sur la paillasse.

II.

Cette soirée fut l'ultime triomphe des Koch. Deux semaines plus tard, le colonel était muté à Lublin, ce qui n'était pas une sanction, compte tenu de l'importance du camp, mais un avertissement que Koch n'entendit pas puisqu'il poursuivit ses malversations jusqu'à la chute finale. Sa femme ne l'accompagna pas – les deux époux s'entendaient mal – et conserva son domicile de Buchenwald jusqu'au 28 août 1943, date de son arrestation, mais sa présence se fit néanmoins plus rare : il fallait bien qu'on la voie de temps en temps au bras de son mari. Elle mena une existence très libre, avec ses amants réguliers, ses fêtes et ses sorties à cheval. Parfois, arrivant à 5 heures, David la rencontrait errant dans la maison, ivre, débraillée. Les bouteilles de cognac se succédaient. Elle se levait très tard, et lorsqu'elle l'appelait dans la chambre pleine d'une odeur forte, elle était presque nue, le corps alourdi mais appétissant dans son opulence. Ilse Koch était jeune encore. Sa cruauté, son statut impérial de commandante le faisaient oublier mais elle avait trente-six ans. Et l'invisible Kalfaktor, même écrasé par la toute-puissance de cette femme, par la déformation de l'arbitraire qui en faisait une sorte de dieu morne et sanglant, ne pouvait s'empêcher de le remarquer. D'un regard à la fois dénué de désir et néanmoins tremblant, de ce tremblement hagard de la faiblesse et de l'impuissance, il happait une image fugace de ce corps, qui tournoyait des heures en lui.

La situation devenait inquiétante. La vie de David tenait à la présence d'Ilse Koch et si celle-ci quittait le camp ou s'absentait trop souvent, il retournerait aux carrières. Même en l'état, son emploi était menacé. La commandante n'avait plus besoin de lui. Gudrun suffisait largement à l'entretien de la maison. Certaines semaines, en l'absence d'Ilse Koch partie à Lublin, il se promenait dans la maison, s'étendait sur le lit de la commandante et dormait toute la journée, sans discontinuer.

L'hiver passait. David avait gagné du temps. Les mois les plus durs allaient s'effacer. On disait que le vent du printemps, sur l'Ettersberg, pouvait être aussi froid qu'un vent d'hiver, mais les nouveaux venus n'y croyaient pas, le soleil ne pouvait être qu'un allié indéfectible. Les appels se faisaient un peu moins douloureux, moins glacés, les jours étaient plus longs. En revanche, le travail allait durer plus longtemps.

Une après-midi, David croisa Wagner qui passait en sifflotant.

– Bientôt la fin de l'hiver, petit rat... lança celui-ci.

Un matin, David trouva Ilse Koch étendue dans le couloir qui menait à sa chambre. Ivre, elle s'était effondrée. La bouche ouverte, elle ronflait. Ses narines étaient pincées, pâles, un peu jaunâtres, avec une couleur rouge plaquée sur les joues. Le soir même, elle partait pour Lublin.

Le lendemain, David rangea la maison, ce qui lui prit à peine une heure. Un jour blafard passait à travers les fenêtres. Il entra dans la chambre de la commandante, contempla les draps défaits, un peu souillés. Il s'y allongea et dormit. Ce devait être son dernier sommeil dans la villa Koch. Le soir, il fut appelé à la grande porte où on lui annonça qu'en raison des absences de plus en plus fréquentes de la commandante, il était transféré, à la demande du docteur Wagner, à l'infirmerie. Le fermier attrapait le rat.

Pendant un mois, David s'occupa des blessés et des malades. Kolb me rapporta qu'il fut un bon infirmier, attentif et compatissant. Étrangement, ce fut sans doute la période la plus supportable pour mon grand-père dans ce camp. Kolb me dit qu'il semblait détaché. Loin de peser sur lui, la Parabole du Juif l'avait libéré. À présent qu'il en avait compris l'accomplissement inéluctable, il n'avait plus peur. Pendant des mois, David avait eu peur. Il avait eu au début une peur folle, parce qu'on brisait son corps et son esprit, une peur de la mort et de la souffrance qui le déchirait. Il ne l'éprouvait plus. Il n'avait pas le sentiment qu'il souffrirait et il savait même à peu près comment il finirait, avec des grains empoisonnés. Kolb tentait de l'encourager, combinait de savantes manœuvres : comme des expérimentations sur le typhus se déroulaient sous la surveillance des deux médecins Ding-Schuler et Hoven, il imagina une fausse contamination de David qui permettrait de l'interner dans le Block d'isolement 46, où n'entrait jamais Erich Wagner, qui avait une peur terrible des maladies. David secoua la tête en souriant. La proposition lui paraissait absurde. De toute façon, Kolb était impuissant. Jamais on n'avait pu empêcher la mort d'un condamné. Certes, j'ai depuis entendu parler de certaines disparitions de détenus, rayés des listes et cachés dans des Blocks d'isolement mais cela se produisit surtout dans les derniers mois, lorsque la fin s'annonçait. Nous n'en étions pas là. L'hiver 1942 s'achevait. C'était le milieu de la guerre.

Le 20 mars, Wagner déclara :

— Aujourd'hui, c'est le dernier jour de l'hiver.
La phrase était claire.
Le 21 mars, David se leva tôt. Il passa un peu de temps avec Serge, qui parlait abondamment, enfouissant son inquiétude sous un flot de paroles. Puis il revint dans le Block et écrivit une carte pour sa mère. Seules étaient autorisées quelques lignes officielles et froides, pour les affaires de famille. Toute carte personnelle était détruite. Il écrivit que l'hiver se terminait, demanda des nouvelles et déclara qu'il les aimait tous. À la fin de la carte, il indiqua simplement : « Embrasse Virginie. »
Dans l'après-midi, David se promena dans le camp. Il n'accepta pas de compagnie. Une pluie fine et froide tombait. Sa silhouette s'estompait. Il marchait d'un pas lent, les bras croisés derrière le dos, sans même sentir la pluie. C'était sa dernière promenade. Il fit tout le tour du camp, dans une dilution de la réalité où la suspension des craintes et la certitude de la mort fondaient en lui les pensées et les visions, dans une sorte de brume vague qui l'unissait à l'Ettersberg. Il avait vécu vingt-six ans – son dernier anniversaire s'était évanoui dans une carrière – et de ces vingt-six années lui remontaient des images, dans les teintes crépusculaires de la pluie d'hiver. L'école et les camarades, en un étrange noir et blanc, comme sur des photos, la cour et le préau, son frère et sa sœur. Et puis sa mère, dans la boutique. Un repas de Noël. La maigre famille rassemblée à quatre autour de la table, avec le renfort d'une vieille amie. Les bougies et la dinde. Pourquoi ce repas ? Pourquoi précisément ce repas de Noël ? Juste un repas de famille, dont le souvenir lui serrait le cœur.
David s'arrêta devant les barbelés. La forêt bruissait devant lui. *Sei ruhig, bleibe ruhig, mein Kind! In dürren Blättern säuselt*

der Wind. Ce n'est que le frisson du vent dans les feuilles. Il crut entendre de sombres gémissements, comme si les arbres se souvenaient des meurtres. Comme s'ils conservaient le souvenir des hommes efflanqués et titubants abattus derrière eux, sous le couvert du feuillage. *Sei ruhig, bleibe ruhig, mein Kind!*

Vingt-six ans. Il était né, il avait grandi, il avait été un vaurien aimé, il avait aimé une femme et puis il avait été pris. Comme un rat. C'était cela sa vie. La vie de David Wagner.

Il longeait les arbres, il se tenait sous leur ombre, avançant très lentement, à pas comptés, comme un malade. Des grognements attirèrent son attention. La porcherie. Plusieurs bêtes, sorties dans l'enclos, furetaient dans la terre. De gros porcs bien lavés, bien nourris, au groin noir de boue, obscène d'avidité, vibrant. Cette vision le fascinait, il demeurait immobile.

Puis il continua son chemin, d'un air pensif et morne, la tête parfois levée vers les tours de garde, où un soldat se tenait en faction, une mitraillette accrochée à l'épaule. Dans cette pluie qui faisait comme une brume, des silhouettes grises passaient, le croisaient, sans même le regarder. D'autres rats, plus maigres que lui, plus faibles. Lui mourait en bonne santé. Il mourait à la fin de l'hiver, dans le hasard obstiné des massacres, tout d'un coup désigné à la vindicte d'un médecin. Partout les hommes tombaient, et de partout s'élevait le sourd gémissement du meurtre : des corps défaits agonisaient dans les Blocks, demain des hommes ne parviendraient plus à soulever les pierres, la lourde charge glisserait de leurs mains, ne s'élèverait pas jusqu'à l'épaule, ils réessaieraient, échoueraient encore, la pierre glisserait et un soldat leur éclaterait la tête d'un coup de pistolet. David Wagner ne tomberait pas de faiblesse. Il tomberait en bonne santé. Il se répétait ces mots : en bonne santé.

La peau de Virginie était blanche. Si blanche. Une peau de blonde.

La pluie tombait plus drue. David s'assit par terre, dans la boue. Cette peau l'anéantissait. Le grain de sa peau, la douceur de sa peau, sa moiteur après l'amour. La douceur de sa peau de blonde luisant dans le soleil.

Là-bas, haché par la pluie, se dressait le grand portail du camp, comme une mâchoire, comme la grande gueule par laquelle les déportés s'étaient engouffrés. Le camp avait ouvert sa gueule pour que les rats tombent dedans, un à un, en un lent massacre. Et ils étaient tombés, tous. Les corps étaient partout. Les soldats croyaient les avoir emportés mais on pouvait tous les voir. Les morts se tenaient là, à chaque mètre, en traces irréelles, et lui-même ferait bientôt partie de ces corps enlevés et gisants.

Et comme si cette perspective l'effrayait, comme s'il ne voulait pas avancer l'heure de sa mort, David se releva. Il marcha plus vite, toujours le long des barbelés, faisant le tour du camp, parvenant à la gueule fermée de la porte. Il ne pouvait pas sortir, personne ne pouvait sortir, c'était l'histoire d'un chemin sans retour, une promenade à l'issue interdite. Et l'on ne pouvait que poursuivre sa route et glisser dans la nuit vers des cauchemars toujours plus atroces, dans les forêts obscures. *Sei ruhig, bleibe ruhig, mein Kind*. Alors David marcha encore et parvint à des bâtiments de pierre, renflés d'un petit escalier qui s'enfonçait sous la terre et qu'il savait devoir éviter à tout prix, même si son châtiment pour cela était une balle dans la tête, parce que derrière la porte dérobée se balançaient les pendus, nus, efflanqués, comme des bêtes suspendues aux crochets de l'abattoir.

David ferma les yeux. C'était la fin de la promenade, vraiment la fin. Il était arrivé au bout – il n'y avait plus rien, plus que le croc du boucher.

Ensuite, il rentra au Block puis ressortit et passa le reste du temps avec Kolb. Il ne semblait pas particulièrement triste. Il plaisanta même une ou deux fois. Serge ne le quitta pas une minute.

Le soir, on l'appela à la grande porte. Serge le vit marcher vers l'entrée. Il s'était remis à pleuvoir, il faisait nuit, la silhouette disparut assez vite mais Serge gardait le regard fixé vers l'obscurité.

Serge Kolb fut rapide sur ces derniers événements. Sa voix était plus sèche, ses phrases plus brèves. Il ne voulait pas revenir sur cette fin. Moi-même, en rapportant ces propos, je fus pris d'un sentiment de lassitude. Les circonstances de la photographie une fois connues, tout le reste me paraissait lourd, difficile. Je savais bien que le docteur Wagner avait tué mon grand-père. Les détails m'importaient peu. Ou plutôt, moi qui en avais tant rassemblé, je n'en voulais justement plus, comme si j'en étais gorgé à vomir, comme si je voulais sortir du camp. Il se trouve pourtant que je n'en avais pas fini et que d'autres éléments allaient par la suite s'ajouter à ceux-ci ; ils étaient néanmoins d'une nature différente, loin de cette pesanteur qui m'empêchait d'écrire, qui me faisait accélérer le cours de cette narration. Preuve que ce grand-père dont j'ai sans cesse proclamé qu'il m'était indifférent, que je lui devais la mémoire mais non l'affection, ne me l'était pas tant que cela.

Avant de clore ce chapitre, devenu si pénible, il me faut rappeler quelques destins évoqués. J'ai déjà dit que lorsque j'ai fait le tour des photographies du musée de Buchenwald, j'ai voulu *savoir*. Un être a compté plus que les autres mais des hommes en uniforme ont également attiré mon attention. Je le répète, les coupables m'intéressent autant que les victimes. Un peu de la violence interne du IIIe Reich sourd de leurs destins.

Le Kapo Müller fut tué dans un Kommando extérieur de Buchenwald par ses propres complices.

Le procès Koch fut sanctionné de trois condamnations à mort : Hoven, Koch, Sommer. Soucieux de secouer les branches de la corruption, les SS se débarrassaient des pires éléments. Hoven fut pourtant libéré mais ce fut pour être repris plus tard par les Alliés et pendu durant le procès des médecins SS. Karl Koch fut fusillé une semaine avant la libération de Buchenwald sur ordre de Waldeck-Pyrmont, qui fut lui-même condamné par les Alliés à la prison à perpétuité. Son sort montre l'évolution des opinions, et donc de la justice : sa peine fut d'abord réduite à vingt ans, puis à cinq ans, puis à... rien. En 1950, il se retira dans son château de Schaumburg. Martin Sommer fut également condamné à mort. Eugen Kogon, l'historien spécialiste des camps de concentration, qui fut déporté à Buchenwald, écrit qu'il fut pendu et il est heureux qu'il l'ait pensé, lui qui faillit en être la victime, car la vérité est tout autre. Après sa condamnation, Himmler lui proposa, ce qu'il faisait souvent (il l'avait également fait pour son propre neveu), de se racheter sur le front de l'Est. Sommer y perdit une jambe et un bras. Dissimulé sous un faux nom à la fin de la guerre, il ne fut arrêté qu'en 1950 et libéré peu de temps après. Mais lorsqu'il épousa une jeune infirmière, eut un enfant et réclama un rappel de pension, la justice allemande estima qu'il en faisait trop et le poursuivit. À la question d'un journaliste qui lui demandait, contemplant l'homme en chaise roulante, s'il estimait la punition suffisante, Martin Sommer avait fondu en sanglots. Lui qui n'avait jamais manifesté la moindre compassion, lui dont le seul rôle, dans le camp, fut celui d'une machine à tuer, trouva assez de pitié pour pleurer sur lui-même... Un témoin, ancien déporté de Buchenwald, le journaliste Pierre Durand, rapporte avec amertume que malgré une condamnation à perpétuité pour cent un meurtres avérés (pour un nombre en fait incalculable), Sommer vécut en liberté sous divers prétextes médicaux et qu'il fut même interviewé en 1980 tandis qu'il appelait à voter pour Strauss, le controversé dirigeant de Bavière.

Ilse Koch eut droit, je l'ai dit, à trois procès. Le procès SS, qui l'accusait de complicité de corruption mais aussi d'exciter sexuellement les détenus, se solda par un acquittement faute de preuves. Le deuxième procès, devant le tribunal militaire américain de Dachau en 1947, la condamna à perpétuité pour les faits évoqués plus haut et qui furent exposés au troisième procès, celui d'Augsbourg, mais en 1948, le général Clay commuait sa peine en quatre années de prison. Ilse Koch avait d'ailleurs déclaré qu'elle était encore assez belle pour se trouver des protecteurs chez les officiers français ou américains. Bien qu'on ait tenté de dissimuler l'information, un journaliste américain la publia et le scandale qui éclata conduisit la justice ouest-allemande, plus sévère que les tribunaux américains, à rouvrir le procès, sur la base des crimes concernant les ressortissants allemands (donc notamment la période 1937-1939). Ce procès d'Augsbourg, fondé sur cent trente pages d'acte d'accusation, condamna de nouveau Ilse Koch à perpétuité, malgré les dénégations, les crises de rage et de folie simulée de l'accusée. Après l'énoncé de la sentence, elle cria : « Tous les autres sont libres !

Je veux être libre aussi ! » On l'enferma à la prison de femmes d'Aichach, en Haute-Bavière, où elle se pendit en 1967, après le refus d'un recours en grâce.

Mon grand-père, quant à lui, n'avait eu droit à aucun procès. Erich Wagner se contenta de lui injecter du poison. L'acte d'accusation fut la Parabole du Juif.

DEUXIÈME PARTIE

1.

La violence ne m'a jamais quitté.

Je suis l'homme le plus gentil du monde. Avec mes élèves de sixième et de cinquième, au lycée franco-allemand, je suis l'homme le plus doux qui soit. En plusieurs années d'enseignement, je crois ne m'être jamais mis en colère. Ils me font rire et je les trouve incroyablement touchants et drôles, si merveilleusement enfantins, juste avant le grand départ de l'adolescence qui va les perturber pour des années. Dans la vie courante, je suis calme, presque lymphatique, marchant lentement dans la rue, le nez en l'air, comme un benêt.

Mais l'envers du décor, c'est l'autre homme. Celui qu'un mot agresse, qu'une élévation de la voix inquiète, met sur ses gardes, comme un animal. Celui qu'un geste trop brusque du bras alerte. Celui qui se réveille le matin plein d'angoisse et qui doit organiser ses pensées pour faire le bilan de sa vie et déclarer : « Il n'y a aucun motif d'inquiétude, calme-toi. »

Et par conséquent, celui qui ne supportera pas le mot agressif, la voix trop forte, ou le geste brusque. Celui qui sentira la violence monter en lui comme une furie. Et qui sera prêt à frapper, comme il l'a fait dans la rue, lorsqu'un excité a tapé sur sa voiture. Celui qui a tellement honte de cette violence qu'il tâche de l'engloutir au plus profond de lui-même, jusqu'à en être miné, jusqu'à en investir chaque phrase de ce travail de l'inconscient qu'est l'écriture. Je parle toujours de la violence, j'écris toujours la violence. Mon rêve depuis toujours est d'écrire des romans comiques, alors pourquoi faut-il que j'aligne des personnages semi-tarés, emportés au loin par l'ivresse de la destruction ?

J'ai tenté autrefois d'écrire un livre sur l'assassinat d'une jeune fille, dans une cité de banlieue. Comme on le voit, je suis spécialisé dans les histoires riantes. Pour diverses raisons, ce livre fut un échec et je l'abandonnai. Mais je me souviens très bien de l'obsession qu'était devenue pour moi, ainsi que pour le personnage principal, cette jeune victime, comme si nos vies se jouaient dans l'exhumation romanesque de ce corps adolescent, alors même qu'il s'agissait d'une parfaite invention, que je n'avais même pas pris pour appui un fait divers. Mais mon esprit – et plus encore celui du personnage que j'avais créé – ne vivait plus que pour ce fantôme, ce tissu de songes au corps détruit. J'avais inventé cette adolescente retrouvée dans un terrain vague, j'avais inventé ce personnage qui errait autour de son passé, tâchant de dévoiler la cause du meurtre, et pourtant le visage flou de cet être de fiction ne m'a jamais quitté et je regrette seulement de ne pas avoir trouvé suffisamment de force pour la faire vivre.

Avec le recul, après l'évocation obsessionnelle de ce grand-père, comment pourrais-je ne pas comprendre que cette jeune fille est à insérer dans la longue liste des victimes dont, obscurément, je recherche le destin et le bourreau ?

Comment pourrais-je ne pas comprendre que même un récit échoué, avorté, un de ces embryons de roman que les écrivains accumulent dans leurs tiroirs, un récit sans aucun lien avec mon grand-père, s'affaire à renouer avec les histoires englouties de la violence familiale ?

Je suis incapable de décrire autre chose que cela : la violence. La violence qu'on s'inflige à soi ou qu'on inflige à autrui. La seule vérité qui vibre avec sincérité en moi – et donc ma seule ligne convaincante d'écriture – est le murmure enfantin de la violence, suintant de mes premières années comme une eau empoisonnée.

Une violence sans bornes ni limites, une violence qui chemine sourdement à travers les époques, levant par instants sa tête sifflante et serpentine. Et même si l'origine a pu se trouver dans ce destin familial, la violence a été convoyée jusqu'à moi, sans doute tapie dans les silences de mon père. Par ces étranges et fascinants cheminements de l'enfance, cette plaque sensitive qui lègue pour toute la vie une conscience, la violence m'a été livrée en héritage. Je suis mon grand-père livré aux bourreaux, je suis mon père frémissant d'une violence suicidaire, je suis l'héritier d'une immense violence qui traverse mes rêves et mes récits.

Mes rêves d'enfant inventaient, contre les monstres, de blancs chevaliers. J'ai déjà raconté combien j'avais cru toute ma jeunesse avoir sauvé de l'humiliation un de mes camarades de l'école primaire, signe d'une culpabilité lancinante. Je ne supportais pas de n'avoir rien fait. Je n'ai pas sauvé Richard. Dans mon souvenir, tout tourne autour de ce carré de verdure du fond de la cour, presque indistinct dans les brumes de la mémoire, où la bande entraîna sa victime.

Sa victime. Ses victimes. Mon grand-père et ses multiples figures : la jeune fille, Richard, d'autres encore, les êtres de fiction et les êtres réels. Jamais je ne les ai sauvés. Je ne suis intervenu qu'après les batailles, dans les dérisoires et trop tardifs assauts de l'écriture. J'aurais pourtant dû réagir. Durant mes années d'enseignement, j'aurais pu de nouveau sauver Richard. Et de nouveau, je ne l'ai pas fait, par aveuglement cette fois. Parce que je n'ai pas vu le carré de verdure au fond du jardin.

 C'était en banlieue, dans une de ces terres de mission où l'on envoie les jeunes professeurs pour leur apprendre le métier et la vie. Mission d'autant plus difficile que par les mille signes du langage, des attitudes et des vêtements, j'étais perçu comme un bourgeois. Il est inutile de revenir sur ces années inégales, qui n'eurent rien de bien différent de celles racontées à l'envi par les articles de journaux ou certains professeurs. Disons simplement que je fus pendant mes premières années une sorte d'extraterrestre en costume et cravate, le plus souvent très aimé, avec des phénomènes surprenants de « starisation » locale, les élèves me demandant des autographes ou criant mon nom dans la cour comme des fans affolés. Mais les aléas de mes agissements m'enfoncèrent dans les lacis les plus sombres des cités, dans des cœurs de violence désespérants, et là je fus haï comme jamais je ne l'avais été, justement parce que j'étais différent, parce que j'étais un *bourgeois*, et donc une sale bête à abattre.

 C'est à l'occasion d'une de mes premières affectations que l'épisode se déroula, à l'intérieur d'un lycée de ZEP pourtant assez paisible, les pires éléments se trouvant plutôt dans l'autre lycée de la ville, près de la zone industrielle. Un long trajet, en métro, train, bus, m'y menait, avec souvent des grèves de bus qui m'obligeaient à faire tout le chemin à pied. Malgré une ambiance détestable dans le personnel de l'établissement, j'avais passé un trimestre plutôt agréable, avec des élèves faibles mais très gentils.

À la fin du trimestre, le professeur principal, demandant pour le conseil s'il y avait des problèmes particuliers, reçut de la part d'un(e) élève dont l'identité nous resta toujours inconnue, un mot plié en quatre : « Il y a une victime dans la classe. » Après enquête, on se rendit compte que deux élèves s'étaient attaqué à un autre, par jeu. Affirmant qu'ils voulaient seulement l'éduquer et l'endurcir pour cette lutte qu'était la vie, ils l'avaient frappé pendant plusieurs mois. Le pire est qu'ils ne lui voulaient sans doute pas vraiment de mal, en effet. Ils s'amusaient. Ils s'amusaient à le lancer du haut de l'escalier, ou bien ils le plaçaient derrière une porte sur laquelle ils se précipitaient. On ne sait pourquoi, une table de ping-pong était devenue leur lieu favori : ils y attachaient leur victime sur laquelle ils se livraient à des jeux tous plus drôles les uns que les autres, comme se jeter sur elle, jouer au ping-pong avec sa tête, en lui donnant des coups de raquette.

– On voulait l'endurcir. C'est dur la vie ! C'était pour son bien.

Je n'avais rien vu. Cette fois, j'avais le pouvoir d'agir et j'avais été aveugle. Pas un instant, je n'ai soupçonné quoi que ce soit. Les deux coupables étaient des élèves agréables, plutôt bons à l'oral, toujours souriants, qui plaisantaient parfois avec moi à la fin des cours – avant d'aller martyriser leur camarade. Et je les préférais à ce dernier, un élève plutôt mauvais et pourtant prétentieux, très renfermé. Et pour cause : il se murait dans la terrible marginalité de la victime, souffrant moins des tourments physiques que de la solitude, du sentiment d'impuissance et de déchéance. Ses amis, c'étaient ses bourreaux, les seuls êtres qu'il fréquentait dans la classe. Personne ne lui parlait. Dès le début, il était à part, promis par sa solitude à l'abandon de tous, à l'exception de l'élève compatissant(e) (sans aucune raison, j'ai toujours pensé que la révélation venait d'une fille) qui avait écrit le mot. Même sa prétention m'apparaissait sous un autre jour : c'était la superbe des victimes, la tête levée de ceux qui se sentent plus bas que terre, humiliés chaque jour. Que pouvait-il faire d'autre que mépriser puisqu'il se sentait si méprisable, si déchu ? Il n'osait même pas en parler à ses parents, à son père surtout, un capitaine de pompiers fort et autoritaire qui, au même âge, se serait débarrassé des deux garçons d'un revers de main. Ou plutôt qui n'aurait même pas eu à le faire puisqu'il était bien entendu aimé et respecté.

Lorsque j'interrogeai les deux adolescents, ils me dirent :
– Franchement, ce n'est pas si grave. Juste un jeu.

Juste un jeu. Et même si cette affaire ne me poursuit pas comme m'a poursuivi le rêve de chevalier de mon enfance, mon aveuglement me sidère encore. Des élèves comme les bustes d'un jeu de carte aligné devant moi, sur les chaises. Je crois les connaître, je ne sais rien. Je pense deviner leur caractère, je ne sais rien. Un jeu de cartes dont l'épaisseur me manque.

Un jeu de cartes à double face. Car le rapport à la violence, et c'est ce qui fait sa perversité, est presque toujours double : la violence subie, la violence exercée. C'est cette dualité de la violence qui m'a frappé durant mes années d'enseignement en banlieue. Parfois, lorsque je repense à cette période d'errance, je songe, avec un peu de dérision heureusement, au désert et à la falaise d'Azazel. C'est en effet là, selon le Lévitique, que lors du Yom Kippour, le grand prêtre, après avoir apposé ses mains sur deux boucs pour les charger de tous les péchés de l'année, envoie le second bouc, le bouc *émissaire*, le premier ayant été sacrifié sur place. Et c'est du haut de la falaise d'Azazel que la bête est jetée.

Ma falaise d'Azazel fut le lycée de P. Ma chute personnelle dans l'ambivalence de la violence. En provenance d'un collège, j'y étais arrivé un mois après la rentrée, remplaçant d'un professeur démissionnaire. Celui-ci, je l'appris plus tard, enseignait au lycée Chateaubriand à Rome lorsqu'à la fin de son contrat, on lui avait demandé de revenir en France, en l'affectant au petit bonheur, comme d'habitude, à savoir au lycée de P. Régulièrement classé comme le dernier établissement de l'académie, celui-ci ne proposait que des sections de technologie industrielle et des bacs professionnels, ce qui aurait pu aider à la stabilité générale puisque ces voies ne sont pas sans débouchés. Ce n'était pas le cas. On entrait dans cette bâtisse sombre, avec des couloirs défoncés et des néons cassés, en comprenant que, pour le pauvre bouc chargé des maux et des péchés de la société, le pire allait arriver. Ce n'était pas faute d'argent, puisque le lycée en recevait beaucoup, mais personne n'était assez rapide pour réparer les éclairages brisés journellement par les élèves. Dès mon arrivée, l'intuition me vint que cela allait mal se passer. Mais j'avais été nommé là et en fonctionnaire consciencieux, j'allais faire mon devoir, ce qui, si l'on écarte les sentences enflées des discours, signifie simplement que j'allais souffrir pour assurer la paix sociale. Le premier cours se passa mal, ce qui est très mauvais signe, car même les pires classes ne se déclarent qu'au deuxième jour. Un Noir, petit et râblé, nonchalamment adossé sur sa chaise avec un air d'ennui, déclara au bout de vingt minutes de présentation :

– Pourquoi y a pas plus d'action ?

Il fut rabroué, remis à sa place, mais il avait lancé la première attaque. Au bout de vingt minutes. Je ne récapitulerai pas les nombreux assauts qui suivirent. Si je pus assez bien m'en tirer dans les autres classes, celle-ci mena une lutte difficile, heureusement incohérente pendant plusieurs mois. Je combattis seul, puisqu'il n'y a pas d'autre solution pour un professeur, toujours isolé devant trente personnes. Précisons que ces élèves étaient presque tous majeurs, que c'étaient tous des hommes à l'exception d'une fille (qui elle en revanche avait l'air d'une adolescente), et que beaucoup étaient aussi forts que moi et certainement plus dangereux.

Le soir, épuisé par la tension, j'étais un zombie. Mais les jours où je n'enseignais pas dans cette classe et où les forces me revenaient, j'allais boxer dans mon club. Je pratique la boxe française depuis l'adolescence. Après plusieurs essais d'autres sports de combat, celui-ci a correspondu à ma nature. J'aime cet affrontement intelligent. Pendant cette année à P., je me suis entraîné aussi souvent que j'ai pu. Je voulais renforcer mon corps, expulser ma violence. On voulait ma peau, on voulait me briser, comme ces professeurs que j'avais vu passer, dans certaines cités, le dos courbé sous les crachats, ou comme cette ombre, dans la classe à côté de la mienne, le mercredi matin, que j'entendais bordéliser, et que les élèves méprisaient, parce qu'il n'avait pas la force de répliquer. Il avait été brisé. Moi, je tapais dans le sac ou dans mes camarades de club parce que je voulais être plus fort que la menace. Le corps tenait l'âme. À un moment, j'ai cassé mais les élèves n'en ont rien su, un psychiatre m'a donné des médicaments et je suis revenu au combat, en absorbant mes pilules : le médecin m'a expliqué que j'avais retourné ma violence contre moi, parce que je ne pouvais répliquer, parce que moi je devais faire mes cours, leur parler de Stendhal et les faire écrire, alors que l'enjeu secret de l'année était la prise du pouvoir et le renversement de l'autorité.

Ma propre violence avait produit un court-circuit. « Comme un flipper qui disjoncte », avait commenté le médecin.

Un mercredi matin, je me souviens, jour où cette classe subissait ce qu'elle considérait comme une torture, deux heures de mathématiques puis deux heures de français, le pire faillit arriver. Le professeur de mathématiques, un homme doux et philosophe qui travaillait depuis dix ans à une thèse d'épistémologie, s'accommodait de la situation et faisait son cours en supportant les bavardages. Je prenais sa suite, avec beaucoup moins de philosophie. Ce matin-là, la classe était particulièrement bavarde et inattentive. Je m'étais plusieurs fois énervé. Un gars au fond, plus paresseux que méchant, parlait assez fort. Et puis il a interpellé un de ses camarades à l'autre bout de la salle. Et là, alors que la situation n'avait rien de bien terrible, mon poing s'est brusquement serré et je me suis dirigé à grands pas vers lui. Il a compris que j'allais le frapper et il s'est recroquevillé en disant : « Tape pas. » Sur un ton bizarre, un ton fataliste, comme résigné. La colère est tombée brutalement. Je suis revenu à mon bureau.

C'est pour ça que j'ai cassé. Parce que je ne pouvais évidemment pas taper, parce que je ne pouvais évidemment pas être aussi stupide et brutal. Mais la violence ne s'évapore pas, elle doit trouver sa cible. Et la cible, ce fut moi.

Lorsque les élèves lancèrent l'assaut avec cohérence, à la fin de l'année, non plus en attaques dispersées, au gré de l'humeur, mais avec la volonté de m'ôter tout pouvoir, à la suite de notes divisées par deux parce qu'ils avaient copié, jetant symboliquement mes cours par terre et mettant ma chaise dans le couloir, pendant une pause entre deux heures, ils obtinrent en effet la victoire mais n'en prirent jamais conscience parce que le meneur fut expulsé du lycée pour trois jours et parce que devant eux mon visage resta de marbre. En fait, ils avaient gagné. Le pouvoir leur appartenait. Il me fallut la plus grande prudence jusqu'à la fin de l'année, louvoyant entre le possible et l'impossible, sans plus rien exiger d'eux. Mais ils s'y étaient pris si tardivement qu'il ne restait que quelques semaines, qui me coûtèrent finalement assez peu.

Le meneur était ce Noir petit et râblé dont j'ai déjà parlé. Malgré cet épisode initial, il était le seul que j'appréciais vraiment dans la classe. D'abord parce que c'était un champion de boxe. Et je connais les sacrifices et le talent nécessaires pour remporter les championnats de France. Enfant adopté, il passait de foyer en foyer, parce qu'il était détesté partout. Il était incontrôlable, violent. L'ambivalence toujours. Mal aimé, il n'aimait pas. Rejeté, il frappait. Il ne connaissait que cette réponse, alors même qu'il n'était pas méchant – juste désaxé. Élève désastreux, qui ne dépassait jamais cinq dans une classe totalement surnotée, où très peu pouvaient écrire ne serait-ce qu'un court texte. Assez intelligent pourtant. À l'oral j'appréciais ses réponses, du moins lorsqu'il était réveillé. Souvent, il dormait en cours, de plus en plus fréquemment alors que l'année avançait. À l'aube, il faisait les marchés, le soir il s'entraînait pour ses combats. Les cours lui servaient à se reposer. Et de plus, son esprit était totalement déstructuré. Ses copies étaient un torchon désorganisé, sautant du coq à l'âne, avec une écriture d'analphabète. Et elles avaient surtout une particularité : elles parlaient toujours de lui. Chaque devoir le mettait en scène, dans une situation avantageuse. Il avait besoin de parler de lui, tout le temps, même en répondant à des questions sur un texte. Un si terrible besoin d'exister. D'attirer l'attention. De ne pas être l'enfant repoussé, le cancre, le marginal. Il se rêvait brillant, drôle, aimé. Il s'habillait avec soin. Son visage était couturé de cicatrices : à la fin du collège, sévèrement sermonné par un conseiller d'éducation, l'adolescent s'était jeté par la fenêtre, pour fuir, et le verre brisé lui avait scarifié la face. Pour toutes ces raisons – oui, pour absolument toutes, pour cette violence souffrante, pour ce désir désespéré d'existence –, je l'appréciais. Nous discutions ensemble parfois, amicalement.

Et bien sûr, c'est lui qui m'a trahi. Il n'avait pas rendu une copie, je lui ai mis zéro. Je l'avais repoussé. Il me détesta pour cela. J'étais entré dans la lignée des pères qui le rejettent. Alors il monta la classe, qui n'attendait que cela, contre moi et tout prit feu. L'année suivante, après mon départ, la violence de la classe devint telle que la police dut intervenir dans l'établissement.

Ces années aberrantes m'ont donné le décor entourant le corps de la jeune fille dont j'ai déjà parlé. Au-delà de l'obsession propre du meurtre, j'ai tâché de rendre l'effarement mêlé de compassion que j'ai pu éprouver dans ces lieux d'immense misère, spirituelle bien plus que matérielle. Ce livre, je n'ai jamais pu l'achever, pour des raisons à la fois esthétiques et personnelles, les deux se conjuguant dans l'échec. L'une des causes de mon abandon est l'amertume qui m'a saisi après P. et qui m'a empêché de considérer la part heureuse des cités, à laquelle j'avais pourtant été si sensible pendant des années, cette joie et cette énergie, si promptes à se muer en violence que j'en ai été aveuglé. Je ne voulais plus de la banlieue. Je ne supportais plus cette déroute de la société. La colère me happait. Et ce n'était pas bon pour mon livre.

Je me souvenais des coups de feu contre mon train, comme au far west, de ma collègue qui nous racontait comment elle avait failli être violée par une bande dans ce même train, décrivant comiquement (il faudrait faire une étude sur le rire dans le Mal, sur cette merveilleuse mise à distance qu'est le rire au sein des difficultés) comment on l'avait saisie par le col, comme une oie, l'un des voyous disant qu'il fallait la violer maintenant, l'autre répondant que le train entrait en gare et que la police allait arriver. Je me souvenais d'une visite à la Verrière, un établissement psychiatrique pour enseignants, me promenant dans le parc avec un collègue qui avait perdu l'esprit : il ne pouvait plus, il avait été brisé, cela avait été encore ce jeu de domination, cet acharnement contre le faible, car cet homme était évidemment fragile. Il avait lentement dérivé, il ne tenait plus rien, ne faisait plus cours et on ne pouvait rien pour lui. À un moment ou à un autre, la porte se refermait et il se retrouvait seul dans sa classe. Lorsqu'il pénétrait dans l'enceinte du lycée, il se mettait à suer, les larmes de sueur glissaient sur son visage.

Ainsi, le corps de la jeune fille était nimbé d'une violence malsaine. Tout ce qui l'entourait tremblait de ma propre colère. Une colère à la fois personnelle et sociale qui aurait pu donner les meilleurs résultats mais qui, mal canalisée, se contentait d'échouer dans une écriture trop tendue, comme si j'avais un compte à régler. Non seulement le meurtre imaginaire de l'adolescente, ce corps nu et violé abandonné dans un terrain vague, était devenu une affaire personnelle, parce que héritée de mon enfance, mais même la ville qui l'entourait était ma cause. J'avais trop à dire, trop à prouver. Et je savais que pour faire un bon livre, il valait mieux que je n'aie pas trop à dire, presque rien en fait, et que les images et les mots parlent sans moi, comme par magie.

Le corps délaissé fut donc rejeté dans l'oubli, et la ville avec lui. Tout le roman glissa dans l'eau vague des souvenirs à demi morts. Mais la jeune fille, bien sûr, est revenue sous la forme de mon grand-père, dont elle était l'incarnation fictionnelle – le corps à trouver et à enterrer.

2.

J'étais sorti de tout cela. Le règne de la force ne me concernait plus. Un soir, au lycée franco-allemand, établissement exceptionnel à beaucoup d'égards, par la qualité et la gentillesse des élèves, j'expliquai même, à la grande hilarité de mes collègues, que j'étais devenu un mauvais boxeur parce que je n'avais plus assez de violence en moi : ma vie était calme et apaisée. Comme on l'a vu, cette affirmation n'était que trop partielle. Mais elle traduisait tout de même une nette amélioration.

C'est alors qu'un fait divers retentissant, en écho sinistre à mon livre inachevé, éclata dans le pays.

Je lus dans la presse qu'une bande des cités avait torturé à mort un jeune Juif, Ilan Halimi, pour lui extorquer de l'argent. On l'avait retrouvé, nu et menotté, brûlé sur la plus grande partie du corps par un produit détergent, la gorge percée de quatre coups de couteau. Cette affaire cristallisait les intuitions de mon récit. Souvent, dans ma vie, j'ai tourné autour des faits divers comme un chien autour de sa viande parce que j'ai toujours pensé que notre société se déchiffrait dans ces brusques éclats. J'avais ainsi écrit un article universitaire sur un jeune Japonais mort après avoir joué plusieurs jours sans dormir à un jeu électronique ou sur un adolescent qui avait tué ses parents après avoir regardé un film d'horreur, en reproduisant des détails du film. Ces imbrications du virtuel et du réel me fascinaient. L'affaire Halimi relevait d'une autre dimension. Au fil des articles de journaux que je lisais, j'en apprenais davantage sur ces hommes, sur leurs méthodes et leur histoire, puisqu'ils opéraient en fait depuis plusieurs années, avec plusieurs tentatives d'extorsion à leur actif. Après avoir envoyé l'un des leurs dans un cabinet de médecins demander un arrêt de travail pour une prétendue douleur au genou, ils avaient exercé une grotesque tentative de chantage pour ce certificat de complaisance. Puis la bande était passée à un niveau supérieur, déposant une bombe dans un autre cabinet, multipliant les messages de menace et de chantage en se faisant passer pour des groupes palestiniens ou corses. Sans succès. Alors, ils avaient inventé de prendre des otages, grâce à un appât. Une jeune femme devait attirer leurs victimes – toutes juives – dans la cité de la Pierre-Plate, à Bagneux, non loin de Paris. Et c'est à partir de cet instant que la bande improbable va manifester une ruse déroutante pour les services de police. Leur choix se porte d'abord sur le père d'un producteur de musique. Sous divers prétextes, l'appât propose des rendez-vous, pour des maquettes de disques, puis demande qu'on la raccompagne et lorsque enfin, un soir, le père se rend à Bagneux pour aller chercher en sa compagnie deux maquettes, deux membres de la bande l'attendent dans la cage d'escalier de l'immeuble. Mais l'homme se débat, hurle au secours, des habitants réagissent, appellent la police et le coup échoue. À deux autres reprises, un autre appât, une jeune femme blonde amoureuse d'un membre de la bande, et à qui on a promis cinq mille euros, tente sans succès de nouer des rendez-vous. Son échec provoque sa mise à l'écart et c'est une jeune Arabe, brune, à la peau très mate, au physique quelconque mais aguicheur, qui se présente à la boutique de portable du boulevard Voltaire, dans le 11ᵉ arrondissement de Paris. Elle porte un pull sur une chemise de jean, un pantalon blanc moulant et des bottes noires. Elle prend des renseignements, discute avec un jeune vendeur de vingt-trois ans nommé Ilan Halimi. Ils s'échangent leurs numéros de téléphone. Le lendemain, 21 janvier 2006, ils se donnent rendez-vous et Ilan va à Bagneux. Les deux jeunes gens se promènent (et j'imagine très bien Ilan commencer sa parade de séduction) lorsque des buissons émerge la bande. Le jeune homme tente de s'enfuir mais déjà ils sont sur lui, le bâillonnant et l'emportant.

Il fut séquestré et torturé pendant trois semaines dans un studio qu'ils avaient investi en payant le concierge de l'immeuble. Son visage était entièrement couvert d'un scotch de plastique opaque afin qu'il ne puisse reconnaître aucun de ses geôliers. Il se nourrissait de soupe, avec une paille. Pendant ce temps, une somme de quatre cent cinquante mille euros fut demandée aux parents d'Ilan ou, à défaut, « aux membres de la communauté juive ». C'est ce que les ravisseurs répétèrent dans un de leurs très nombreux appels téléphoniques, auxquels il faut ajouter les mails envoyés depuis des cybercafés toujours différents. La Brigade Criminelle, la Brigade de Recherche et d'Intervention, avertis, tentèrent en vain d'identifier les lieux. Une fois, ils captèrent une image du chef de la bande sur une caméra de surveillance mais ils ne le surent que plus tard, parce que l'homme avait la tête couverte d'une capuche et d'une écharpe. Une autre fois, réagissant aussitôt à un message, ils se précipitèrent vers le cybercafé d'où sortait en courant un homme qu'ils ne purent rattraper. Un officier de police devait dire par la suite qu'il n'avait jamais rencontré pareil mélange de sadisme, d'improvisation et de modernité technologique.

Fatigués de ne rien obtenir, ne sachant que faire de leur victime, les ravisseurs décidèrent de la relâcher à l'aube du lundi 13 février. Ils affirmèrent par la suite qu'Ilan, lorsqu'on lui avait ôté son bandeau de plastique, avait alors vu deux de ses geôliers et c'est ce qui avait expliqué son élimination, près de la gare de Sainte-Geneviève-des-Bois, dans l'Essonne. Mais, ajouta chacun d'entre eux, « ce n'est pas moi ».

Bien sûr. Ce n'était d'ailleurs la faute de personne. La jeune femme, l'appât, ne se sentait pas responsable puisqu'elle ne savait pas ce qui allait arriver au jeune homme. Le concierge ne se sentait pas responsable puisqu'il avait seulement loué un studio, sans en savoir davantage. Et la bande avait du mal à se sentir pleinement responsable puisque toute l'affaire avait été fomentée, déclarèrent-ils, par le chef du gang. Et quant à celui-ci, il n'était pas coupable puisqu'il n'avait pas tué Ilan Halimi. C'étaient les autres...

Cinq jours après la découverte du corps, la bande fut démantelée. La police, à présent que tout était perdu, avait changé de tactique. Un portrait-robot de la jeune femme blonde qui avait servi d'appât dans les deux affaires précédentes fut diffusé dans toute la presse. La jeune femme se reconnut et se présenta à la police. Dans la nuit du jeudi, deux cents policiers investissaient la cité de la Pierre-Plate. Ils arrêtaient treize membres de la bande, faisaient voler en éclats la porte de l'appartement présumé de leur chef, où ils découvrirent des imprimés néonazis, sans trouver celui-ci. Quelques jours plus tard, le fugitif fut arrêté en Côte d'Ivoire. De toute façon, ce n'était pas lui, répétait-il. Il n'avait pas tué. Un voisin de sa résidence affirma d'ailleurs sagement que c'était « un jeune homme ordinaire, en jeans et baskets », tandis que, pour revenir à la bande, l'un des membres déclarait : « Je ne pensais pas que c'étaient des actes très graves. »

3.

Jamais il ne me vint à l'esprit d'établir le moindre parallèle entre Ilan Halimi et mon grand-père. Toutefois, je savais bien que l'attention démesurée que je portais à cette affaire tirait forcément son origine de mon histoire familiale. La plaque tellurique de la violence. Le frémissement attaché à la violence de domination. Le rêve de sauver Richard, de sauver Ilan Halimi. Le rêve absurde de la justice. Alors qu'au fond je n'étais pas capable de sauver qui que ce soit.

Je me rendais compte que mon sujet emplissait toute ma vie. Voilà longtemps que j'étais rentré de Weimar mais je n'en sortais plus, comme si le sinistre portail s'était refermé sur mes obsessions. Pourtant, je n'avais plus de raison de rester dans les souvenirs : le temps des cités était pour moi révolu, la photographie de l'inconnu avait trouvé sa solution. J'étais même en train d'achever avec mes élèves le thème du trimestre, « l'engagement humaniste ». Mais l'Histoire persistait à se redessiner pour moi sous l'angle du nazisme. J'en étais si imprégné que cela m'étouffait. J'avais tant baigné dans son sang, à travers mon grand-père mais aussi à travers de nombreux ouvrages et témoignages, qu'en étudiant Ronsard, Agrippa d'Aubigné ou Montaigne, il me semblait que je ne faisais que répéter les mêmes thèmes. Je préparais mes cours et voilà que j'écrivais ces vers de Ronsard tirés de l'*Hydre défait* : « Il faut tuer le corps de l'adversaire / Il faut, mon Duc, la dépouille attacher, / Toute sanglante au-dessus de la porte », où le gentil Ronsard de *Mignonne, allons voir si la rose* appelait au massacre des protestants. Je recherchais des textes à analyser dans les *Essais* de Montaigne et c'était pour tomber sur l'effrayante anecdote d'un soldat prisonnier qui, voyant préparer de son cachot des « ouvrages » de charpentiers, pensa que c'était l'annonce de sa torture et prit un vieux clou rouillé qui traînait dans la cellule pour s'en percer la gorge. On le trouva agonisant, « on lui fit sur l'heure lire sa sentence, qui était d'avoir la tête tranchée, de laquelle il se trouva infiniment réjoui et accepta à prendre du vin qu'il avait refusé ; et remerciant les juges de la douceur inespérée de la condamnation, dit que cette délibération de se tuer lui était venue par l'horreur de quelque plus cruel supplice... ». J'ouvrais le manuel de mes élèves et voilà que d'Aubigné, avec l'éclat de son souffle de prophète, signait un épouvantable tableau de la France déchirée par les guerres de Religion, avec des hommes affamés dévorant l'herbe et la charogne, tâchant d'échapper aux « démons encharnés, sépulcres de leur vie » qui les pourchassent, qui les tuent, qui pendent les enfants dans les chaumières pendant qu'ils torturent les parents, « de graisses flambantes les corps nus tenaillés ». Sous ce poème, le manuel présentait un tableau de l'école de Caron qui me semblait embrasser toutes les époques, parler des guerres civiles de la Renaissance comme du nazisme ou de la guerre de Yougoslavie, tous ces conflits nés des idéologies qui avaient embrasé notre continent. Le tableau était intitulé le *Triomphe de la mort*. Ce seul titre me rappelait l'étrange amour de la mort qu'ont toujours manifesté les nazis, comme s'ils l'avaient adorée et prise pour nouveau dieu. On y voyait l'allégorie de la Mort, un être au corps maigre, balançant une faux, au crâne décharné et souriant, passer sur un char aux moyeux de têtes de mort (et aussitôt je pensai aux SS Totenkopf). Deux bœufs le tiraient pendant qu'il roulait sur les corps, écrasant les hommes tombés à terre, civils, soldats, prêtres et paysans, pendant qu'au loin, comme issue de l'enfer, la tête d'une bête monstrueuse, la gueule ouverte découvrant d'immenses crocs, émergeait des volutes de l'incendie. Dans cette vision brève et ramassée, toutes les fantasmagories de l'horreur que j'avais cru déchiffrer dans le nazisme me revenaient : l'enfer, la bête, l'adoration de la mort, la destruction. Encore une fois j'avais la conviction que le nazisme n'était pas un événement ponctuel mais l'achèvement d'un Mal qui sinuait depuis l'origine dans le cœur de l'homme et qui se signalait aussi bien par ses ravages historiques que par ses manifestations esthétiques.

Et pourtant, même si je ne sortais pas du nazisme, il faut bien dire que cette année ancrée dans le passé, enfouie dans ma quête d'un visage disparu, s'acheminait vers sa fin. J'avais résolu mon énigme, mes cours s'achevaient. On parlait de plus en plus précisément, au lycée, du grand voyage à Berlin. C'était en effet une institution. Chaque année, la dernière semaine de juin, toutes les classes de première, Allemands et Français réunis, prenaient l'avion pour Berlin. Ils y passaient une semaine qui avait la réputation d'être animée, entre visites de monuments mais aussi de bars et de boîtes de nuit. Les professeurs fermaient les yeux ou même les accompagnaient. Pendant toute l'année, les élèves gagnaient de l'argent pour cet événement : vente de gâteaux durant les récréations (ils débarquaient dans la salle des professeurs, leur assiette de gâteaux à la main, vendus horriblement chers, pour la bonne cause bien sûr), organisation d'un marché de Noël, de fêtes payantes. Tout était bon. Et ainsi, gonflant leur escarcelle, ils se payaient une à une chaque soirée de la mirifique semaine, étincelant de mille feux alcoolisés dans leurs cervelles d'adolescents.

Nous étions à présent fin mai, les conseils de classe se préparaient, nous nous activions désespérément pour rendre les copies de notre concours d'entrée, exigeante barrière avant de parvenir dans le saint des saints, ainsi que celles du baccalauréat franco-allemand, avec d'étranges chevauchements de niveau, les copies de CM2 succédant aux lourdes et impressionnantes copies du bac. J'avais beaucoup de mal avec ce mois de mai. Dans le système national (nous appelions ainsi le système français puisque notre lycée international obéissait à d'autres règles), c'était un mois très agréable, fleurant bon la détente et les beaux jours, qui ne m'avait laissé que de bons souvenirs. À présent, c'était une cohorte de copies, des dizaines de milliers de signes pressés, angoissés qui proclamaient tous : « Je suis bon, je suis bon, prenez-moi, mettez-moi une bonne note. » Il va de soi que je n'aurais jamais abandonné ma place pour un autre lycée mais cette métamorphose printanière en machine à corriger était assez pénible.

Ce rituel pourtant immuable me plongeait cette année-là dans la stupéfaction. Comme d'habitude, je corrigeais mes copies (« Pouvez-vous relever trois adjectifs qualificatifs dans la phrase ? » ou bien « Que pensez-vous de la citation de Sartre selon laquelle "La littérature d'une époque, c'est l'époque digérée par sa littérature" »), alors que les habitudes auraient dû voler en éclats. Une question me tourmentait : pourquoi la mort de David Wagner ne change-t-elle rien à ma vie ? Ce destin m'avait hanté pendant des mois, j'avais été obsédé par cette malheureuse photographie et à présent que j'avais retracé la biographie de mon grand-père (mot que j'ai toujours du mal à écrire) et arrêté tout entretien, c'était comme s'il n'avait jamais existé. Cela peut paraître absurde mais il me semblait qu'une évolution devait se produire. Or, je m'appelais toujours Fabre, je corrigeais toujours des copies, j'enseignais toujours au lycée franco-allemand et personne n'était venu me taper sur l'épaule pour me dire : « Tu es un Wagner, viens avec moi en Roumanie, ta patrie d'origine. Tu as du travail à faire là-bas ! »

Le basculement initial – et fondateur – n'avait même pas eu lieu : je n'avais jamais parlé à mon père. Mon impuissance à surmonter les non-dits avait toujours fait mon désespoir. Je m'accommodais des silences avec une capacité de boa constrictor. Ils entraient en moi, enflaient, parcouraient leur sinueux chemin sans jamais ressortir. La situation pouvait ainsi s'empoisonner lentement, avec une vénéneuse patience. Mon père, heureux de s'en tirer à si bon compte, ne demandait pas son reste : nous discutions des sorties littéraires, de la qualité du foie de veau et de l'impact du réchauffement climatique avec beaucoup de passion. Je savais qu'il était un bâtard, j'en connaissais probablement plus sur son père que lui-même, ce qui aurait pu l'intéresser, il savait que je faisais des recherches sur le sujet, était sans doute conscient, sans bien la mesurer, de l'étendue de mes découvertes, mais nous parlions toujours du foie de veau. Qui était bon. Une des forces de la bourgeoisie traditionnelle est son silence. Il faut toujours se tenir, en toutes circonstances, et n'opposer aux troublantes vérités que le travail, l'accumulation et la volonté de faire front. C'est une classe sociale remarquable par son obstination, son sens des traditions et sa culture : elle me fait songer à une sorte d'animal massif et puissant. Peut-être un bœuf, parce que celui-ci rumine sans parler. Moi, j'étais un bœuf mâtiné de lévrier, ce qui compose un physique bizarre : comme je ruminais sans avoir la résistance épaisse de mes pairs, mon gros estomac étouffait dans mon corps maigre de sprinter.

Ainsi passa mai, de copie en copie, de tas en tas, le tout entrecoupé de télévision car si la culpabilité m'empêchait de sortir, il me fallait tout de même des pauses. J'enfilais téléfilms américains au doublage décalé, émissions de santé, séances parlementaires, le cœur désolé par les petits signes bleus qui s'amoncelaient sur ma table. Juin se faufila, plus chaud, plus estival et de plus en plus éclatant puisque je rendais mes tas, un par un, achevant victorieusement mes semaines de correction. Et puis un beau jour, je me levai à 5 heures pour aller prendre un avion à Roissy, avant de m'endormir, assommé, au beau milieu d'un parterre d'élèves excités. L'année était finie, Berlin commençait.

Toutes les capitales européennes m'ont fasciné : elles sont les visages de pierre de l'Histoire. Londres, Prague, Paris, Rome, Athènes, Bucarest, Sofia, Madrid... Toutes, sans exception. Errer dans la littérature, c'est errer également dans les capitales et les grandes villes : le Paris de Balzac, de Hugo ou de Baudelaire, le Londres de Dickens, le Dublin de Joyce, la Rome de du Bellay, la Florence de Dante, la Venise de Thomas Mann, le Berlin de Döblin... Mais l'image la plus frappante de notre rapport aux villes, à nous Européens, je l'ai vue dans un film de Fellini, *Roma*, dans lequel des ouvriers creusant un couloir pour le métro découvrent soudain une galerie décorée de fresques antiques. Alors qu'ils contemplent, stupéfaits, les formes muettes aux gestes suspendus, sacralisées par le temps impalpable, l'oxygène s'engouffrant dans la cavité efface lentement les peintures, qui se dissolvent dans l'abîme dévorant de l'Histoire. Cette scène m'est restée pour toujours, par sa décomposition tragique mais aussi par ce qu'elle faisait apparaître de nos capitales, sédimentées par le temps, accumulant plusieurs niveaux historiques, comme la ville de Troie superposait sept niveaux de ruines. Prague, le soir, dans les rues baroques illuminées, est un théâtre du XVIIe siècle qui n'attend qu'un carrosse et un bal masqué en longues traînes. En Italie, la plupart des villes s'enroulent dans le passé : Venise est un palais surgi de l'eau sur lequel défilent les licornes, les masques et les lentes génuflexions du carnaval, comme si le temps lui-même se diluait dans un rêve de soi. Entrer dans Rome, c'est visiter le bric-à-brac des époques, le désordre de kaléidoscope de la ville la plus riche qui soit, au point de laisser à l'abandon ses grands palais déserts, ses monuments en ruine, l'Histoire ployant à chaque coin de rue, ouvrant là le Ier siècle, là la Renaissance, là le baroque, puis s'échappant vers le XIXe et le XXe siècle, car Rome est la somme de tous les temps. J'ai employé des journées entières à me promener dans Paris et à sentir le poids du passé, dans cette perfection géométrique qui est attachée à notre pays. Pas le désordre des siècles romains mais la netteté esthétique de notre classicisme, troué par des flèches fantastiques érigées dans le ciel, comme des envolées sombres du Moyen-Âge ou des gibets du mystère. J'ai rêvé sur les gargouilles de Notre-Dame, je suis passé sombre et silencieux sous la tour Saint-Jacques. J'ai été éberlué par des noms mirifiques, au mur des immeubles dans lesquels ils avaient vécu : Rousseau, Diderot, Hugo, Balzac, Verlaine, Baudelaire ou Rimbaud... Chacune de ces villes montre l'emprise de l'Histoire sur notre continent – œuvre multiple du peuple européen, peuple barbare poli par les siècles, ravagé en permanence par les guerres, les invasions, et toujours renaissant : l'enfer de Dante et le paradis. En même temps.

Berlin, ville détruite en 1945, n'est pas parée de ces prestiges immémoriaux. Elle est neuve. Mais sa nouveauté s'est mise à penser l'Histoire. C'est pour cela que Berlin est un concept. Alors que les autres villes sont l'Histoire, Berlin, qui n'a plus d'Histoire, la pense, la montre, la dévoile. Mais cette Histoire, ce n'est pas l'Antiquité ou le Moyen-Âge, c'est celle de la deuxième moitié du XXe siècle. Berlin pense la chute du continent européen. Berlin est notre cicatrice exposée au monde.

Je n'ai rencontré l'Histoire qu'une seule fois et c'était à Berlin. J'étais un lycéen parisien, écoutant avec passion les nouvelles du soir, suivant les manifestations en Allemagne, qui enflaient et grossissaient comme des vagues, lorsque le Mur s'est écroulé, dans ce moment magique et fugace où notre continent a retrouvé son unité, après quarante ans de division. Le 9 novembre 1989. Je crois que c'était un jeudi soir parce que le lendemain je prenais l'avion pour Berlin et je suis à peu près sûr d'avoir manqué l'école. Ce n'était pas que j'avais une conscience politique bien aiguë mais l'événement était si important que même le premier lycéen pris dans les rues en percevait l'ampleur. Dès mon arrivée dans la ville, je me précipitai vers le Mur, que les Berlinois détruisaient à coups de masse, dans une atmosphère de joyeux délire. Il n'y avait pas de haine, de revanche et la gravité ne se lisait que sur quelques visages, les plus âgés souvent. C'était une fête collective, comme les vendanges du communisme disparu. D'énormes pans de mur s'effondraient sous les coups de boutoir, qui mangeaient aussi les graffitis, et chacun prenait avec soi une pierre, une petite part de l'Histoire. Je crois que j'ai encore la mienne mais j'ai tant déménagé depuis ce temps-là – une douzaine de fois – que je n'en suis pas sûr.

Je suis retourné à Berlin à plusieurs reprises par la suite mais c'était la première fois que j'y passais une semaine pleine. Nous occupions une auberge de jeunesse dans le centre ville où les élèves étaient logés par chambrées de six tandis que les professeurs avaient une petite chambre particulière, avec douche. Une cantine nous nourrissait le matin et le soir. Pour le midi, chacun prenait un morceau de pain avant de partir, que nous bourrions à volonté de fromage et de charcuterie. Le fait d'être un simple accompagnateur me délivrait des soucis de l'organisation, de sorte que je me promenais, le nez au vent, en discutant avec mon ami Robert, un professeur de sciences naturelles qui, comme beaucoup de professeurs du lycée, avait connu plusieurs pays et avait notamment passé une quinzaine d'années en Colombie, où il avait été vétérinaire puis propriétaire de ferme. Pour les élèves, je me contentais de maintenir un semblant de cohérence dans le groupe et de discuter de temps en temps avec eux : il faut bien avouer qu'on ne trouvait pas d'adolescents plus sympathiques. Ils étaient à la fois curieux, intéressés et toujours partants.

Berlin, dont la métamorphose permanente semble toujours se faire à cœur ouvert, si je puis dire, avec des chantiers bruissant un peu partout, entre échafaudages, grues et marteaux-piqueurs, avait beaucoup changé depuis ma dernière visite. La ville se réinventait sans cesse, expérimentait les architectures futuristes, ville de verre et d'acier brutalement réinstallée dans les années 1970 par le globe haut perché de la télévision et l'Alexanderplatz. Nous marchions beaucoup, prenions beaucoup le métro aussi, plus ou moins attentifs, puisque Robert me parlait souvent des animaux et des forêts d'Amérique du Sud, ce qui composait un mélange assez particulier, tandis qu'un élève venait toujours me prévenir qu'il allait chercher une saucisse ou un tee-shirt et que cela ne durerait pas et qu'il allait revenir, qu'il était déjà revenu en fait et que vraiment... J'adorais cette ambiance détendue, hétéroclite : rien de mieux que ce savant désordre qu'on appelle l'esprit LFA (lycée franco-allemand). Durant mes années d'enseignement en banlieue parisienne, j'avais été frappé par la nécessité de maintenir une discipline de fer dans les établissements pour contenir la violence latente. Au contraire, au LFA, aucune discipline n'était nécessaire, les couloirs étaient peuplés d'enfants et de jeunes gens mélangés, jouant aux cartes ou révisant leurs leçons, dans la plus totale liberté, parce qu'ils n'outrepassaient pas les limites. Je me souviens, à mon arrivée, d'un lion en peluche d'au moins un mètre cinquante que mes élèves de première avaient soigneusement installé au premier rang, en lui disant d'être bien attentif pour le cours de français. Un peu décontenancé – je venais de classes où ce genre d'attitude aurait été une pure provocation, à réprimer d'emblée –, je laissais faire et lorsque je fus plus habitué au lycée, je me félicitai de n'avoir pas réagi. La sévérité m'aurait au contraire ridiculisé. Cet esprit LFA, toujours bon enfant, eut une manifestation dès le premier midi, lorsque les groupes se séparèrent pour déjeuner. Plusieurs professeurs mangèrent ensemble puis nous nous retrouvâmes à un lieu de rendez-vous, en haut d'une butte d'herbe. Comme j'arrivais en retard, comme d'habitude, un grand groupe se tenait déjà rassemblé. Plusieurs collègues me regardaient approcher, l'air un peu bizarre, me sembla-t-il. Un élève demanda à essayer mes lunettes de soleil. Sans me méfier, je les lui tendis. C'est alors qu'une dizaine d'adolescents se ruèrent sur moi comme un pack de rugby, me réduisant à l'état de ballon dissimulé sous la masse des corps.

– Bienvenue au club ! me félicitèrent mes collègues en souriant lorsque je parvins à m'extraire du pack.

Ces mêmes élèves, quelques jours plus tôt, se passionnaient pour un cours d'une difficulté telle que je n'aurais pas osé le faire en licence à l'université. Voilà l'esprit LFA qui ne dit rien à personne sauf aux milliers d'élèves qui sont passés par ce lycée et qui connaissent cet ahurissant mélange de travail et de bonhomie, de décontraction totale et d'avidité merveilleuse pour les études. Si cet esprit se répandait dans le pays, la crise de l'éducation serait absorbée en trois mois, un grand sourire et cent nuits de travail acharné.

Le soir, nous allâmes dans une boîte de nuit assez morne, dans cette ville où les clubs sont sans équivalent, parce que nous avions choisi un lieu autorisé aux mineurs, ce qui est toujours mauvais signe. Là, pendant que les élèves dansaient un peu et menaient à bien leurs intrigues longuement ourdies, je draguai sans passion une fille de vingt ans accompagnée de ses parents. C'était vraiment que je n'avais rien à faire. Mais j'étais heureux de me livrer à un de mes sports préférés en allemand. Cette fille habitait près d'un lac. C'est à peu près le seul détail dont je me souvienne.

La coexistence de l'anodin et du tragique qui me gouvernait, si l'on songe par exemple à une mèche de cheveux rebelle au sortir de Buchenwald, depuis le début de cette histoire – et qui à vrai dire gouverne toutes nos vies – se vérifia encore puisque dès le lendemain de cette soirée, dont nous discutions avec ironie, la visite du Reichstag, le rappel de l'incendie de 1933 et de la coercition qui suivit, rétablit le pouvoir de l'Histoire. Il suffit de quelques minutes pour que le présent s'efface et pour que je retombe dans le passé de mon grand-père. Soudain, il n'y avait plus de soirée, plus d'élèves, plus que des images en noir et blanc qui se superposaient : archives, photographies. Je n'étais pas seulement venu à Berlin pour accompagner les élèves. L'ombre Wagner m'escortait.

Certes, la photographie des origines avait trouvé sa solution mais j'avais encore besoin de boucher certains trous, de combler certains vides dans la biographie de mon grand-père, avant le camp de concentration. Et surtout je n'avais trouvé aucune réponse à la question qui m'était venue si souvent : pourquoi ?

Pourquoi mon grand-père était-il mort ? Pourquoi Sommer avait-il torturé et assassiné ces prisonniers ? Tous ces pourquoi peut-être naïfs, comme ces questions que posent les enfants, vers cinq ans, lorsqu'ils se mettent à considérer le monde. Sans être assez stupide pour ignorer que cette question était sans réponse, je l'étais suffisamment pour penser qu'elle n'était pas si naïve. Ou du moins qu'il fallait errer autour de la réponse, même sans jamais espérer la découvrir, et que c'était une sorte de devoir moral, comme une tragédie grecque où il faut enterrer les morts. Je rendais mon hommage, j'enterrais le disparu et je posais mes questions. Ma question. David Wagner n'avait jamais eu de tombe et je savais bien, maintenant, que j'allais lui écrire sa tombe et son épitaphe, ce que mon père, pensais-je, n'avait jamais fait, ce qui l'avait emmuré dans ses immuables promenades, ses silences et son immense dénégation.

Mon tombeau avait besoin de Berlin. Je le sentais bien, à mesure que je marchais, même dans cette atmosphère de vacances, j'avais besoin de l'Allemagne pour accomplir mon projet. Je revenais à la source du Mal, si je puis ainsi parler d'un pays que j'aime et qui expie encore, par la mémoire, sa folie furieuse. Mais je suis sûr que je n'aurais jamais pu l'aimer s'il n'était pas, encore maintenant, ce pays souffrant, à la fois puissant par son économie, pays bourgeois, installé, fier de son rang de premier exportateur mondial, et malade de sa mémoire, revenant en permanence sur ses crimes, d'une façon à la fois étouffante et obstinée. Je me promenais dans le Reichstag et le guide évoquait l'incendie, tandis que nous regardions tous, comme fascinés, le gigantesque aigle à deux têtes qui ornait l'assemblée et qui n'était pas sans provoquer un certain malaise. Nous sortions du Reichstag, nous passions la porte de Brandebourg, vestige du passé au milieu d'un quartier recomposé et voilà que nous nous trouvions devant un champ de stèles noires que je n'avais jamais vues, qui pouvaient aussi bien évoquer des cercueils, un labyrinthe ou une prison. Même si des enfants couraient là comme dans un labyrinthe d'*Harry Potter*, ces pierres renvoyaient à des événements plus sombres que les aventures du gentil sorcier, parce que sous la terre, lorsqu'on descendait un escalier, se ramifiaient les longs couloirs d'un mémorial, rappelant la politique d'extermination du national-socialisme. Une salle s'ouvrait sur quinze témoignages de victimes, parfois écrits juste avant leur mort, avec des mots terribles inscrits sur de vieux papiers jaunis : « Ils veulent faire disparaître jusqu'aux noms », « Même si je survis, que restera-t-il de la vie », « Qu'est-ce qu'être un homme après cela ? », « Ils mettent les femmes dans les fours ». Les textes étaient imprimés au sol, on lisait à nos pieds, comme on regarde des inscriptions sur des cercueils, tandis que sur les murs apparaissaient des cartes de l'Europe mentionnant, pour chaque pays, le nombre de Juifs assassinés. Je ne me souviens pas de tous les nombres mais je revois encore celui de mon pays : France, soixante-quinze mille. Et deux nombres encore : Pologne, deux millions cinq cent mille, Danemark... cent quarante-six. Ensuite, la salle des Noms récapitulait sur ses quatre murs les noms et les dates de naissance et de mort, comme dans le *Livre des morts* de Buchenwald mais sur tout le continent, de Juifs originaires d'Europe. Un petit dépliant du musée indiquait qu'il faudrait six ans, sept mois et vingt-sept jours pour lire sous cette forme la liste de toutes les victimes. Et la salle des Lieux pointait deux cents lieux de persécution et d'exécution des Juifs. Enfin, un ordinateur permettait d'accéder à la banque de données du mémorial Yad Vashem, recensant les noms de trois millions de Juifs. J'appuyai sur les touches « Wagner » (France). Je ne trouvai pas le nom de mon grand-père. Comme d'habitude, la disparition. Mais je suis bien sûr que c'était la dernière fois. Dorénavant, lorsqu'on tapera « Wagner », on lira : « David Wagner, né à Paris le 4 août 1915, déporté à Buchenwald, mort le 21 mars 1942. »

Oui, j'en suis sûr. J'écris pour cela.

4.

Pendant plusieurs jours, professeurs et élèves, nous avons ainsi parcouru la mémoire ouverte de l'Allemagne, un peu abasourdis tout de même par cet immense travail de deuil et de souvenir. Il semblait qu'on ne puisse échapper à cette culpabilité omniprésente, à ce ressassement de la double blessure du nazisme et du communisme. Partout la grande cicatrice – le Mur, la Shoah, le nazisme. Dans le Jüdisches Museum, une salle vide, nue et sombre, s'élevait jusqu'à une hauteur de vingt mètres, en se rétrécissant vers une fente de lumière inaccessible, tout là-haut, ce qui provoquait un tel malaise que le silence s'apparentait à celui des camps de concentration.

Partout où nous allions, nous tombions toujours sur cette Histoire répétée, exhibée, cette parcelle de temps resserrée, de 1933 à 1989, presque minuscule à l'échelle de l'Histoire européenne mais parcourue en tous sens, roulée et retournée. Ce que les autres capitales jouaient négligemment dans leur rapport à l'Histoire, Berlin l'accomplissait consciemment, avec gravité, tout en maintenant, par ses constructions permanentes, une vitalité qui l'empêchait de sombrer sous le poids étouffant de la mémoire. Mais c'était tout de même une impression curieuse que d'errer ainsi, cent franco-allemands babillards en goguette dans la ville, à travers ces méandres de la culpabilité.

Je n'étais pas venu en Allemagne les mains vides. De France, j'avais fait quelques recherches rapides sur Saack et Lachmann, le préfet et le sous-préfet qui accompagnaient Himmler lors de sa visite. Ces deux hommes, au moins en apparence, n'avaient eu aucune incidence sur la vie de David Wagner mais je sentais que mes questions ne trouveraient de réponses qu'en suivant toutes les pistes, mêmes les plus secrètes. Dans mon adolescence, j'avais été fasciné par les méthodes du réalisateur Stanley Kubrick qui poussait l'obsession du décor jusqu'à la furie, recherchant pour la moindre scène de *Barry Lyndon* à épouser tous les détails de l'époque, installant sur le plateau des meubles anciens qui n'apparaissaient même pas à l'image en affirmant que les acteurs, eux, les verraient et en seraient inspirés. Et en effet on ne peut faire vivre un sujet que si l'on épuise ses adhérences multiples, tous les détails qui collent imperceptiblement à lui. Saack et Lachmann avaient traversé l'existence de David Wagner. Comme l'acteur de *Barry Lyndon*, je jouerais mieux mon rôle de passeur s'ils étaient sur le plateau. Sur Saack, la recherche avait été rapide puisqu'il était mort en 1944 sur le front russe où une promotion – périlleuse – l'avait envoyé. Ses descendants avaient disparu puisque son seul fils avait été également tué, en France, lors de la contre-offensive des Ardennes qui avait suivi la libération du pays. Quant à Lachmann, qui n'avait fait qu'un passage furtif dans toute cette histoire puisque, si l'on s'en souvient, il s'était éclipsé avant le dîner des Koch, il avait également été tué sur le front russe, quelques mois après sa visite à Buchenwald, laissant trois enfants en bas âge à sa femme. J'avais téléphoné à celle-ci, à qui j'avais laborieusement expliqué, parce qu'elle entendait très mal, que j'étais un chercheur français travaillant sur les hauts fonctionnaires allemands pendant la Seconde Guerre mondiale. Le projet sembla passionner Frau Lachmann, ce qui m'étonna, jusqu'au moment où je compris que rien n'était plus important dans sa vie que la mémoire de son mari. Comme nous cherchions un moyen de nous rencontrer alors qu'elle habitait Göttingen, dans le centre de l'Allemagne, qui n'était pas précisément un lieu de passage international, et que je lui annonçais que j'allais bientôt faire un voyage à Berlin, elle m'indiqua l'adresse de sa petite-fille, en disant qu'elle donnerait à celle-ci des photocopies de documents sur son mari. Un peu confus de cette générosité, puisque ma quête kubrickienne n'allait tout de même pas jusque-là, je la remerciai chaleureusement et assez maladroitement.

Le fait est, toutefois, qu'au moment de mon voyage à Berlin j'avais déjà eu un contact avec une voix douce (je songeais à une voix de bibliothécaire, une de ces personnes calmes qui me sauvaient dans les grandes bibliothèques anonymes) qui avait proposé de me retrouver dans un café berlinois. Les photocopies, m'annonça-t-elle, étaient prêtes. Elle espérait pouvoir m'aider pour ma thèse (dont je n'avais jamais parlé mais il me semblait évident que Frau Lachmann n'était pas très à l'aise avec les niveaux universitaires).

Le jour dit, soit le troisième de mon voyage à Berlin, j'entrai vers 21 heures dans un café sur le Kurfürstendamm qui ressemblait plus au salon d'un appartement qu'à ce que nous connaissions en France sous ce même nom. De larges banquettes défraîchies meublaient une pièce profonde et calme, avec des tables basses pour les boissons. Une musique d'ambiance nimbait l'ensemble d'une agréable chaleur. Je cherchais ma bibliothécaire mais aucune femme seule n'était en vue. Je pris donc place dans un fauteuil que j'orientai vers la porte. Dix minutes plus tard, une jeune femme entra d'un air pressé dans le café. Ce n'était pas ma bibliothécaire : elle portait un jean, des bottes noires, un blouson et elle était ce qu'il est convenu d'appeler une bombe. J'étais en train de la détailler lorsqu'elle se tourna vers moi et se mit à sourire. Elle se dirigea vers ma place.

— *Herr Fabre ?*

C'était ma bibliothécaire. Elle me pria de l'excuser, ajouta en riant que de toute façon elle était toujours en retard, malgré tous ses efforts, mais que cette fois-ci elle avait une bonne raison : son vélo avait déraillé. Et d'un geste enfantin, en éclatant de rire, elle me tendit ses deux mains couvertes de graisse noire. Puis elle partit vers les lavabos. C'était Sophie Lachmann et l'expérience m'oblige à dire qu'elle était toujours comme cela.

Lorsqu'elle revint, je préparais mes meilleures phrases en tâchant de comprendre comment la voix douce s'était muée en cette rock-star qui avait fait tourner les têtes de tous les hommes dans le bar. Après avoir commandé un café, Sophie commença à parler très vite, à rire, à raconter. Je ne comprenais pas grand-chose mais je souriais beaucoup. Tout d'un coup, elle fronça les sourcils.

— *Sie verstehen nichts ?*

— *Nein.*

— *Sind sie nicht Lehrer in einem deutsch-französischen Gymnasium ?*

Je lui avouai que je n'arrivais pas à suivre. Elle eut l'air surpris puis déclara :

— Parlons donc français.

Et aussitôt elle continua à la même allure mais en français.
– Je suis professeure d'allemand et de français, précisa à un moment ma rock-star bibliothécaire.
Dans une vaine tentative pour excuser mon allemand défaillant, je lui expliquai que ma première langue était l'anglais, laborieusement appris pendant des années d'école puis des voyages dans l'Angleterre du siècle dernier, dans des petits pavillons où m'accueillaient des familles plus ou moins intéressées, m'expédiant le matin vers de riantes promenades dans les quartiers ouvriers avec un sandwich mou agrémenté de feuilles de salade et de tomates que je jetais consciencieusement dans la première poubelle venue. Le tout avant les voyages aux États-Unis, dans le Colorado. L'allemand n'était alors que ma seconde langue, ânonnée dans des magnétophones défaillants marmonnant des paroles idiotes auxquelles je ne comprenais rien, ces charmants appareils actionnés par des professeurs qui se mouraient d'ennui. Le plus terrible, dans cette langue, c'était qu'on y manquait toujours de chance. En anglais, en italien, en espagnol, on pouvait toujours tenter un mot français un peu déformé, cela passait. En allemand, jamais. C'était le mot juste ou ça ne l'était pas. Incapable, après cinq ans d'études, de prononcer deux phrases de suite, j'avais dû me rendre à l'évidence : mon cas était irrécupérable. J'allais avec le plus grand chagrin passer l'allemand par pertes et profits lorsque je découvris avec horreur que mes concours exigeaient la maîtrise d'une seconde langue étrangère, ce qui me fit avaler les dictionnaires et les textes littéraires (surtout ceux de Zweig dont la merveilleuse simplicité de vocabulaire rassurait mon incompétence) par cœur et à toute vitesse, sans aucune base solide, les mots les plus rares se mélangeant aux plus courants dans un sabir

désorganisé qui allait désormais composer mon allemand. Bref, j'étais perdu pour la cause.
— Et au lycée franco-allemand, vous n'avez pas progressé ?
— Si, bien sûr. Avant, c'était pire.
Et de nouveau, Sophie se mit à rire. Tout cela nous éloignait du sujet Lachmann mais j'évitais la question comme la peste. Le nazisme n'est pas soluble dans la séduction. La dernière fois que j'avais couché avec une Allemande, elle m'avait fait la tête pendant deux jours parce que je l'avais appelée ma Führerin en voyant qu'elle voulait absolument me guider selon ses désirs dans Paris. En revanche, la fois précédente, avec une fille très avantagée par la nature en un point particulier de son anatomie, j'avais adopté une forme de séduction assez risquée qui consistait à jouer de la provocation pure, en développant la thèse que l'Allemagne était schizophrène. Comme cette fille, dont j'ai oublié le nom, m'avançait que la différence entre les Français et les Allemands reposait sur la franchise et la simplicité de sa nation opposée à la virtuosité des apparences des Français, je lui rétorquai qu'elle mentait et que j'avais percé le secret des Allemands : depuis cinquante ans, ils faisaient semblant d'être gentils, bourgeois, ennuyeux, gavés de Mercedes et de machines à laver mais en réalité ils étaient fous. Tarés. *Verrückt*. Comment le savais-je ? Grâce à la littérature. Il suffisait de comparer les romantismes allemands et français. Le romantisme français était une littérature du malaise, une énergie inemployée, lourde de passions réprimées, comme chez Chateaubriand, mais cette énergie ne demandait qu'à se déployer dans le monde, ce que fit d'ailleurs, avec un succès sans égal, le soldat, l'explorateur, l'ambassadeur et ministre des Affaires étrangères Chateaubriand. Au contraire,

le romantisme allemand était une littérature bizarre, une énergie trouble et négative traversée, comme dans *Les Souffrances du jeune Werther* de Goethe, de pulsions de mort. D'ailleurs, des dizaines de jeunes gens s'étaient suicidés à la lecture de *Werther* et moi-même j'y avais senti, sous les apparences lénifiantes de l'eau de rose, une folie profonde. Et si Goethe, pour lequel je n'avais qu'une admiration réservée (rien de mieux, dans la provocation, que de briser les idoles à coups de marteau), était considéré comme le plus grand écrivain allemand, c'était parce qu'il incarnait la schizophrénie allemande, le bon bourgeois conseiller du prince, dans sa belle maison de Weimar, écrivain reconnu, riche et installé, travaillé en sourdine par d'étranges passions.

Deux heures plus tard, après une longue défense et illustration de l'innocence et de la simplicité allemande que je subis avec le sourire détaché de celui à qui on ne la fait pas, j'étais dans son lit.

Mais cette tactique me paraissait dangereuse avec la jeune Sophie. La provocation n'est possible, à mon sens, qu'avec les filles auxquelles on tient modérément, parce que la prise de risque est trop importante. Or, disons-le tout net : je venais de tomber raide devant la belle Sophie. Avec son physique de rock-star et ses mains noires, elle venait de faire de moi le plus fervent admirateur de la nation allemande. Un pays qui engendrait des filles pareilles ne pouvait qu'être un grand pays. J'étais en train de sortir mon appareillage de séducteur le plus sophistiqué lorsque Sophie me jeta soudain :

– J'ai apporté les documents.

Aïe ! Tout était perdu !

Et elle ajouta :

— Vous allez tout savoir sur le héros de la famille.

Cette phrase me stupéfia. Tout était effectivement perdu. Comment Sophie pouvait-elle parler ainsi d'un dignitaire nazi ? Mon trouble dut se sentir car la jeune femme me fixa de son regard bleu et je ne pus m'empêcher de penser qu'elle était en tous points conforme aux canons féminins du nazisme : blonde aux yeux bleus, grande et bien découplée, elle était non pas d'une beauté raffinée mais saine et éclatante, dégageant une impression de force rare chez une femme. Cela me gêna davantage encore. Elle dut lire en moi car elle ajouta :

— Vous ne connaissez pas son histoire. Donc pas de préjugés. Et puis je suppose que les familles allemandes ont bien besoin d'un héros, elles ont suffisamment honte comme cela.

— Donc, votre grand-père était un héros ?

— Non, le mot est sans doute trop fort. Mais en tout cas, c'était un homme... intéressant. Et puis ma grand-mère l'a mythifié. Elle n'a jamais connu d'autre homme que lui et n'a jamais voulu se remarier, malgré de nombreuses propositions.

— Je m'en doute. Si elle était moitié aussi belle que sa petite-fille...

Sophie eut un temps de silence. Puis elle trouva ma tentative de compliment si nulle qu'elle éclata de rire, ce qui me fit rire aussi. C'était vraiment très mauvais... si maladroit que c'en était touchant.

Elle commanda un autre café, qu'elle savoura comme une boisson rare. Le plaisir qu'elle prenait à absorber le liquide, les yeux mi-clos, était excitant. Par politesse, je faisais semblant de parcourir les documents, principalement des nominations et des lettres.

— Ce sont des lettres de soutien, commenta soudain Sophie.
— Pourquoi ?
— Après la mort de mon grand-père, ma grand-mère était seule et les amis de mon grand-père lui ont beaucoup écrit. Von Stauffenberg a été très présent.
— L'auteur du coup d'État contre Hitler ? C'était un ami de votre grand-père ?
— Oui, tous deux étaient des hauts fonctionnaires nazis et ils étaient de plus en plus dubitatifs sur l'avenir du régime, comme beaucoup d'autres d'ailleurs. Les discussions sur le coup d'État ont commencé ainsi.

Ces propos me surprirent. Je comprenais bien que les familles allemandes avaient besoin d'enrober la vérité, ce qui semblait être en l'occurrence le cas, mais je voyais aussi que le sous-préfet Lachmann n'était pas le premier venu et que la jeune professeure sexy allait m'offrir une entrée dans l'Histoire : von Stauffenberg était le nom du plus célèbre des opposants à Hitler. Et je me sentais intimidé d'accéder à cette part certes marginale mais néanmoins très connue de l'Histoire allemande, non pas au travers de récits historiques mais par la si jolie fille qui se trouvait en face de moi et qui semblait à mille lieues du nazisme.

Toutefois, je mis à l'écart les documents. Chaque chose en son temps. L'heure n'était pas aux recherches historiques. Le présent portait les couleurs ardentes d'une belle jeune femme, ce qui était à la fois plus esthétique et plus charmant que les plongées dans le passé. Je manquais certes de stratégie car Sophie changeait sans cesse de sujet, ce qui m'empêchait de combiner de savantes manœuvres langagières. Elle ne se laissait pas conduire où je voulais. Casanova en était réduit à combler les voies d'eau et à réagir au coup par coup. L'ensemble, pourtant, se passait assez bien. Nous vivions un moment agréable, faute de quoi Sophie serait partie depuis longtemps alors qu'il était plus de 23 heures. Au contraire, elle proposa une promenade. La nuit était avec moi...

Le Kurfürstendamm était inondé de lumière. L'avenue semblait un fleuve jaune brisé d'éclats rouges, dans une débauche de luminosité incompréhensible. Au loin luisait l'église brisée, épaulée de verre et d'acier, avec ses myriades de vitraux bleus. Une voile métallique, absurde, se tendait au sommet, comme le geste érigé d'un surfeur sur le toit du monde. Malgré ces lumières, la nuit n'avait pas perdu son pouvoir de dissolution des volontés. Les corps sont plus ouverts dans la nuit, les esprits plus échauffés, plus pulsionnels. C'est le moment des violences et des amours.

Je ne sais trop comment, j'ai raccompagné Sophie chez elle, en laissant son vélo au café. Elle ne m'a pas fait attendre le deuxième soir, ne m'a pas dit qu'elle n'était pas prête, ne m'a même pas proposé un dernier verre. Elle a juste fait tout cela comme une innocence qui se donne, avec simplicité. Casanova était mort de peur lorsqu'il entra dans le lit. Et il fut très mauvais. Disons qu'une innocence expérimentée rencontra une autre innocence, pour le meilleur et pour le pire. Et lorsque ces innocences se réveillèrent au matin et prirent un petit déjeuner avant d'aller, l'une à son cours, l'autre vers ses élèves, elles étaient amoureuses l'une de l'autre, ce qui est sans doute d'une extrême platitude romanesque mais un extrême bonheur dans la vie réelle. Et on me pardonnera de ne raconter que la vie réelle, en ne changeant que ce que le rigorisme juridique et les sourcilleux héritiers réprouvent.

Il ne nous restait que quatre jours avant mon départ. Nous en profitâmes autant que nous le pouvions. Une jeune femme blonde se mêla donc plusieurs fois au groupe des franco-allemands, suscitant des regards soupçonneux et un peu jaloux de certaines filles qui me considéraient comme leur propriété personnelle (et fantasmatique). Les rues étaient plus douces avec elle. Notre avenir était incertain, ce qui nous faisait flotter dans la bulle aléatoire du pur plaisir. Nous ne parlâmes jamais du futur, seulement du présent et, par à-coups, d'un lointain passé dont on devine l'époque.

Dans un lac à l'ouest de la ville, nous nous baignâmes. L'eau était froide. Sophie se déshabilla pendant que je la contemplais sans vergogne, en me disant que j'allais vendre sa silhouette pour la nouvelle campagne de publicité de L'Oréal. Je la regardais, regardais, regardais. L'eau fraîche, heureusement, me calma. Sophie nageait seulement la brasse, je jouai à l'homme en alternant toutes les nages. Éclatant de rire devant ma parade de gorille, elle m'embrassa longuement, d'un baiser mouillé et lent qui nous fit chavirer sous le soleil. La terre tournait un peu.

Nous louâmes des vélos en compagnie des élèves, pour une longue promenade dans la ville. Avec mon VTT lourd mais solide, je pouvais m'amuser sur les chemins de traverse tandis que la troupe rôdait autour de la Spree et des canaux, suivant les restes du Mur, traversant un bois, jusqu'à une halte sur une plage artificielle, pour prendre un verre à côté de deux terrains vagues qui surplombaient un cours d'eau où personne ne se baignait. J'enfonçais mes pieds dans le sable. Il faisait chaud. La sueur perlait sur les lèvres de Sophie. Les lunettes noires fermaient son regard. J'adorais ça et je l'embrassai.

Lorsque je quittai Berlin, un dimanche rayonnant où le soleil se couchait sur le Reichstag, j'étais décidé à revenir. Je ne savais pas trop comment mais la forme de cette ville et la forme de ce corps m'y attiraient. Et puisque je m'étais souvent dit que je devais changer de métier, même si c'était le seul que j'avais profondément aimé, c'était peut-être le moment de le faire. Le plus simple était bien sûr de décider que je voulais seulement travailler à mon livre, ce qui pouvait même s'effectuer dans un igloo au pôle nord. Le plus réaliste consistait toutefois à trouver un métier et à écrire mon livre le soir.

Les mois suivants furent ponctués de différentes démarches administratives. Je voulais être embauché à l'ambassade de France en Allemagne, ce qui était évidemment très difficile. Je mis donc mon plus beau costume pour faire la tournée des ministères, mon CV en bandoulière, avec un grand sourire amical, comme quand j'errais comme un Pinocchio évadé dans les banlieues où j'enseignais. On regarda mon parcours le plus souvent avec indifférence, parfois avec un vague intérêt.

– Pourquoi ne partez-vous pas enseigner en Allemagne ?
– Pourquoi pas ? J'y penserai.

Et je repartais. Enfin, après des dizaines de rendez-vous, un haut fonctionnaire du ministère des Affaires étrangères me serra la main en disant :

– Si vous n'êtes pas bon, vous serez viré dans les quinze jours.

Comme j'avais vu beaucoup de films, je répondis :

– Je serai bon.

Le billet pour Berlin était dans ma main. J'étais passé de l'autre côté de l'Histoire. Sans doute restais-je dans la vieille Europe, celle qui tournait en rond depuis sa double explosion de 1914 et de 1940, ratant tous les trains de l'histoire politique et économique depuis lors, mais sur le plan de la mémoire, je passais de l'autre côté du monde, vers les vaincus de 1945. Cela n'impliquait pas que les Allemands du XXIe siècle soient différents des Français – au contraire ils en étaient très proches – mais pour le rapport David Wagner sur lequel je travaillais, cela changeait tout. J'entrais dans la tourbillonnante fureur du IIIe Reich. Bien entendu, je m'installais en Allemagne pour des raisons plus agréables et un sourire plus accueillant que les gesticulations hitlériennes. Mais j'avais bien l'intention, en revenant aux sources du Mal, de continuer mes recherches et de pénétrer les arcanes de l'administration nazie grâce à ce Lachmann au parcours sinueux.

Peut-être surprendrai-je, toutefois, en racontant comment j'utilisais mon temps libre durant ces vacances – puisque même si je parcourais trop souvent les couloirs de l'administration française, nous étions en plein été, durant ces deux mois merveilleux de vacances scolaires qui sont observés avec animosité par tous les autres métiers (et parfois je me demandais pourquoi j'abandonnais un établissement sans pareil, dans des conditions si rares d'enseignement, tout cela pour embrasser une carrière aléatoire). Lorsque je n'étais pas en Allemagne avec Sophie, je visionnais des documentaires sur le nazisme que m'avait prêtés mon meilleur ami au lycée, un professeur d'histoire, le sautillant et allègre Ruellorn, comme les élèves le dénommaient. Sa spécialité était justement la Seconde Guerre mondiale. Les livres, on l'aura compris, sont tout pour moi. Mais certaines images détiennent des secrets qu'aucun livre ne pourra jamais dévoiler, parce qu'elles saisissent le fait nu. Les images d'époque dont je fus gavé durant cet été, contemplant les enregistrements en noir et blanc, sur mon lit, volets à moitié fermés, dans cet appartement que j'étais sur le point de vendre, délivrèrent leurs secrets. Oui, je passais de l'autre côté de l'Histoire. Dans le ressassement de ces images fascinantes et répugnantes, comme ce personnage d'*Orange mécanique* contraint de fixer jusqu'au dégoût et au vomissement les visions de violence, les yeux écarquillés par un dispositif de fer, je fis la traversée du Mal, sortant de l'entonnoir de l'enfer qu'étaient les camps pour pénétrer les processus d'aveuglement du IIIe Reich. Je passais du côté des bourreaux, des Koch, des Sommer mais aussi du côté des fascinés, des aveuglés, de toute cette foule ordinaire qui avait cru absolument et totalement en Hitler.

Ce que me montrèrent ces images, c'est que je m'étais trompé sur Hitler. Et si je me focalise sur sa personne, c'est que le IIIe Reich n'aurait pas existé sans lui. Beaucoup de grands événements de l'Histoire ignorent les individus : la Révolution française aurait eu lieu sans Robespierre ou Danton, c'est une évidence de le dire. Il y aurait simplement eu d'autres Robespierre. Mais je suis certain que le IIIe Reich dépend de Hitler. Même si une quelconque dictature, vu les conditions économiques et idéologiques de l'Allemagne de l'entre-deux-guerres, aurait probablement émergé, la sanglante et délirante folie du IIIe Reich est la conséquence du parcours ahurissant d'un individu rencontrant son époque, dans une déflagration sans égale. Autrefois, j'avais écrit que ce qui me frappait, chez Hitler, c'était sa vulgarité, son allure absolument ordinaire. Loin d'être un génie du Mal, selon une terminologie courante, c'était au contraire, disais-je, l'homme médiocre par excellence, séduisant justement par cette médiocrité et cette vulgarité. J'avais reçu, on s'en doute, une volée de bois vert, qui ne m'avait pas fait changer d'avis. Et je n'avais que partiellement tort : les témoins de l'époque, les meilleurs historiens reviennent à l'envie sur ce qu'ils appellent « le mystère Hitler », c'est-à-dire l'accès au pouvoir et le rôle historique d'un homme d'une infinie bassesse, promis au parfait anonymat depuis son enfance, un être transparent pendant trente ans, artiste raté, paresseux, vivant aux crochets de sa famille, sombrant en 1909-1910 dans la plus totale déchéance, dormant dans la rue ou dans des asiles de nuit. Et pourtant celui qu'ils appellent le « zéro social », la « non-personne » – et cette dimension ne disparaîtra jamais complètement, jusqu'aux derniers jours du Bunker, chez cet homme dépourvu de toute vie privée et qui réserva l'essentiel de son affection, après la mort de sa mère, à des chiens – sera investi d'un pouvoir incommensurable et il faudra les forces conjuguées de toutes les puissances de l'époque pour l'arrêter.

Mais le fait est que mon analyse n'était que partielle. Une image me le fit comprendre. Une seule vision, incroyable, saturée de sens, pendant un discours du chancelier. Celui-ci était perdu dans une de ses gesticulations grotesques, hurlant, crachant, se décrochant la mâchoire avec ses grimaces, le tout en se déhanchant comme un pantin. Cela, je le voyais, bien tranquille dans ma chambre, des dizaines d'années plus tard. Mais sur place, dans l'instant, la caméra happa le visage d'un homme en civil, hypnotisé par ce discours, les yeux blancs comme un zombie, captivé, emprisonné par ces hurlements. L'homme n'avait plus de conscience, plus de jugement, plus d'identité. L'image délivrait son secret, celui que l'intellectuel allongé dans sa chambre ne pouvait pas comprendre : Hitler avait pris l'âme de cet homme. Seule cette expression me paraît convenir. Il y a dans cette image un au-delà de l'entendement. On aurait dit un rite vaudou, en tout cas une cérémonie sacrée. Loin de moi les croyances diaboliques et autres imaginations mais j'ai déjà vu des hommes en transe, en Afrique, et cet homme présentait les mêmes symptômes. Durant ces cérémonies orchestrées, mélange de sons, de couleurs, pesés savamment par la propagande nazie, Hitler avait trouvé le moyen, par la puissance de sa parole, d'ôter le jugement. Plus je réfléchis sur l'Histoire, plus je suis sensible à l'irrationnel, aux formes à la fois tribales et sauvages de nos sociétés, comme si des pulsions secrètes cherchaient en permanence à se libérer, n'attendant qu'une faille dans l'organisation sociale pour éclater. Hitler, sans doute inconsciemment, a trouvé la faille. Il est arrivé au milieu d'un peuple sans repères, désagrégé par la faillite économique, égaré par la défaite et lorsque sa parole soutenue par la violence des SA s'est élevée dans ce désarroi, tout a explosé.

C'est ainsi que, sur les images, j'ai vu des hommes hypnotisés, des femmes en pleurs, tandis que d'autres se ruaient sur le chancelier – lui qui a toujours été si effrayé par les femmes. Des légions s'organisaient autour de sa parole, en rangs serrés, impeccables, effrayants – lui qui n'avait laissé aucun souvenir à ses professeurs ou à ses camarades, lui qui était juste le type médiocre au fond de la classe. Mais tout cela, c'était avant la guerre, avant la défaite, avant la faillite et avant la découverte du pouvoir des mots. Un jour, après la guerre, Hitler a pris la parole dans une réunion politique des déçus, des soldats démobilisés, des ignorés de la société : tous les visages se sont tournés vers lui, un silence attentif s'est fait et il a compris son destin.

Au début du mois de septembre, lorsque je pris mon poste à l'ambassade de France à Berlin (ce qui sonnait bien), j'avais avalé documentaires, biographies, témoignages sur le IIIe Reich. Était-ce une faute professionnelle, je l'ignore, mais j'étais entré porte de Brandebourg, qui se trouvait juste à côté de l'ambassade, par les avenues du passé et je ne sais pas si c'était la meilleure voie. Mais un écrivain est un être bifide : lorsqu'on le croit investi dans l'action, il mène une autre vie, repliée, solitaire, réflexive et cette ombre qui le double a autant d'importance que la vie réelle. Tout en passant d'un air détaché les portiques de sécurité de l'ambassade, je travaillais à mon ouvrage, toujours et sans relâche, en le prenant cette fois par la bande de l'Allemagne. Je cherchais mes explications, j'allais à l'origine des pourquoi comme les enfants et les fous se mettent en quête du trésor au pied de l'arc-en-ciel.

5.

Nous avions loué avec Sophie un grand appartement à Berlin. Depuis quelques années je n'étais pas satisfait de mes logements, qui, bien qu'agréables, me semblaient pourtant trop petits et trop modestes. À Berlin, je me lâchais en choisissant un immeuble *bourgeois*, un appartement *bourgeois*, un luxe *bourgeois*. En comparaison de Paris ou surtout de Londres, les loyers n'étaient pas chers, j'étais bien payé, et Sophie aussi, car les professeurs allemands, en échange d'heures de présence accrues, reçoivent un bien meilleur salaire que les français. Notre appartement correspondait à mes vœux : un espace grand et nu, lumineux, avec d'énormes fenêtres et un plancher de bois.

La vie avec Sophie se déroulait bien. Disons que dans les années parfois agitées qui furent les miennes, ce départ pour Berlin était pour l'instant un renouveau. Sophie était encore sous l'emprise de ma décision : elle avait été séduite par ce brusque abandon de mon pays et de mon métier. J'en bénéficiais encore. Jusqu'à présent, mis à part quelques obsessions suspectes pour la nourriture et l'organisation des journées, je ne voyais en Sophie que la plus merveilleuse des femmes. Bref, j'étais dans le cœur lumineux de l'amour, contemplant tout cela avec un rien d'angoisse, en me souvenant des volte-face de la passion. Mais il faut bien dire que je me serais damné pour le sourire de ma belle et qu'elle avait pour moi des nuances elfiques, avec ses longs cheveux blonds et son corps élancé.

Sophie avait toutefois un peu de mal à supporter la rivale de toutes les femmes, celle au corps impalpable : la littérature. Je lui avais dit que je travaillais sur une biographie de mon grand-père, mort en camp de concentration. D'entrée, et avec une dureté qui m'étonna, elle désapprouva ce projet. La littérature concentrationnaire n'avait pas d'intérêt, elle ennuyait tout le monde, parce qu'elle était d'une époque révolue, sur laquelle on connaissait tout ; du reste, on ne faisait pas de littérature avec la souffrance des gens. Pourquoi se lancer dans un thème sans espoir, dont personne ne voudrait ? N'écrivait-on pas pour être lu ? La littérature avait besoin d'un roman comique, affirma-t-elle. Personne en Europe, sauf parfois les Anglais, n'écrivait de bons romans comiques.

Je lui répondis que j'écrirais un jour un roman comique mais que pour l'instant, j'avais une dette familiale à rembourser. Elle haussa les épaules.

Il faut bien avouer que Sophie n'avait pas entièrement tort. Je m'étais lancé dans une entreprise difficile. Mais avais-je le choix ? Et de toute façon, même en pesant rationnellement les choses, ma recherche était si avancée qu'il aurait été stupide d'arrêter maintenant.

– Pourquoi écrire sur un thème aussi malsain? poursuivit-elle. Ce n'est pas normal. C'est toi qui es malsain.

Je m'assis dans un fauteuil. Posément, j'expliquai que j'accomplissais ce travail à cause de mon grand-père et parce que le nazisme était une période essentielle. Un laps de temps court mais effrayant, ouvrant la boîte de Pandore de l'humanité (la violence, le Mal, la destruction…), qui avait de surcroît accéléré la chute de notre civilisation jusqu'à nous faire sortir de l'Histoire, pour quelques décennies ou pour toujours. Le fait est qu'en ce début du XXIe siècle, l'Europe demeurait sur les marges de l'Histoire, en périphérie des grandes actions, ce qui ne lui était plus arrivé depuis la Grèce antique. Ces explications auraient dû suffire à Sophie. Mais elle me regardait d'un air peu convaincu.

– *Ist es vorbei ?*

« Est-ce terminé ? » me demanda-t-elle en allemand, comme chaque fois qu'elle était de mauvaise humeur. Je dois bien le reconnaître, mes propres mots m'avaient paru incolores et verbeux lorsque je les avais prononcés. Je ne mentais pas, à l'évidence, mais quelque chose d'autre se jouait dans mon travail, une zone d'ombre qui restait sans réponse. Pourquoi avais-je été fasciné par le nazisme dès mon adolescence ? Pourquoi avais-je senti qu'un événement crucial, pour l'humanité mais aussi pour moi, pour l'adolescent Fabre, s'était déroulé, dont je devais déchiffrer le sens, comme s'il n'y avait rien de plus important au monde, pour moi ou pour les autres ? Sans doute devais-je deviner, par ces antennes animales de l'inconscient, qu'une part de mon histoire s'y terrait, mais il y avait autre chose, qu'il m'était encore impossible de déceler mais que la question de Sophie soulevait. Je sentais qu'elle avait touché, avec cette intuition que je commençais à reconnaître, un point important.

– *Ja, es ist vorbei*, dis-je.

L'humeur de Sophie avait une autre cause. Elle acceptait mal que je parle de son grand-père. Si elle me permettait d'utiliser des documents historiques dans un cadre universitaire formaté, leur inscription à l'intérieur d'un récit lui déplaisait. Elle avait l'impression qu'elle ne contrôlait plus rien et que par ailleurs, la coexistence de Sommer, Koch, Erich Wagner et de Friedrich Lachmann ne pourrait que nuire à sa famille. Ce en quoi elle avait tort car malgré ma méfiance envers les hagiographies familiales, il était de plus en plus évident pour moi que son grand-père n'avait rien à voir avec les autres nazis. Qu'il soit nazi, Sophie me pardonne, j'étais bien obligé de l'écrire. Il avait été membre du NSDAP dès 1932, donc avant l'arrivée de Hitler au pouvoir, et on lui avait tout de suite confié des responsabilités. Mais Lachmann était l'exemple de tout ce que l'Allemagne connaissait bien et que les autres pays, figés dans les clichés sur le nazisme, ignoraient, tant les représentations du nazisme naviguaient entre les brutes SS, les victimes juives, sur le fond d'une foule passive au bras levé. Comme toujours, et sans faire de Hitler le geôlier d'un peuple hostile, ce que les Allemands, dans leur grande majorité, n'ont pas été, la situation fut plus nuancée. Friedrich Lachmann en était une preuve. Par son grade, il fut l'équivalent administratif de mon grand-père Fabre : un rouage d'une importance mesurée mais avec un pouvoir incontestable par rapport à l'individu moyen.

Il va de soi que, n'était la subtile unité d'action, j'aurais pu consacrer un autre récit à Friedrich Lachmann. L'intérêt de l'homme le permettait. Mais celui-ci n'est qu'une des silhouettes sur la photo, un personnage de la fresque, un des visages de cette enquête. Sans doute est-il le David Wagner de Sophie, la figure absente dont la disparition et le sacrifice ont arraché la signification de la vie à leurs descendants – et lorsque je suis allé dans la grande demeure de Göttingen, j'ai bien senti qu'un père qu'aucun des trois enfants n'avait connu (à peine un uniforme entrevu, quelques gestes d'affection, quelques jeux rares) pouvait peser plus lourd que n'importe qui dans la maison et conduire la vie (une vie un peu spectrale, un peu ralentie par le poids de cette absence éternelle) de tous avec plus d'emprise que s'il avait été vivant. Mais il n'est pas mon David Wagner, il n'est pas ma quête – juste un personnage englobé dans la question et qui donne une part de la réponse, qui donne un peu de chair à l'énigme du nazisme parce que sortir des clichés, c'est toujours donner une réponse.

C'est à l'occasion d'une réunion de famille que je connus la ville de Göttingen, chantée par Barbara, je ne sais pourquoi, car il s'agit d'une de ces villes agréables et sans grand intérêt de l'Allemagne contemporaine, détruite pendant la guerre et remplacée par ces interchangeables cités qu'on croirait posées sur le sol par le même architecte géant, dans tous les coins du pays. Toute la famille Lachmann s'était réunie dans la grande maison à trois niveaux, le père vivant en haut, la grand-mère au milieu, dans la plus grande partie, et le petit-fils dans un sous-sol aménagé et éclairé par des fenêtres haut perchées, curieuse d'évaluer la nouvelle recrue parisienne. On m'accueillit chaleureusement. Déjeuner de famille, promenade dans le jardin, visite de la ville avec Sophie. Frau Lachmann était une très vieille dame aux cheveux blancs voltigeants, avec des yeux éternellement rougis. Elle m'offrit son passé et sa bibliothèque, me donnant la version originale d'un témoignage que je venais de lire en français et qui m'était apparu sur-le-champ comme un ouvrage de première valeur, renommé en Allemagne et peu connu du grand public partout ailleurs, alors qu'il s'agissait d'un document exceptionnel : *Histoire d'un Allemand*, de Sebastian Haffner (*Geschichte eines Deutschen*), qui relatait les souvenirs de l'auteur de 1914 à 1933, date de l'arrivée au pouvoir de Hitler. Exilé en 1938 en Angleterre, Haffner avait écrit, à la demande d'un éditeur, cet ouvrage. Puis la guerre avait éclaté et le livre n'avait pas été publié. Ces documents vacillent d'ailleurs toujours à la limite de l'existence : celui-ci a failli ne pas paraître, celui de Primo Levi a été refusé par tous les grands éditeurs, comme le récit d'Elie Wiesel d'ailleurs, qui n'a dû sa publication qu'à François Mauriac rencontré au hasard d'une interview et usant de son autorité pour le diffuser. En 1954, Sebastian Haffner est revenu en Allemagne où il est devenu un historien et un journaliste célèbre, tous les adolescents allemands ayant lu en cours d'Histoire ses *Anmerkungen zu Hitler*, « Remarques sur Hitler », mais ses souvenirs ne sont parus qu'après sa mort. La perspicacité de ses considérations y était telle – il y annonce la guerre, la défaite et la reconstruction de l'Allemagne – que certains historiens n'ont pas cru à l'authenticité, ensuite prouvée, de l'ouvrage.

Si je mentionne cet auteur, c'est à la fois bien sûr pour inscrire ce nouveau nom dans l'écheveau serré de ma mémoire et de mes admirations mais aussi parce que l'itinéraire de Friedrich Lachmann a réveillé en moi certains échos de cette lecture. Il y avait plusieurs voies : l'engagement nazi, la résistance, l'exil, l'indifférence, le retrait... Friedrich Lachmann et Sebastian Haffner ont emprunté deux de ces voies.

Tout est parti d'un choix. À l'origine, pourtant, la situation pour Haffner et Lachmann est la même : l'Allemagne des années 1920 et 1930. Ils sont nés la même année, en 1907, ils ont tous deux connu une éducation protestante, bien que celle de Lachmann ait été plus prégnante parce que son père était pasteur. Il a été élevé dans l'intransigeance du droit, dans cette rigidité de la Westphalie du Nord, en compagnie d'hommes austères et froids, au visage pâle et vêtus de noir.

Tous deux ont grandi au milieu des tambours de la guerre, suivant sur des cartes d'école la progression des troupes allemandes, connaissant par cœur les noms des généraux, apprenant avec passion, comme pour un championnat de football, les résultats des batailles, les buts marqués en annihilant une division ou en coulant les cuirassés. Cette comparaison avec le foot n'est pas de moi mais de Haffner : l'imbécile grandiloquent qui se tapit dans tout être se retournant vers le passé aurait été incapable de comprendre que les enfants français ou allemands pouvaient considérer la guerre comme un jeu, un affrontement irréel d'équipes de guerre (France-Allemagne-Angleterre-Russie-Autriche, comme dans le championnat d'Europe de football) : « La génération nazie proprement dite est née entre 1900 et 1910. Ce sont les enfants qui ont vécu la guerre comme un grand jeu, sans être le moins du monde perturbés par sa réalité. » Et c'est sans doute une des raisons qui expliquent l'incroyable accoutumance à la violence de l'entre-deux-guerres chez les Allemands : cette longue déréalisation enfantine de l'affrontement, qui se traduisait d'ailleurs quotidiennement par de brusques bastonnades du premier gamin rencontré dans la rue.

Je ne pénètre pas l'âme de ces deux hommes. Mais il paraît évident qu'avant d'opérer des choix antagonistes, ils cheminent de conserve pendant encore de longues années. Pas plus chez Lachmann que chez Haffner, qui entament tous deux des études de droit, qui tous deux sont promis à un bel avenir (fortes personnalités, conscience et vie intérieure particulièrement développées, esprits rapides, capacité de travail), on ne trouve de soutien à la république de Weimar et aux partis démocratiques. Une seule exception : Walther Rathenau, le ministre des Affaires étrangères. Mais les deux jeunes gens sont encore au lycée lorsque celui-ci est assassiné en 1922. Sur Lachmann, je sais seulement qu'il avait une estime au moins intellectuelle pour cet homme. Quant à Haffner, il a écrit des pages passionnées sur Rathenau, représentant de cette bourgeoisie intellectuelle juive qui fournit d'autres grands hommes, comme Blum en France, et que ma famille a jalousée avec fureur, parce qu'elle incarnait tout ce que, trop rustres, trop terre à terre, nous ne pouvions obtenir : la suprême élégance et la suprême culture. Nous qui avons si souvent fourni du personnel à la République, nous aurions aimé être, comme Blum dans sa jeunesse, commissaires du gouvernement au Conseil d'État et écrire les rapports des jugements avec ce style si rigoureux et si souple, au lieu de servir cette prose de IIIe République trop solide et trop lourde. Nous aurions voulu non pas être les dignes serviteurs – les sous-préfets et préfets, ces notables de province – mais le véritable personnel du pouvoir, ministres, président du Conseil. Mais nous ne l'avons jamais été : nous étions le niveau inférieur, juste en dessous de la suprême élégance du pouvoir.

Au cours de ces pages enthousiastes, Haffner se livre à une comparaison entre Hitler et Rathenau que je ne peux que retranscrire, en espérant que ce livre devienne aussi connu en France que ceux de Levi ou de Semprun : « Rathenau et Hitler sont les deux phénomènes qui ont le plus excité l'imagination des masses allemandes, le premier par son immense culture, le second par son immense vulgarité. Tous deux, c'est là le point décisif, sortaient de contrées inaccessibles, localisées dans quelque au-delà. Le premier venait de cette sphère de quintessence spirituelle où fusionnent les civilisations de trois millénaires et de deux continents, l'autre d'une jungle située bien en dessous du niveau de la littérature la plus obscène, d'un enfer d'où montent les démons engendrés par les remugles mêlés des arrière-boutiques, des asiles de nuit, des latrines et des cours de prison. Tous deux étaient, grâce à l'au-delà dont ils émanaient et indépendamment de leur politique, de véritables thaumaturges. » Le ministre, accomplissant son trajet quotidien vers son bureau, fut exécuté par trois jeunes gens qui le dépassèrent en voiture. Ils appartenaient à la génération nazie : l'un d'eux était un élève de seconde.

Mais Rathenau est bien le seul à éviter la vindicte d'Haffner. À travers ces pages de 1938, on perçoit le mépris et l'écœurement des Allemands devant tous les partis, de sorte qu'on ne comprend que trop bien les raisons de la venue au pouvoir du « thaumaturge », court-circuitant les partis dans le culte du chef. La narration de l'année 1923, dans ce mélange de récit enlevé et d'analyse qui fait l'attrait du livre, revient à sa manière tragicomique sur les sautes invraisemblables du mark, un jour évalué à cent mille marks pour un dollar puis une semaine plus tard à un million jusqu'au moment où il fallut compter en milliards et acheter cinq milliards son journal, dans une sarabande invraisemblable où les valeurs se dévaluaient en même temps que l'argent, valse cynique où les spéculateurs de vingt ans menaient une fête sans fin, de boîtes de nuit en dîners fastueux, tandis que les sages pères de famille contemplaient défaits la dissolution dans la journée de toute une vie d'épargne. Ni la richesse ni la pauvreté n'avaient d'ailleurs de sens, tout pouvait partir en un jour, une spéculation hasardeuse, un hoquet de l'existence. Mode supérieur du cynisme dans lequel rien ne signifiait rien, où la vie était un instant à saisir, un aléa comique et désenchanté, où les jeunes filles s'offraient, où les jeunes gens riches et désabusés tournaient pauvrement dans les éclats de rire et les regards vides, le tout ponctué par les discours des rédempteurs, haranguant les rues de Berlin pour sauver le monde, par la religion, le massacre des Juifs, le nationalisme ou la danse et le chant. L'un de ces aboyeurs, à Munich, s'appelait Hitler, disait-on, mais il n'était qu'un des innombrables rédempteurs autoproclamés. À l'issue de cette année, écrit Haffner, « toute une génération a ainsi subi l'ablation d'un organe psychique, un organe qui confère à l'homme stabilité, équilibre, pesanteur aussi, bien sûr, et qui prend diverses formes selon les cas : conscience, raison, sagesse, fidélité aux principes, morale, crainte de Dieu. [...] De l'année 1923, l'Allemagne allait sortir mûre non pas précisément pour le nazisme mais pour n'importe quelle aventure abracadabrante ».

Il me faut ici me séparer d'Haffner, sans plus le suivre dans la très résistible ascension d'Arturo Ui, parvenant au sommet de l'État de façon presque incompréhensible, par ce mélange d'ultimatum permanent et d'intimidation de tous les dirigeants politiques, affolés et lâches, les communistes « moutons déguisés en loup », les sociaux-démocrates comme le centre catholique se ralliant tandis que la droite nationaliste noble et héroïque scandait les « *Heil Hitler!* » pendant qu'on assassinait ses propres partisans, et revenir à Friedrich Lachmann qui, loin de tomber amoureux d'une jeune Juive, comme Haffner, de repérer aussitôt en Hitler un artisan de la ruine et de s'exiler, rencontra une jeune fille très allemande, très blonde et très traditionnelle tout en adhérant au NSDAP. L'autre choix.

La rencontre avait eu lieu en 1930, lors d'un bal à Göttingen où Lachmann faisait ses études, dans une maison au cœur de la forêt. Il avait quitté la Westphalie pour cette université réputée, mais ce samedi-là il avait oublié ses cours pour se rendre au bal qui accueillait beaucoup de jeunes filles. Il y découvrit Anna, lycéenne de seize ans, et je ne sais trop si ce fut un coup de foudre pour lui mais dans le récit de Frau Lachmann, ce fut la date la plus importante au monde (ce qui me permit de comprendre la passion de Sophie pour une boîte de nuit qu'elle me vantait sans cesse au milieu de la forêt) : ils dansèrent ensemble toute la soirée. Friedrich était très bon danseur – à vrai dire, selon Anna il était toujours le meilleur en tout et il n'était pas facile de démêler la réalité de l'hagiographie. Dans l'album de famille, Anna ne regarde pas l'objectif. Très souvent, elle contemple son mari et sur une photo en particulier, l'amour qui déborde de son regard a la ferveur de l'adoration. C'est une assez belle femme (sans comparaison avec Sophie, disons-le tout net), blonde, au menton un peu lourd, très vite lestée sur les photos de un puis deux puis trois bambins. Quant à Friedrich, il est plus âgé et, bien qu'il soit assez jeune, toujours adulte, conscient, mûr, comme s'il avait été père et responsable dès le début. Une impression de force un peu mensongère, probablement due à un embonpoint naissant, se dégage de sa personne et son crâne est déjà un peu dégarni. Sur la plupart des photos, il est en uniforme. Une croix gammée brille sur son revers. Et même si j'ai vu mille fois la svastika, la remarquer au revers du grand-père d'une femme dont on est amoureux, dans une famille qui n'a que respect et admiration pour cet homme, n'est pas une expérience facile, surtout quand son propre grand-père, juif, est mort dans un camp de concentration.

Le jeune Friedrich ne se contenta pas, durant les quatre ans qu'Anna le fit attendre avant de lui accorder son premier baiser (patience étonnante même pour l'époque), de son amour platonique. Écœuré par la situation de l'Allemagne, lui le fils de pasteur intègre, si moral, si droit, avait adhéré au NSDAP, comme beaucoup de ses camarades et professeurs de l'université de Göttingen, université réactionnaire très vite gangrenée par les nazis (et on n'insistera jamais assez sur l'attitude des universitaires durant cette période, au premier rang desquels le ralliement de Heidegger reste un symbole). Lachmann espérait un changement, un renouveau qu'incarnait Adolf Hitler. Il ne rejoignit pas le parti par ambition (comme ces juristes qui plus tard se présenteraient distraitement aux examens, arborant la croix gammée, avançant absurdité sur absurdité, au désespoir des vieux juges pleins de savoir qui allaient devoir bien malgré eux les intégrer), d'autant qu'il était encore trop tôt pour prévoir l'accession de Hitler au pouvoir, mais en épousant la cause de la révolution nationale. Ce qui signifiait qu'un des étudiants les plus brillants de Göttingen, sur le point de passer l'assessorat, qui menait aux plus hautes carrières juridiques et administratives allemandes, venait de rejoindre le plus brutal, le plus forcené des idéologues. Aveuglé par son époque, il ne vit rien, ne comprit rien. Il était intelligent, cultivé, éduqué, intègre et il ne vit rien.

Même nazi, Lachmann ne devint pas stupide pour autant. Disons que son intelligence était à la fois aveugle et efficace. Il obtint son examen d'assessorat et, en même temps que Hitler accédait à la chancellerie, partit en tant qu'Assessor, soit stagiaire, en Prusse pour y effectuer son stage de Landrat, sous-préfet. À partir de là, les choses se gâtèrent et son itinéraire devient vraiment intéressant. Il mena de plus en plus, sans que la situation soit claire pour lui, le duel que présente Haffner au début de son récit et que tout Allemand intègre dut mener :

un duel inégal entre un État tout-puissant, cruel, impitoyable et un individu faible et fragile. Un duel qui, bien sûr, trouve dans son énoncé même son vainqueur mais que chacun fut contraint, pour sa conscience, d'effectuer. Je ne puis donner tous les termes de la métamorphose, pour la raison très simple que la plupart des documents ont disparu depuis cette époque, non pas pour des motifs épiques et majestueux (un SS voulant anéantir jusqu'à la mémoire du sous-préfet rebelle...) mais plus simplement parce que Anna Lachmann a perdu toutes les lettres de son mari qui racontaient les doutes et les tortueux cheminements de son indépendance. Ce qui me reste ferait certes le bonheur de beaucoup d'historiens mais ces documents ne font que dresser une statue vide : pas une ligne de la main de Friedrich Lachmann ne subsiste. De lui, on parle beaucoup mais qu'a-t-il pensé, éprouvé, senti ? Je l'ignore. Ce ne sont que des conjectures, des récits suspects d'une femme qui a vécu dans l'adoration d'une mémoire. Mais je dispose de ses actions, enregistrées à la fois par des lettres d'amis, datant pour l'essentiel de la guerre, et des témoignages de 1946, lors de la dénazification, lorsque Frau Lachmann dut prouver, pour obtenir une pension et nourrir ses enfants, que son mari, bien qu'appartenant au parti, n'adhérait pas moralement au parti. Subtile distinction que seuls les témoignages pouvaient appuyer. Je ne citerai que quelques lettres.

La plus importante d'abord, et celle qui joua probablement le plus grand rôle, compte tenu de l'identité de son auteur, dans l'obtention d'une pension. Elle est écrite par Karen Machwitz, veuve d'un des protagonistes du coup d'État du 20 juillet 1944, attentat aux ramifications énormes qui échoua, comme tous ceux contre Hitler, dont la chance était démoniaque (la maison fut soufflée, plusieurs collaborateurs furent tués, d'autres eurent les jambes coupées net par l'explosion de la bombe, qui se trouvait dans la mallette de Stauffenberg, sous la table, mais Hitler n'eut pas une égratignure), et qui fut suivi d'une répression meurtrière.

L'amitié du Landrat Lachmann, écrit Karen Machwitz, *et de mon mari datait de 1936, lorsque Friedrich Lachmann fit son stage d'assessorat auprès de lui, à Fischhausen, en Prusse. Je me souviens que dès cette époque, Erwin Machwitz fut impressionné par son intelligence et sa capacité d'assimilation des dossiers. Ils devinrent rapidement plus que des collègues de travail. Leur vision du régime était la même et bien que le Landrat soit un cadre du parti, ses propos montrent dès cette époque son éloignement de l'idéologie officielle. Dans ses affrontements avec le parti, mon mari trouva toujours en lui le meilleur soutien, ainsi qu'une habileté juridique sans défaut. Pendant des années, et jusqu'à la mort du Landrat, ces chaleureuses relations ne se démentirent pas et à de nombreuses reprises, le comte m'assura que Friedrich Lachmann, dans l'Allemagne d'après Hitler, serait aux premiers postes. Celui-ci prit d'ailleurs part aux discussions initiales avec von Stauffenberg devant conduire à l'attentat du 20 juillet 1944. La mort du Landrat fut pour mon mari un choc terrible. Il devait malheureusement avoir le même destin quelques mois plus tard, lorsqu'il fut pendu pour sa participation à l'attentat.*

J'affirme que le Landrat Lachmann n'a jamais appartenu de cœur au parti et que c'est donc de plein droit qu'il convient d'accéder aux demandes de sa femme Frau Lachmann.

Je me tiens à votre disposition pour toute information supplémentaire.

La situation fut bien entendu plus compliquée que ce bienveillant résumé et il est évident que l'évolution de Lachmann dut être à la fois plus lente et plus malaisée que ce bouleversement immédiat. Mais sa seule proximité avec Machwitz fut la meilleure preuve, auprès de la commission de dénazification, de la sincérité des demandes d'Anna Lachmann. Et de fait, la métamorphose dut commencer dès 1936-1937 puisqu'à la fin de son stage, comme le rappelle Anna Lachmann dans sa longue lettre de plaidoirie, alors que toutes les portes s'ouvraient devant lui, il commit volontairement les deux fautes qui allaient lui coûter sa carrière et sauver sa conscience : en désaccord avec Himmler, il refusa les propositions de la SS, qui lui promettait pourtant un grade élevé, ainsi que celles de la Gauleitung (le Reich était divisé en districts dirigés par des délégués du parti, les Gauleiter) qui le nommait directeur de l'administration de Westphalie, ce qui était le plus beau poste qu'on pouvait envisager à la fin de l'assessorat. Mais à ce niveau de responsabilité, il devait travailler main dans la main avec le parti. Aussi n'accepta-t-il aucune de ces propositions.

C'était la fin de sa carrière. Par mesure de rétorsion, on l'envoya après 1938 en Tchécoslovaquie, à Freudenthal, chez les Sudètes, avec le simple grade de Landrat, sous-préfet, ce qui, à son âge, n'était pas si mal, mais n'avait rien de comparable avec la carrière de gouverneur ou de général SS qui aurait été son probable destin avec quelques années de patience.

Là, il poursuivit son duel, à son niveau, c'est-à-dire sans résistance ouverte, sans conception très claire de son rôle, et en étant tiraillé entre la révolution nationale qu'il avait désirée et sa conscience. Mais c'était un homme de devoir. C'est vraiment ce qui le définit. Il était rigide, austère. La morale sévère qu'il avait apprise de son père dirigeait tout son être. Jusqu'au bout, avec une volonté de plus en plus désenchantée et désespérée, il allait s'agripper aux lambeaux de cette morale, jusqu'à voler en éclats.

Son rôle chez les Sudètes est résumé par la très longue lettre d'un pasteur en 1946, à mon avis la plus convaincante de toutes celles qui furent adressées à la commission. Elle commençait par ces mots :

Je veux d'abord dire que je n'ai jamais appartenu au NSDAP et que je ne me suis jamais occupé de politique. Je n'ai jamais été ami avec le Landrat Lachmann. Et le pasteur écrit alors : « Ich bin offen und ehrlich, wenn ich sage, dass ich diesen Mann verehrt habe. » *Je suis ouvert et sincère quand je dis que j'ai vénéré cet homme.* Il y a d'autres traductions de « verehren » que « vénérer » mais il s'agit de toute façon d'un terme plutôt réservé aux rois. *Durant les années qu'il a passées chez nous, nous n'avons pu qu'admirer sa détermination et sa noblesse. Il a toujours soutenu la population de Freudenthal dans les conflits contre le parti et plusieurs familles juives ne purent que se féliciter de sa présence.* Le pasteur cite alors plusieurs exemples de l'action du Landrat qui interdit à plusieurs reprises au parti de confisquer des biens juifs et qui permit à des familles de quitter le pays en leur fournissant un passeport. C'était avant la solution finale. En 1940, dans un passage assez étonnant de la lettre, qui semble indiquer que même des hauts responsables de l'administration méconnaissaient l'action de la SS et les camps de concentration, le pasteur raconte qu'un des administrés de Lachmann, un handicapé, avait disparu de l'hôpital où il était soigné. *Le Landrat s'est rendu en personne aux autorités régionales pour obtenir une réponse. Et comme la Gauleitung lui avait seulement répondu que l'homme avait attrapé une pneumonie et qu'il en était mort, Friedrich Lachmann est allé frapper aux portes du gouvernement, à Berlin, pour exiger des explications.*

Son départ fut pour nous tous un motif de tristesse et d'inquiétude. Sa mort, deux ans plus tard, nous a anéantis. Il a été pour nous un rempart. Je ne dis pas que je l'ai connu personnellement. Nous n'avons jamais eu de discussions intimes et ce n'était pas un homme qui se livrait. Mais il fut pour moi l'exemple vivant de la droiture morale.

L'exemple vivant de la droiture morale.

En 1941, on retrouve le sous-préfet dans la région de Buchenwald. On l'a vu, il faisait partie de la délégation qui accompagna Himmler le 20 décembre 1941. C'était déjà, je crois pouvoir l'affirmer, un homme fini à cette époque. La vérité de la révolution nationale lui avait éclaté au visage depuis longtemps. Il ne resta pas au dîner des Koch, ce qui était le symbole de sa carrière : malgré lui, il était témoin du Mal, ne pouvait presque rien y changer et refusait seulement d'en profiter, s'aliénant ainsi, peu à peu, tout soutien. Mais au fond, quelle était son action effective ? Que pouvait faire sa si belle « droiture morale » ? À la fin de sa carrière de sous-préfet, carrière de toute façon en berne, sa marge de décision était presque nulle. Les longues discussions avec Machwitz et Stauffenberg, dans lesquelles commençait à poindre le projet de l'attentat, ne l'avançaient à rien, sinon à sentir qu'il n'était pas absolument seul. Ce qui me fait dire que Lachmann était un homme fini à cette époque est la réponse qu'il fit à Machwitz, éludée dans la lettre de la comtesse. Alors que celui-ci le sondait sur une éventuelle participation à l'attentat, Lachmann répondit qu'il ne serait pas des leurs, qu'il détestait Hitler mais qu'il ne voulait pas œuvrer contre son pays. Cette contradiction, qui était présente depuis son adhésion au NSDAP, était sans issue et elle explique tout son itinéraire de je suis dedans-je n'y suis pas. Il voulait sauver sa conscience, sauver les personnes concrètes qu'il voyait arriver devant lui, et en même temps il était incapable de passer le pas et de refuser l'Allemagne nazie. Il ne voyait pas que l'Allemagne n'existait plus, qu'elle avait été avalée par le parti. Il voulait tout, la conscience, la patrie, la révolution et la rédemption. Jusqu'au bout, il a voulu sauver sa conscience, dans la plus vaste entreprise de perdition de l'humanité. Il fallait qu'un élément de l'argumentation saute : l'élément, ce fut celui qui tenait ces raisonnements viciés.

En mars 1942, Lachmann demanda à entrer dans la Reichswehr pour défendre son pays sur le front russe. Les militaires les plus lucides devinaient déjà, depuis la contre-attaque russe de décembre 1941, que l'Allemagne ne pouvait plus gagner la guerre. Mais selon sa femme Anna, Lachmann le moral, le gars toujours si austère et si bien, le père que ses enfants voyaient à peine mais auquel ils obéissaient sur un geste, ne pouvait plus ordonner aux plus jeunes d'aller combattre alors que lui restait dans un bureau. C'était son devoir, disait-il. Anna eut beau lui répondre qu'il avait deux enfants, qu'elle était enceinte d'un troisième, il ne changea pas d'avis et s'engagea. Comme il n'était pas en odeur de sainteté, on lui confia à peine un poste de capitaine sur le front russe, en lui faisant sentir que c'était déjà bien.

Là, le nazi sans nazisme, le résistant sans résistance, alla jusqu'au terme funeste de sa contradiction puisqu'il fut un combattant sans combattre. Cet homme à qui il ne restait rien de ses convictions politiques, qui avait vu sa révolution idéale s'effondrer, son pays partir à vau-l'eau, dont toutes les convictions avaient été emportées par les crimes autour de lui, et à qui seule demeurait, contrairement à beaucoup d'autres, sa conscience, s'arma de sa morale la plus austère et fut le seul soldat sans armes. C'est-à-dire, et je suis à peu près certain de ce que j'avance, qu'il se suicida. Comme certains SS désespérés, qui avaient vu la chute de leurs idéaux dans la boue sanglante des massacres, il s'avança vers l'ennemi un jour de novembre 1943 et il n'arma même pas son fusil lorsqu'on tira sur lui.

Il ne voulait tirer sur aucun être humain, expliqua le commandant de l'unité dans la longue et émouvante lettre envoyée à Frau Lachmann pour annoncer le décès de son mari.

Il avait été volontaire pour s'engager mais à notre première discussion, lorsqu'il était arrivé au camp, il m'avait expliqué qu'il refusait de tuer. Il était là pour défendre son pays, pour prendre sa place parmi les combattants. Toutefois, précisait-il, si ses capacités d'organisateur étaient à la disposition de l'Allemagne, il refusait de se servir d'un fusil. J'eus beau lui expliquer la difficulté de cette position, il resta inébranlable. Il ne tirerait pas. Sa détermination était inflexible.

Votre mari est tombé au cours des combats difficiles qui se sont déroulés au nord de Kiew, près de Rowy. C'était un jour de brouillard. Je peux vous assurer qu'il n'a pas souffert et que sa mort a été rapide et sans douleur. Malheureusement, les combats étaient si durs que nous n'avons pas eu la possibilité de l'enterrer. Peut-être y aura-t-il néanmoins la possibilité au cours d'une contre-attaque de reprendre ce terrain et de lui donner une sépulture.

Le capitaine Lachmann avait été très heureux, deux jours avant ce triste événement, de recevoir votre message lui annonçant la naissance de son bébé. Il se réjouissait déjà de vous retrouver à la prochaine permission. Malheureusement, cette joie ne lui a pas été permise.

Puisse la certitude que votre mari a donné sa vie pour la grandeur du peuple, du Führer et du Reich vous être de quelque réconfort en ces tristes moments.

Commandant Latz

Il y eut ensuite d'autres lettres, beaucoup d'autres lettres, de Stauffenberg, de Machwitz notamment, comme dans un chœur de tragédie grecque, et presque toutes commençaient par cette plainte incrédule : « *Landrat Lachmann ist gefallen! Landrat Lachmann ist gefallen!* » Le sous-préfet Lachmann est tombé! Oui, Lachmann était tombé, comme ils tomberaient tous, sur le front de l'Est, ou le 10 août 1944, lors de l'exécution des conjurés.

Es war ein nebeliger Tag. C'était un jour de brouillard, écrit le commandant. *Nacht und Nebel*, c'est ainsi qu'on appelait la disparition de tous les résistants. Ce n'est pas un fusil qui a abattu le Landrat, c'est toute cette confusion, ce brouillard des consciences, qui me paraît d'autant plus évocateur qu'en ce moment, près du lac de Constance où je me suis réfugié pour écrire mon livre, le brouillard de l'hiver monte par longues nappes de brume jusqu'à la maison. Le lac que j'aime tant observer, lorsque le soleil le couvre d'un cuivre étincelant, d'une lumière dure comme le métal, est grisé et avalé par la brume, qui enveloppe la région d'un manteau humide, sombre, aveuglant. On dirait une aile anonyme, dispersée, effilochée puis de plus en plus compacte qui flotte sur l'eau avant de glisser, comme une bête, sur la rive.

Et dans la soudaine dispersion de mes pensées, qui s'évadent vers les nuageux floconnements, un vieux souvenir de version latine me revient, ahanante et maladroite, comme toutes mes versions latines. Un général romain, dans les forêts de Germanie où sa légion est encerclée, fait le rêve hideux d'une armée qu'on découvre, à mesure que le brouillard recule, émergeant des marais, corps disloqués, détachés, tués. Ce que le brouillard faiblissant dévoile peu à peu, c'est la légion de Varus, anéantie par les Germains, dans des pages qui montrent l'espèce de hantise épouvantée des barbares, dans ces contrées sauvages où les Romains n'oseront plus s'aventurer.

Cette brume mythologique, elle est là devant moi. Je crois entendre une musique. Elle ne peut émaner du brouillard. Sans doute provient-elle de l'appartement voisin. J'écoute. Je n'y connais pas grand-chose. C'est de la musique classique. Mahler, Beethoven ? Maudite surdité musicale. Après tout, nous sommes dans la patrie de la musique et de la philosophie. Des notes claires, pas vraiment gaies, mais légères et rayonnantes néanmoins dans la grisaille de mes pensées et du brouillard. Ce n'était pas si simple d'écrire sur cet homme. Les notes glissent, tournent, virevoltent.

6.

Dans toutes les salles de professeurs, les enseignants discutent de leur temps de travail comparé à celui du « privé », terme générique pour l'autre monde, lointain, fantasmagorique, paré de mille légendes affreuses ou dorées. Ceux qui ont travaillé dans le privé l'exhibent fièrement : « moi qui ai travaillé en entreprise… », comme un glorieux souvenir de guerre. Le principal argument des professeurs est d'affirmer qu'une heure de cours n'est pas comparable à une heure de bureau, où l'on est censé, dans l'imagerie professorale, dormir à moitié sur un vieux tas de dossiers. Et j'étais tout à fait d'accord, autrefois, avec cet argument.

Le problème, c'est que même si celui-ci était validé – et de fait, je ne trouvais pas que les heures de bureau, à l'ambassade, étaient aussi exigeantes que des heures de cours, surtout pas dans les cités, où l'on est vidé en deux heures –, il y avait tout de même beaucoup d'heures dans une journée. Et malheureusement, l'on ne dormait pas. J'avais un certain nombre de dossiers à mener à bien et je ne pouvais plus compter sur ma seule clarté d'esprit parce que la forme d'intelligence requise était plus pratique que celle à laquelle j'étais habitué. On ne nous demandait pas d'exposer des théories compliquées, de défendre d'ingénieuses thèses, d'explorer les ramifications d'un texte mais de conduire de A jusqu'à Z un projet, du moment où l'on décrochait un téléphone jusqu'au moment où l'exposition, par exemple, était montée. Eh oui! C'était le poste que j'avais obtenu : attaché culturel. Et ce n'était pas rose tous les jours car s'il y avait un don que la nature m'avait refusé, c'était bien celui d'organisateur. Manque de chance, c'était celui qu'on réclamait en l'occurrence. Je suais donc sang et eau sur mon travail. Et je rentrais tard, ce que Sophie n'appréciait pas, même si elle, en retour, restait jusqu'à minuit, certains soirs, sur son tas de copies.

Bref, je ne résolvais pas grand-chose sur le nazisme, mais je trouvais des solutions sur le temps de travail comparé enseignement / bureau. Une autre question métaphysique, toutefois, me traversait également l'esprit. Depuis que j'avais rencontré Sophie et que je travaillais sur mon grand-père, je pensais beaucoup au *Choix de Sophie*, le grand roman de William Styron, qui n'avait pas hésité à bâtir un pur récit de fiction sur le Mal et les camps. Et je me demandais, question cruciale, si Stingo, le narrateur et double de Styron, n'aurait pas préféré coucher avec Sophie (malgré une remarquable scène de fellation qui est restée dans les annales) plutôt que d'écrire son livre. En d'autres termes, si on lui avait posé le dilemme suivant : « Vous pouvez rester avec Sophie ou écrire un très bon livre mais ces deux choix sont inconciliables. Que choisissez-vous? » Quelle réponse aurait-il donnée? Compte tenu de la compensation affective qu'offre la littérature, on pourrait d'ailleurs poser la question à beaucoup d'écrivains. À Goethe : « Préféreriez-vous avoir écrit *Werther* ou avoir couché avec Charlotte? » À Dante surtout, qui à mon avis n'a écrit la *Vita Nova* que pour évoquer les moments furtifs (une rencontre dans la rue, une parole échangée avec une jeune fille qui ne voudra jamais de lui) avec

Béatrice Portinari. Et *La Divine Comédie* n'a-t-elle pas été composée en partie pour décrire le visage de Béatrice nimbé de lumière ? Posons la question au Florentin et je suis à peu près sûr que l'humanité pourra rayer de la liste un de ses plus célèbres ouvrages.

Inversons la position, me disais-je en rentrant à pied de l'ambassade, ce qui était toujours l'occasion de rouler dans ma tête les pensées les plus absurdes : « Je n'ai pas écrit *Le Choix de Sophie* ou même le livre que Stingo est censé rédiger (*Un lit de ténèbres*, je crois) mais moi, je couche avec Sophie tous les soirs et ça mon petit gars, tu ne peux pas t'en vanter. » Je menais vraiment de passionnants débats.

Le fait est pourtant que ma Sophie à moi méritait le déplacement. Il n'était pas toujours facile de vivre avec elle et on se demandait où elle avait obtenu ses diplômes d'enseignement : elle assurait à ses élèves qu'en cas de difficulté, il fallait se masser délicatement les oreilles (points d'acupuncture, disait-elle), et tenait des propos effarés sur les portables et les fours à micro-ondes. Elle me cassait la tête avec des théories écologiques qui nous faisaient accumuler les poubelles pour un tri sélectif qui tenait du puzzle, elle voulait danser jusqu'à point d'heure au milieu de la forêt, elle me lançait avec son accent nasal :

– Chéri, tu es vraiment un cong !

Et soudain, au milieu d'un développement, elle partait d'un grand éclat de rire, comme si tout cela n'avait aucune importance. Elle était fantasque, emportée, belle à mourir et si le mauvais génie m'avait donné moi-même le choix entre mon livre et mon amour, j'aurais été dans de beaux draps.

Un jour où elle se promenait dans la maison les cheveux enturbannés dans un mélange d'huile, de yaourt et de miel

qu'elle assurait être du meilleur effet, Sophie me tendit le téléphone. C'était mon père.
— Ton grand-père est à l'hôpital, dit-il d'une voix sombre.
— Mon grand-père ? hésitais-je.
— Oui, Marcel! Il est à l'hôpital, il a un cancer.
— Un cancer de quoi ?
— Un cancer de la prostate.
— Et c'est grave ?
— Évidemment, dit mon père, agacé. Un cancer, c'est toujours grave. Et surtout, celui-ci est très avancé.
— Il va s'en tirer ? demandai-je, le cœur battant.
— Difficile à dire, déclara froidement mon père. Tu ferais mieux de venir le voir.
Et il raccrocha. Sophie me regarda.
— Tu vas y aller ?
— Je réserve un avion pour samedi prochain.
— On devait aller au concert, fit-elle seulement remarquer.
Je haussai les épaules. Deux jours plus tard, je prenais un avion pour Paris. Je m'installai pour le week-end chez mon père. Impression bizarre. Des années plus tard, je revenais dans le petit appartement où il s'était installé après son divorce et où je le rejoignais le week-end, après une semaine chez ma mère remariée (je sais, je n'en ai pas parlé, les psychanalystes devront faire leur travail et moi un autre livre). L'appartement n'avait pas changé : seulement plus usé, plus gris, mais toujours d'une remarquable propreté. Mon père faisait toujours son ménage lui-même. Il avait de l'argent pourtant, il aurait pu faire appel à une femme de ménage ou même changer d'appartement. Mais bon, on le connaît maintenant...

— Tu reprendras ta chambre, me dit mon père en entrant dans la pièce qui lui servait désormais de bureau mais qui n'avait pas changé elle non plus, à l'exception d'un canapé qui remplaçait le lit.

Le décor était austère : canapé, bureau, bibliothèque. Je ne l'aimais pas, parce que je n'aimais pas revenir dans des lieux explorés jusqu'à la trame, à travers les jours et les nuits de l'enfance et de l'adolescence. Mais en soi, c'était tout de même une pièce agréable. Il y avait tout pour y travailler au calme.

Dans l'après-midi, je me rendis à l'hôpital, à Levallois. C'était un grand cube neutre, bariolé de couleurs. J'avais vu pire. Les odeurs de la maladie, des corps en souffrance, n'y étaient pas trop prégnantes. Lorsque j'entrai dans sa chambre, mon grand-père était au lit. J'avais espéré qu'il serait assis, en train de lire posément, avec ses grosses lunettes sur le nez, presque en costume, comme je l'avais toujours vu durant sa vie, imperturbablement bien habillé – minuscule, mal taillé, vieux mais bien habillé, comme sur le point d'aller au bureau.

Mais il était au lit, n'était pas bien habillé – il était en pyjama. Pourtant, il ne dormait pas. À mon entrée, il saisit ses lunettes sur la table roulante à ses côtés, d'un geste un peu faible, et se les posa sur le nez. Lorsque je fus devant lui, il me sourit.

— Ah ! Mon petit-fils ! Merci d'être venu d'Allemagne.

Je l'embrassai. Le contact de ses lèvres fut imperceptible.

Il me posa davantage de questions que je ne lui en posai. On aurait dit que j'étais le malade. Il me demanda si j'avais une photo de Sophie. Je lui ouvris mon portefeuille. Il hocha la tête.

— C'est bien ! Je suis content ! dit-il. Tu es heureux, je suis heureux.

Sa maladie le rendait plus proche, plus chaleureux. Plus faible bien sûr mais assurément plus proche. On aurait même pu penser que, de France, il songeait parfois à moi, idée qui ne me serait jamais venue à l'esprit auparavant. Ce fut un moment agréable, comme nous en avions vécu peu dans notre vie de petit-fils et de grand-père. Je demeurai une heure, jusqu'à ce qu'une tante, que je ne voyais qu'aux réunions de famille, me remplace. Ma crainte qu'elle ne l'épuise davantage fut levée lorsque je la vis sortir un livre, s'installer à côté de mon grand-père, comme une habituée, et commencer à lire, tandis que celui-ci ôtait ses lunettes et se rallongeait avec un sourire satisfait.

– Je reviendrai demain, dis-je en partant.

Le soir, avec mon père, nous discutâmes de Marcel. Je dis que je l'avais trouvé en assez bonne forme et qu'il pourrait sans doute s'en tirer. Mon père ne releva pas. Mais il me rapporta leurs discussions puisqu'il lui rendait visite trois fois par semaine.

– Trois fois par semaine ? Mais tu ne le voyais même pas trois fois par an !

– Peut-être. Et peut-être que je le regrette. Après tout, c'est mon père, dit-il en me regardant.

– *Après tout*, oui, répondis-je en insistant sur ces mots. Il t'a élevé, s'est occupé de toi.

– C'est ce qui fait la paternité.

Je voyais bien qu'il n'évoquerait pas David Wagner. C'était son droit. Et puis moi aussi je devais grandir, accepter les limites des gens, sans fixer ce qui était bien ou mal. Et en même temps que je me formulais sagement ces pensées, j'en étais excédé. J'avais tellement envie de lui raconter ce que je savais, tout ce qu'il ignorait sur son véritable père. Cela ne remettait pas en cause la paternité de Marcel, c'était une autre paternité, voilà tout. Il avait deux pères, un père génétique et un père d'éducation. Et il n'était peut-être pas sans intérêt de connaître le destin de son père.

J'allais au lit un peu énervé. Je ne réussissais toujours pas à parler, parce que dans mon enfance je ne parlais jamais, je conservais mon tas de secrets. Encore maintenant, à l'âge adulte, cela ne m'était pas si aisé : en face de mon père les blocages enfantins se resserraient tous, comme des portes d'acier. J'aurais voulu parler et je n'y arrivais pas, parce que mon père, je le sentais, le refusait. Il avait claquemuré le passé.

Et je crois que ces mots, le lendemain, lui étaient en fait adressés :

– Connais-tu David Wagner ?

Sans doute n'aurais-je pas dû poser cette question parce que je ne pense pas que toutes les vérités soient bonnes à dire. En outre, il y a un temps pour tout. Clairement, ce n'était pas le moment. Mais cela n'avait jamais été le moment. Alors disons que ce n'était pas la bonne personne.

– C'est le jour du jugement ? répondit mon grand-père d'un ton ironique et froid.

En un sens, je lui fus reconnaissant de ce ton. Il était comme je l'avais toujours connu : prêt au combat. Un vrai Fabre.

– Pas du tout, dis-je en souriant. Il ne s'agit pas du tout d'un jugement. J'ai simplement entendu parler de lui et j'aurais voulu en connaître davantage. Et si ce que j'ai appris de lui est vrai, il aurait même été bon de le savoir plus tôt.

– Pourquoi ?

Je fus décontenancé.

– Parce que c'est important.
– Et alors ? L'important, c'est d'entendre ce qui est bon. Pas ce qui affaiblit. L'histoire David Wagner nous affaiblit.
– Qui, nous ?
– Tout le monde. Toi, moi, ton père, la famille. L'histoire David Wagner est un coin inséré dans notre propre histoire, dans notre cohérence familiale. Non que j'aie quoi que ce soit contre lui, d'ailleurs, dit mon grand-père en se détendant, mais il n'est pas des nôtres. C'est un Wagner, non un Fabre.

Ces mots m'étaient familiers. C'étaient les miens, c'étaient ceux de Charles. Au fond, mon grand-père n'avait-il pas raison ?

– C'est ton père qui t'a parlé de lui ? demanda innocemment mon grand-père.
– Non. J'ai découvert tout cela par hasard. Durant une visite à Buchenwald, avec mes élèves, je suis tombé sur la photographie d'un homme qui ressemblait trait pour trait à mon père. J'ai fait des recherches. J'ai appris l'histoire de David Wagner. Et, ajoutai-je en hésitant, j'ai appris aussi que c'était une part de notre histoire.
– On devrait interdire les voyages scolaires, murmura Marcel en tournant la tête comme pour se rendormir.

Le silence se fit. Mon grand-père avait fermé les yeux.
– Toutes les familles ont leur secret, finit-il par dire, les paupières toujours baissées. Mauriac et Freud ont fait leur carrière là-dessus. Cela n'empêche pas de vivre.
– Cela dépend pour qui...
– David est la part sombre de notre histoire. C'est dommage, ce qui lui est arrivé... Triste.

Ces mots ne me paraissaient pas convaincants.

– Il était peut-être possible de l'éviter, dis-je.
– Et comment ? réagit vivement mon grand-père. C'était la guerre. Soixante-quinze mille Juifs de France ont péri comme lui dans les camps.
– Je ne sais pas. Mais notre famille est forte, puissante. Il était possible d'intervenir.
– La famille ?
– Oui, les Fabre. Nous sommes une force. En Normandie, à Paris, nous comptons. Nous pouvons agir.
– C'est une légende, dit mon grand-père en haussant les épaules. Bien sûr, il y a de l'argent, chez nous, des relations. Mais cela ne suffit pas, surtout en temps de guerre. Et puis nous ne sommes pas si soudés. Quelques réunions de famille ne forment pas un clan. J'avais du pouvoir, il y a longtemps, j'en ai fait profiter quelques-uns. Ils sont venus, le soir, autour de moi, ils me parlaient, m'exposaient leur cas. J'étais même étonné qu'ils soient si nombreux : frères, neveux, nièces, amis… Je conseillais, je connaissais des gens, je suis parfois intervenu. Mais le pouvoir des Fabre, je n'y crois pas. Mon pouvoir, oui, un peu, ricana mon grand-père, et pendant quelques années seulement, bien longtemps après la guerre. Le reste, c'est de la légende pour les gogos et les cousins de province.

Je baissai la tête.
– Tout de même, je regrette…
– Pas de faiblesse, petit, me dit mon grand-père. On ne parle pas comme cela. Ça ne veut rien dire. Que regrettes-tu ? Tu ne connais pas la situation, tu n'étais pas là. Tu espères vraiment connaître des événements qui se sont déroulés il y a un demi-siècle ?

— Non! dis-je. Ces événements n'ont pas cinquante ou soixante ans. Ils ont lieu maintenant, toujours. Ils auront toujours lieu.

— Peut-être, approuva mon grand-père, qui semblait comprendre ce que j'avais voulu dire (et qui n'était pas clair pour moi). Mais il y a tout de même des circonstances historiques particulières. Et puis il faut oublier. Les personnages de cette histoire sont morts : David, Virginie, Clémentine. Et quant à moi, je suis presque mort. Je n'en ai plus que pour quelques semaines, je le dis sans apitoiement. Alors tout cela, il faut l'oublier... L'oubli, c'est ce qu'on a trouvé de mieux pour les secrets. Ce n'est pas de la lâcheté, c'est juste la voix de la vie. Écoute-moi bien parce que je vais te donner le vrai secret : la mémoire est pour les morts ou les mourants, l'oubli est pour les vivants. C'est valable pour les peuples comme pour les individus.

— Quelques semaines...

— Ne parlons pas de cela. Tu n'auras qu'à trouver les médecins. Ce n'est pas important. J'ai fait mon temps et ma vie a été bien remplie, en bonheurs comme en tristesses. Je n'en veux plus. Mais ce que je te dis sur l'oubli, voilà l'important. Tu es l'héritier maintenant.

— L'héritier ? De quoi ?

— L'héritier Fabre.

— La famille n'existe pas, as-tu dit.

— Elle existe. Justement parce qu'elle n'est pas mythique et surpuissante. Elle a besoin d'un héritier. Ton père ne pouvait pas l'être...

— Parce qu'il était un Wagner ? le coupai-je.

— Il est un Fabre, jeta brusquement mon grand-père. Il est

mon fils. Mais il ne pouvait pas être l'héritier parce qu'il était trop singulier, trop marginal. Il ne peut pas rassembler autour de lui.

— Et mes oncles... Ils sont normaux eux. Industriels, de l'argent, une famille...

— Comme tu dis, ils sont normaux.

— Et dans la nouvelle génération... Mes cousins ?

— Tu le sais bien. Ils sont trop jeunes et ils le seront toujours. Ils n'ont pas d'âme. Ils gagneront de l'argent, voilà tout. Ils aimeront s'exhiber. Je les apprécie, ce sont de jeunes chiens fous mais comment peut-on confier la famille à des gens qui n'ont jamais lu Flaubert ? dit mon grand-père en souriant.

— Le monde tourne comme cela maintenant. Bientôt, plus aucun dirigeant n'aura lu Flaubert.

— C'est bien pour cela que le monde va si mal. Et je ne plaisante qu'à moitié.

— Sincèrement, grand-père, même si je me sens honoré, je suis le plus mal placé pour incarner la famille. J'habite à l'étranger...

— La famille sera désormais toujours en partie à l'étranger. Il n'y a plus de famille puissante sans assises internationales.

— Je ne suis pas un organisateur, pas un homme pratique, pas un dirigeant. La famille a besoin d'hommes comme toi, grand-père. Moi, je ne sais que lire et écrire.

— C'est faux. Parce que tu n'as jamais compris ta véritable qualité.

— Laquelle ?

— Les gens t'aiment. Ils te suivent. Tu seras donc l'héritier. Et crois-moi, plaisanta mon grand-père, tu as raison de te sentir honoré. Même si le président te nommait tout d'un coup ambassadeur à Berlin pour remplacer l'actuel, tu ne pourrais pas te sentir plus honoré.

Dans l'avion du retour, je réfléchis beaucoup à cette conversation. La faiblesse de mon grand-père avait permis un rapprochement inespéré. Et je ne cacherai pas que la transmission de l'héritage, purement moral, me faisait plaisir. J'avais toujours pensé que mon grand-père connaissait à peine mon nom. Et voilà qu'il m'avait suivi, évalué, et qu'il me jugeait le meilleur d'entre nous : il me confiait la famille – même si en pratique je ne voyais pas vraiment ce que cette proposition recouvrait. L'héritier... C'était vague, sachant que ce n'était en rien des biens matériels. Et en même temps, les grandes familles connaissent toujours l'héritier, par une conscience évidente et pourtant impalpable.

Toutefois, et malgré la compassion que j'éprouvais, des doutes me venaient. J'avais aussi le sentiment que mon grand-père me transmettait l'héritage pour mieux me faire taire. L'oubli en contrepartie. La chaleur de mon grand-père, lui qui n'en avait jamais manifesté, son pathétique appel aux quelques semaines qui lui restaient à vivre, la flatterie sur ma popularité, le thème de l'oubli, l'héritage, tout cela sonnait un peu trop haut. Je ne dis pas que cette explication était la bonne, mais en tout cas les doutes étaient là. Un héritier ne désagrégerait jamais la famille puisque son rôle était de la protéger et de la souder.

Que devais-je taire ? L'explication était assez simple et elle m'était venue depuis longtemps, lorsque j'avais appris la date exacte du transfert de David Wagner à Buchenwald. Août 1941. Soit une date extrêmement précoce. Avant le décret Nuit et Brouillard contre les ennemis de l'Allemagne. Avant les déportations massives des Juifs de France puisque les premières rafles importantes (l'opération Vent Printanier date des 16 et 17 juillet 1942) eurent lieu un an plus tard. Ce qui signifiait que la déportation de David relevait d'une volonté individuelle. Il avait été probablement déporté sur dénonciation. De là à estimer que mon grand-père s'était débarrassé d'un rival et d'un éventuel beau-frère embarrassant, il n'y avait qu'un pas que j'avais allègrement franchi.

Quelques années plus tôt, lorsque le procès Papon avait eu lieu, Marcel s'était mis en fureur lors d'une réunion de famille. C'était le genre de sujet que nous évitions absolument, en raison des responsabilités de mon grand-père dans l'administration de Vichy, mais ce jour-là, on ne sait comment, peut-être du fait de mon grand-père lui-même, la conversation s'était engagée sur cette voie dangereuse. Marcel affirmait, avec une sincérité qui n'était pas feinte, me semblait-il, qui ne tenait pas à ses propres responsabilités (Papon était préfet lorsque lui-même était sous-préfet), qu'on ne pouvait pas juger l'Histoire après cinquante ans, que même les juges les mieux intentionnés étaient incapables de démêler exactement le rôle des différents acteurs à une époque où « les esprits n'étaient pas les mêmes ». Je me souviens de cette phrase : « Les esprits n'étaient pas les mêmes », qui m'avait paru un peu bancale, maladroite. Il disait encore que tout cela était très « compliqué » et que ce n'était pas un avocaillon de trente ans qui pouvait le comprendre (il s'en prenait à Arno Klarsfeld qui avait pourtant adopté une position médiane dans l'accusation). « De toute façon, répétait-il, je suis inattaquable. » Pouvait-il encore prononcer cette phrase ? Peut-être n'avait-il pas fait déporter de Juifs durant la guerre mais il en avait sans doute envoyé un à la mort et pour des motifs de simple rivalité amoureuse. C'était du moins ce qu'on pouvait craindre. Et même si Marcel m'avait resservi les mêmes arguments sur l'oubli, sur l'impossibilité de comprendre, j'étais en position de juger. N'avait-il pas lui-même accueilli ma question initiale par cette autre question : « C'est le jour du jugement ? » ?

Lorsque je rentrai à Berlin, en bas de l'immeuble, un écriteau déclarait en grandes lettres calligraphiées : « *ZU VERKAUFEN. Nehmen Sie, was sie wollen, und geben Sie soviel Geld, wie Sie wollen.* » Des petits meubles, objets de décoration et livres défraîchis trônaient sur le trottoir. Je n'avais pas de mal à reconnaître cette écriture. Sophie avait trouvé de quoi s'occuper pendant mon absence en rassemblant des objets à vendre et en laissant cette seule inscription : « Prenez ce que vous voulez et laissez l'argent que vous voulez. » En Parisien méfiant, je secouai la tête devant cette initiative mais lorsque j'ouvris la boîte à lettres, des pièces s'en échappèrent et roulèrent à terre. Je montai les étages. Sophie m'entendit et se précipita vers moi.

La semaine suivante, je n'eus pas le loisir de me rendre à Paris alors que j'avais l'intention de revenir chaque week-end. Ce n'est pas parce que les gens sont coupables qu'on ne les aime pas. Et mon grand-père n'était pas *forcément* coupable. Le contretemps incombait en fait à un écrivain que j'avais invité à Berlin, dans le cadre de l'ambassade. Ce n'était pas un écrivain très bon ni très connu – il devait en fait son relatif succès à un certain sens du marketing, avec des livres et des titres qui tenaient de la formule, et à un vrai talent de relations publiques – mais je prenais ce que j'avais : tous les écrivains n'étaient pas prêts à se rendre à Berlin, précisément à cette période, pour y être promu durant quelques jours. Le mien avait l'avantage d'être toujours libre pour ces promotions, de parler allemand et d'être assez jeune et divertissant, ce qui est tout de même utile lorsqu'on présente un auteur. Je me voyais mal traîner dans les réceptions une gueule défaite et hostile. Et puis mon ambassadeur adorait bavarder – il lui fallait donc des écrivains bavards.

Malheureusement, si ma recrue était en effet bavarde, elle était insupportable. Prétentieux, vachard, avec un air toujours vaguement ennuyé. J'aurais voulu lui dire, comme Sophie :

– Mon gars, tu es vraiment un cong.

Mais je fis mon métier, en lui organisant son week-end, ce qui signifiait à la fois le promouvoir et le divertir, avec de surcroît un budget serré. Cet imbécile me réclamait toujours des filles :

– Allez, vous n'avez rien pour vous amuser ici ? Présentez-moi des jolies Grätchen, bien chaudes !

Comme il m'agaçait, je téléphonai à une amie de Sophie, très jolie et très froide. Le type s'escrima toute la soirée, sortit son meilleur allemand, joua son joli cœur. Il la raccompagna à sa porte, qu'elle referma en déclarant dans un français parfait, comme elle nous le raconta le lendemain en éclatant de rire :

– Désolée, vous êtes trop moche. Et je croyais les écrivains français plus intéressants !

C'est donc seulement le week-end suivant que je revins à Paris.

« Je suis inattaquable. »

7.

« Tu ne sais pas vraiment, tu ne te rends pas compte et puis je te l'ai dit voilà quinze jours, il faut oublier et c'est pour cette raison que je vais te raconter ce qui s'est passé. Ce n'est pas une confession et cela ne va pas être l'ultime discours du vieillard repenti sur son lit de mort parce que je ne suis plus croyant depuis longtemps et parce que j'ai toujours détesté les clichés. Simplement, toi tu es jeune et comme tous les jeunes tu aimes les clichés, tu crois au noir et au blanc et tu as vu trop de films. Après, il faudra que tu t'en ailles sans poser de questions parce que j'ai tout préparé dans ma tête depuis quinze jours, depuis cette entrevue où je me suis bien rendu compte que tu n'étais pas convaincu, que tu voulais autre chose et que tu refusais d'oublier. Or, je ne te demande pas d'ignorer mais de savoir et de laisser de côté, ce qui n'est pas la même chose. Il faut toujours savoir, je suis d'accord avec toi, la vérité est essentielle, mais elle doit aussi être oubliée, je le sais, j'en suis sûr. Donc écoute et puis va-t'en, non pas pour ne plus revenir, cela je ne le voudrais surtout pas, et encore moins depuis que tu es l'héritier, mais pour réfléchir et décider ensuite d'oublier. Je suppose que je te prends un peu au dépourvu, tu viens d'arriver de Berlin, ton père me disait que tu voulais venir la semaine dernière mais que tu étais retenu par un imbécile, ne t'inquiète pas je comprends bien, j'en ai subi moi aussi dans ma carrière. Du reste, ne reviens surtout pas toutes les semaines, c'est vraiment trop loin, ce qui importe pour moi c'est l'oubli qui n'est que la juste place accordée au passé, entre la conscience et l'inconscience. Mais bon, tout cela pour dire que je vais te raconter ce qui s'est déroulé pendant ces années, sans rien cacher. J'ai tâché de mettre en ordre les événements qui n'ont d'ailleurs rien de bien surprenant. Mais lorsqu'on est malade, tout est plus compliqué, la combinaison des faits se révèle plus difficile que prévu, c'est pourquoi j'ai mis longtemps à me rappeler cette histoire. En somme, il m'a fallu ordonner dans le temps ce qui était surtout pour moi des images de Virginie, des petits tableaux du souvenir. Et cela, je n'ai jamais voulu l'oublier, je n'ai jamais voulu oublier les images, les fragments figés de ma femme. Je les ai souvent roulés dans ma tête durant ces années, parce que ce n'est pas ce que tu crois, ce n'est pas la belle et la bête, ce n'est surtout pas la belle, la bête et le prince charmant Wagner. Pas du tout. Comme d'habitude, c'est plus compliqué, c'est un ensemble, il faut comprendre, alors je vais tâcher de te faire comprendre.

Si l'on prend les choses dans l'ordre chronologique, je suppose qu'il faudrait commencer par David Wagner puisque je l'ai connu bien avant Virginie. Le problème c'est que j'ai beau y repenser, essayer de me souvenir, je ne vois pas du tout dans quelles circonstances nous nous sommes rencontrés. Je pense qu'il était venu chez nous pour faire essayer des modèles à ma mère, qui était cliente de son magasin. Et encore cela me paraît bizarre puisqu'il était logiquement trop jeune pour posséder ce magasin, sans doute était-ce sa mère, oui il me semble que c'était ça, la mère de David, une grande femme, j'en ai un vague souvenir, assez imposant, à la fois vague et imposant. Tu comprends, nous n'avons jamais été présentés en bonne et due forme aux parents Wagner – y avait-il un père, d'ailleurs, je n'en ai jamais entendu parler ? – parce que mon propre père ne pouvait pas les supporter. Il refusait tout contact et était le principal obstacle au mariage de David et Clémentine. Mais enfin je m'avance, tout cela pour dire que je ne me rappelle pas le jour où David Wagner est venu chez nous. Ma sœur Clémentine devait s'en souvenir avec idolâtrie puisqu'elle est tombée amoureuse comme une folle du jour au lendemain mais quant à moi... Quoi qu'il en soit, David Wagner s'est insinué dans nos vies, sans que je le remarque d'abord, puis il a été le garçon de maman, le commissionnaire. Il lui donnait aussi parfois des conseils car il avait beaucoup de goût. Je me souviens bien de cela, il tâtait les étoffes comme une femme, je trouvais qu'il avait quelque chose de féminin, et je me demande si les séducteurs – et tu comprends bien que je n'ai jamais été ce genre d'homme, les femmes ne m'ont jamais trouvé beau – n'ont pas toujours quelque chose de féminin pour aussi bien comprendre les femmes. Enfin voilà, cela ne va pas plus loin que ça, vraiment je ne me souviens pas de lui avant que Clémentine ne nous déclare qu'elle était amoureuse de lui, qu'elle voulait l'épouser, ce qui était bien possible, après tout je m'en fichais, on pouvait faire un bien meilleur mariage mais si elle l'aimait, tant pis pour elle – ne le prends pas mal mais c'est vrai que ce n'était pas un bon mariage, Wagner était juste un garçon de magasin et nous étions les Fabre, sans rejouer la lutte des classes ce n'était pas très reluisant. Enfin, bon, Clémentine n'était ni très jolie ni très séduisante, c'était bien qu'on s'intéresse à elle. De là à se marier... Mais encore une fois c'étaient ses affaires. Pour moi...

Mais mon père, en revanche, n'était pas du tout de cet avis, il s'emportait dès qu'elle parlait de ce mariage et je me demande bien comment j'ai pu retrouver David Wagner à certains dîners chez nous. Je pense que Clémentine devait exercer une sorte de chantage, j'avoue que j'ai oublié, tout cela est très loin.

De toute façon, je ne les voyais plus très souvent, j'avais été nommé à la préfecture de Rouen, je faisais mes classes en somme, j'étais secrétaire général de la préfecture, je tenais mon rang, mes parents étaient contents. Le travail ne manquait pas mais je trouvais cela intéressant, j'avais des responsabilités et puis une préfecture, à l'époque, c'était autre chose, nous étions vraiment les représentants tout-puissants de l'État. Rien à voir avec maintenant. C'est à l'occasion d'une affaire d'expropriation que j'ai rencontré Virginie. Elle était la fille d'un gros fermier des environs qui possédait d'importantes étendues de terre à travers lesquelles devait passer une route. Nous étions en négociation avec lui et il nous avait invités à déjeuner, deux attachés d'administration et moi. C'était un déjeuner à cinq, avec sa femme, mi-travail, mi-loisir. Le type, le père Romand comme on l'appelait, était un sacré loustic, je ne sais pas si tu comprends encore cette expression, oui, un loustic, un gars marrant, au teint rouge, épais et rusé, comme souvent les fermiers normands, ce n'est pas une légende, crois-moi, il savait défendre ses intérêts. Sa femme parlait très peu, elle était sous son autorité, très effacée. Elle était assez laide. Au fond, je n'ai jamais compris comment ils avaient pu engendrer Virginie. Elle était vraiment trop belle pour eux et puis d'une autre classe, d'une tout autre classe... Eux n'étaient pas bêtes, mais enfin les Romand, c'étaient surtout des finauds... alors que Virginie... Lorsqu'elle est entrée dans la pièce, sans raison, juste pour saluer les invités, par curiosité peut-être aussi car elle a toujours voulu connaître des gens, elle était comme toi, elle aimait les gens, enfin au début en tout cas, après c'était différent bien sûr... Alors là oui, à son entrée, j'ai su tout de suite. Que c'était elle je veux dire, qu'il n'y avait pas de doute à avoir. Ce fut un coup de foudre comme dans les livres, les films et la vie. Le coup de foudre de ma vie. Elle était habillée avec négligence, pas maquillée, c'était une jeune fille tu comprends et moi je n'étais pas bien plus vieux et pourtant je l'ai trouvée d'une grande beauté – ou alors je ne sais pas si le mot est juste, simplement j'ai senti que *c'était ça*, que c'était tout ce à quoi j'aspirais dans la vie. Elle a dû me considérer comme un croque-mort, avec mon costume noir et ma chemise blanche de travail – on n'avait pas beaucoup de choix à l'époque –, elle m'a tendu la main avec un cérémonieux "bonjour monsieur" et moi j'ai fait comme les amoureux transis, j'ai tenu trop longtemps sa main. Lorsque nous sommes partis, j'ai su que je voulais épouser cette femme. Alors je suis revenu, à plusieurs reprises, sous divers prétextes. J'ai parlé avec Virginie, elle était réservée, elle me donnait toujours du "bonjour monsieur", s'exprimant posément, comme devant un instituteur. Le père Romand me regardait avec ironie, il savait bien pourquoi je venais mais cela lui allait parce que j'avais un bel avenir, et puis il m'aimait bien, il savait reconnaître les renards, comme il m'a dit plus tard, j'étais un malin comme lui et les malins peuvent s'entendre. Et puis j'étais un Fabre, notre famille venait de Normandie, on était des notables là-bas, ce n'est pas comme maintenant, c'était du classique, on connaissait son député, le préfet était vraiment quelqu'un. Bon c'était l'autre temps, il n'y avait pas que du mauvais.

Un matin, je suis entré, Virginie était en train de verser du lait dans une énorme marmite de cuivre. Ce blanc mousseux, épais... Elle était en manches courtes, l'effort et la chaleur de la cuisine faisaient perler des gouttes de sueur sur ses lèvres. Je m'assis, comme assommé, et je la fixai. Elle me regardait aussi et un silence épais, opaque, monta. Une tension. Je me levai, je m'approchai et je la sentis se relâcher, se laisser aller, s'abandonner. Je l'embrassai. Je te le dis simplement, et sans doute naïvement, c'est le plus beau jour de ma vie, parce que j'avais attendu si longtemps, avec tant d'intensité et puis tout se dénouait sur un moment de désir, sur une chaleur partagée, là, dans la cuisine, tout simplement, entre elle et moi. Ensuite, ce ne fut plus qu'une formalité. Je fis les choses à la manière traditionnelle, on l'était à cette époque, je demandai la main de Virginie à son père qui bien sûr ne me la refusa pas. Au mois de juillet, au moment des chaleurs et des bals, on fit un grand mariage. *Le* grand mariage. Trois cents invités dans la propriété des Romand, avec les paysans endimanchés et les Parisiens un peu supérieurs mais aussi un peu envieux car ce n'était pas rien que la propriété des Romand, une belle bâtisse, elle existe toujours d'ailleurs mais elle a été revendue, je m'y suis rendu il y a quelques années, sans me nommer, en la regardant de loin, avec les souvenirs qui m'étouffaient.

Et puis il y a eu David. Je l'ai su tout de suite. Je ne l'avais pas vraiment remarqué avant, je te l'ai dit. Bien sûr, il était le fiancé de Clémentine, l'arriviste, mais tous ces jugements étaient rapides, au fond je ne me sentais pas concerné. Si j'ignore où je l'ai vu pour la première fois, en revanche je sais très bien où Virginie l'a vu pour la première fois. Je l'ai découvert à travers elle, à travers ses yeux, dans ce repas à Paris où mes parents l'avaient invité, sous la pression de Clémentine qui avait très mal accepté qu'il ne soit pas au mariage, alors que tout le monde était venu, elle-même se retrouvant seule, sans cavalier. Et pourtant, elle aurait été si fière et si heureuse de partager ces moments avec lui, ces flottements de nostalgie ou d'anticipation que chacun éprouve dans les mariages. Il était en retard, je ne sais pas pourquoi, du reste il était toujours en retard, il ne pouvait pas s'en empêcher. On l'attendait tous, on avait faim, je me souviens de tout cela aussi bien que mon mariage, j'y ai sans doute repensé aussi souvent d'ailleurs, c'était un peu la fin de mon mariage ou disons, pour être précis, le début d'une autre union, différente de ce que j'avais espéré, sans que ce soit du tout, ne t'y trompe pas, la fin de notre amour. Mais enfin, il faut bien le dire, David Wagner est arrivé, au dîner et dans ma vie. Virginie avait demandé à Clémentine :

– Il est comment ton David ?

Ma sœur lui avait répondu des âneries, comme quoi elle ne pouvait manquer de le reconnaître, qu'il était le plus beau et que si elle rencontrait une vedette de cinéma, ce ne pouvait être que David. Alors Virginie s'était déplacée vers la fenêtre en riant, en disant qu'elle allait le guetter, et voilà que David était entré dans l'appartement. J'ai su tout de suite que cela n'allait pas, qu'il ne la regardait pas comme il fallait et que surtout elle ne le regardait pas comme il fallait. Il était pétrifié, elle ne bougeait pas davantage, et moi je regardais ça, et je crois que Clémentine aussi. Il y a eu cette suspension, cette immobilité, et puis Virginie a baissé les yeux et le mouvement a repris. Et j'ai vu David à travers les yeux de Virginie, à travers les yeux d'une femme. C'était un bel homme, avec une sorte de virilité sombre qui émanait de lui, un peu celle de ton père, vois-tu, mais sans la disparition interne qu'on sent chez ton père, et qui n'a pas toujours été là d'ailleurs, au point que j'ai eu souvent du mal avec ton père, dans sa jeunesse, tant il me faisait penser à David. Cela ne m'empêchait pas de l'aimer, d'ailleurs, peut-être même au contraire, mais il y avait une pointe de souffrance dans cette vision. David, lui, était très présent, très *là* si tu vois ce que je veux dire. Il n'était pas rêveur ou occupé, il était là, dans le présent, dans la jouissance de l'instant. C'était un jouisseur en fait. Un homme qui aimait le plaisir. Les femmes, la nourriture, le luxe. Les femmes surtout. C'était son talent, malheureusement pour moi.

Ah ce dîner! J'étais pitoyable! Je l'avais vu, tu comprends, je savais combien il pouvait plaire à une femme, et surtout à une jeune femme comme la mienne escortée d'un nabot. Je ne vais pas m'accabler, surtout après t'avoir vanté David, mais enfin, sans complaisance, je n'étais pas beau, moins laid que maintenant bien sûr, sans les rides, la calvitie – quoi qu'elle commençait à naître, raréfiant mes cheveux, dégarnissant mon front –, et pourtant petit, sans grâce ni beauté, avec déjà mes grosses lunettes, mon costume noir d'inspecteur des impôts. J'étais ainsi, je n'y pouvais rien et du reste je n'en souffrais pas, j'avais d'autres qualités, n'est-ce pas, intelligent, pugnace, déterminé et puis cela ne m'avait pas empêché d'épouser l'amour de ma vie. Bon, cela dit, la comparaison avec David... La comparaison, disons, n'était pas à mon avantage. Et puis cette conversation de charmeur, avec les plaisanteries, les anecdotes, je ne pouvais pas suivre, j'étais forcément mauvais, ce n'était pas mon terrain... Moi, j'étais le gars sérieux, un peu ennuyeux peut-être, un préfet quoi. Lui, il était un maître en son genre, on comprenait bien comment il séduisait les filles... Il arrivait, il était beau et puis ensuite quelques plaisanteries et le tour était joué, emballé c'était pesé. C'en était angoissant de facilité. On m'aurait demandé de parler politique, histoire, économie, littérature même, alors là on aurait vu... Mais là, les anecdotes sur les danseuses et puis cette façon de tout tourner en plaisanteries, allusions, ironie... Non, je ne pouvais pas suivre. Alors je me raccrochais à Virginie, je lui serrais la main, le bras, c'était pitoyable, je sens bien que c'était pitoyable. Et elle, elle riait, il la faisait vraiment rire... Des étincelles dansaient dans ses yeux. C'était un cauchemar, j'avais l'impression de passer un examen qui tournait mal.

Pourtant, rien n'était joué. J'avais une mauvaise impression, bien sûr, mais une impression... La vie ne change pas sur une impression. Le dîner s'acheva enfin, David s'en alla, on ne le reverrait plus, après tout on ne l'invitait pas souvent et désormais j'étais du côté de mon père, on ne le voulait pas dans la famille le Juif – j'ai dû penser cela, et pourtant l'antisémitisme me paraissait ridicule, un peu comme un héritage païen, une superstition, mais on est méchant quand on est jaloux. Mon père, lui, était antisémite, vraiment. Évidemment, ce n'est pas pour cela qu'il refusait David mais ce n'était pas un détail non plus, il aurait fallu qu'il soit parfait par ailleurs pour faire passer cette tache. Et personne ne le trouvait parfait – moi moins que quiconque désormais. Non, David Wagner était à éviter, à chasser, à bannir, lui, ses cheveux sombres, sa silhouette mince et nerveuse, et ses plaisanteries !

Malheureusement, Virginie était d'un avis contraire. Éviter, chasser, bannir ? Non. Effleurer, tourner autour, séduire. Alors que je la pressais de revenir à Rouen avec moi, elle répondit en riant qu'elle préférait s'amuser à Paris, que je ne voulais tout de même pas qu'elle reste toute sa vie une provinciale ignare et puis que moi j'avais beaucoup de travail, qu'elle allait s'ennuyer... Allons, juste une semaine ou deux, ce n'était pas grand-chose, et ensuite elle me rejoindrait... Une bonne petite revue des plaisirs parisiens, comme une touriste. Il faisait si beau... Que pouvais-je répondre? Après tout, Paris est grand et il n'était nulle part question de David. Et puis Clémentine était là. J'avais cru sentir son malaise durant le dîner. Elle ne serait sûrement pas favorable à de nouvelles rencontres entre David et Virginie.

Sur le moment, je n'ai rien su. J'ai eu beau épier, guetter, déchiffrer les moindres signes, comme tous les jaloux. Il y a eu quelques rencontres, avec le beau temps qui ne m'aidait pas, le soleil qui était mon ennemi et qui berçait les plaisirs. Un canotage au bois de Boulogne, un canotage qui a plus de soixante ans, auquel je n'ai pas assisté et qui me poursuit comme un mauvais rêve. J'ai appris cette partie de canotage, avec David qui ramait, et je l'imaginais, les bras nus, musclés, tandis que moi, si j'avais voulu faire ça, avec mes petits bras maigres... Jamais je n'ai ramé, jamais je n'ai fait de bateau par la suite avec Virginie parce que je n'aurais pas supporté qu'elle se souvienne. Je sais qu'elle y aurait pensé, même pas pour comparer, simplement parce que ces heures lui seraient revenues en mémoire.

Oui, sur le moment, je n'ai vraiment rien su. Malgré toute ma jalousie. Je me méfiais du soleil, de l'été, de toutes ces puissances du plaisir mais en même temps ce qui me rassurait, c'est qu'ils ne se fréquentaient pas beaucoup, fréquentaient, je reprends ce vieux mot, ce mot d'adolescent du siècle dernier, c'est ridicule ce mot, enfin bon, ce n'est pas l'important, même si toi les mots évidemment tu y es attentif, enfin néanmoins l'essentiel pour moi c'est que Clémentine veillait et puis je revenais aussi souvent que je le pouvais, pour prévenir. Prévenir plutôt que guérir. Et mes peurs me paraissaient en effet grotesques, jamais Virginie n'évoquait David ou ne proposait des dîners en commun. Elle était comme à son habitude. La réalité, c'est qu'elle cachait bien son jeu, les femmes sont habiles à ça, c'est un lieu commun misogyne. Ils ont fini par coucher ensemble, c'était une fatalité, il faut dire qu'ils étaient faits l'un pour l'autre, ils étaient beaux. Depuis je me suis habitué à cette idée. Qu'ils étaient beaux. Les beaux vont souvent ensemble. Ils s'apparient. C'est une race, les beaux. Ils sont toujours un peu à part. Ils n'aiment pas trop se mêler.

Quand est-ce que je l'ai su ? Quand ai-je été sûr qu'ils étaient *ensemble*, qu'il m'ôtait ma femme, qu'il me la prenait et qu'il la prenait, elle sur lui et lui sur elle, dans cette étreinte qu'il m'était impossible d'imaginer, tant cela me faisait mal ? Quand en ai-je été vraiment sûr ? Pas durant la vie de David – tu vois, je suis si habitué à lui, comme un vieil ennemi devenu amical, par la force des choses et des années, que je l'appelle David. J'ai eu des soupçons, le terrible soupçon qui aiguise les relations, les événements, rend tout tranchant, intense, métamorphose les détails en signes accusateurs. J'ai eu des mois d'amour blessé, où tout vibrait sur la toile de la jalousie, j'espère que tu ne connaîtras jamais cela – mais je suis bête, bien sûr que tu connais, tous les hommes connaissent cela une fois dans leur vie et au chapitre des femmes, ta réputation n'est plus à faire, ce qui ne va jamais sans rivalités et jalousies, on ne gagne pas à tous les coups… Allons mon petit-fils pour cela tu es un David Wagner, tu aimes être aimé, ne proteste pas, je te vois esquisser un signe. Et en même temps, Virginie m'était encore plus chère, je sais, c'est pauvre, c'est bassement humain, la jalousie nous attache. Pourquoi voulait-elle aller à Paris ce week-end-là, pourquoi portait-elle cette robe jaune ? Soupçons fondés, infondés, tout prenait sens, tout était envenimé. Et puis un matin à Paris, ce soupçon plus lucide que les autres : Virginie encore à moitié déshabillée se maquillait devant la glace avec un soin inusité, se rougissant les lèvres, se fardant alors qu'elle devait seulement déjeuner avec une amie. Est-ce qu'on se pare pour une amie ? Est-ce qu'on vit dans le désir de la beauté à 9 heures du matin, pieds nus devant la glace ? Est-ce qu'on veut être belle pour une amie ?

Virginie n'a jamais voulu être belle pour moi. Jamais. Je ne dis pas qu'elle ne m'a pas aimé, je ne le pense pas du tout, je te dis simplement qu'elle n'a jamais voulu être belle pour moi. C'est tout. Peut-être parce que je n'étais pas beau, peut-être parce qu'elle me savait conquis pour l'éternité, peut-être parce que nos relations n'étaient pas physiques. Elle m'aimait pour autre chose – pour une sécurité, une confiance, beaucoup de choses importantes. Moi je suis le médecin de campagne, je suis Charles Bovary, pas le bellâtre Rodolphe, enfin bon je ne sais pas si les références littéraires aident parce que Charles Bovary quand même, j'ai tout de même été préfet, je ne suis pas rien, je ne suis pas un médecin raté dans un bled, pourquoi cette comparaison ? Bizarre de se comparer ainsi à un pareil minable lorsqu'on est ce que je suis. Enfin, cela n'apaise pas ce matin où je l'ai surprise à se parer, même si, c'est vrai, je ne l'ai pas su du vivant de David. Heureusement pour mon âme d'ailleurs, pour ma damnation comme disait le curé de ma jeunesse parce que sinon la tentation aurait été grande. Grande et puissante. Un petit Juif de moins. Je ne sais pas si je l'aurais fait mais quant à la tentation... C'est sûr, un homme qu'on hait, un rival... Et puis non, je me demande si je l'aurais haï à ce point parce que en fait, je ne l'ai jamais haï. Je ne l'ai pas aimé, il m'a fait souffrir, je l'ai jalousé mais haï, non. Peut-être parce qu'il était mort, peut-être aussi parce qu'on partage toujours, entre rivaux, une certaine complicité, même dans la haine, la complicité de l'amour pour une femme. On peut le détester, cet homme, mais enfin elle l'a un peu choisi lui aussi. Un peu quand même, et pas par hasard, pas parce qu'il passait. Parce qu'il était le contraire, ou le frère plus jeune, ou le reflet, ou le rêve de ce que... David, je suppose qu'il était mon contraire : le risque, l'alliance des corps, la brutalité du désir... Je le dis simplement, désormais. Le désir... C'est sûr, il était plus beau, pas mon grain de peau blanc avec des... Enfin je me répète c'est difficile de ne pas être beau quand l'autre l'est. Mais c'étaient des soupçons, parfois des terribles soupçons mais jamais des certitudes. Et puis de toute façon il est parti, après la déclaration de guerre, dans les Ardennes. Rien à foutre là-bas, c'était un pistonné, pour ça sa mère était habile, elle connaissait du monde, il était peut-être même sous-lieutenant, quelque chose comme ça, dans une baraque des Ardennes – tu as l'air surpris, bien sûr qu'il est allé combattre (enfin combattre si l'on peut dire, il n'a jamais tiré un coup de fusil), il avait le bon âge et puis il était costaud. Toujours à courir les filles, ça vous forge un physique. Quelques jours après la déclaration de guerre... Cette déclaration je l'ai vécue seul, j'étais à Rouen, tout a sonné, toutes les cloches et puis je savais que ce n'était qu'une question d'heures, avant même ce jour-là, aucun suspense, j'avais voulu prévenir Virginie mais elle était injoignable, à Paris encore, en train de faire des courses ou peut-être, peut-être avec *lui*. Pourquoi n'avons-nous pas vécu ensemble les événements les plus importants ? La guerre est déclarée et ma femme n'est pas là, alors que l'Histoire va nous écraser, crois-moi, elle a de la force l'Histoire, c'est une meule impitoyable, et je m'y connais, j'ai vécu deux guerres mondiales, les guerres de décolonisation, je suis un homme de tous les délires et soubresauts – tous ces délires contre lesquels ma femme m'était nécessaire, parce qu'elle était ma vie et mon sourire. Bon bien sûr ce sont peut-être des mots ridicules, qu'on me pardonne d'aimer et d'aimer encore, des années plus tard, dans cette chambre d'hôpital où je vais finir ma vie, sans regrets, enfin si avec mille regrets mais pas celui de mourir, j'ai fait mon temps.

Quand est-ce que j'ai su ? Quand est-ce que l'image de David a rempli toutes les absences, toutes les semaines à Paris, tous les week-ends de permission, les sautes d'humeur et les sourires de ma belle ? Quand est-ce que j'ai donné un sens à tout cela ? Aux séparations, aux trajets de train ? Quand est-ce que mon esprit a eu, comme tous les cocus, ses draps froissés, ses corps emmêlés ?

Est-ce que tu crois à la communication des esprits ? Non, bien sûr, et moi non plus. Personne ne croit, et surtout pas un préfet, à la communication des esprits. Et pourtant, le 21 mars 1942, Virginie est venue vers moi, en larmes, défaite, alors qu'abasourdi, je rentrais dans la maison. Dans le couloir, elle s'est agenouillée devant moi, enserrant mes jambes de ses mains, et m'a imploré :

– Aide-le !

Et aussitôt, j'ai su qu'il s'agissait de David Wagner. Je savais qu'il était dans un camp, tu penses, Clémentine était en pleurs depuis six mois, elle m'avait demandé d'agir mais qu'y pouvais-je, comme si j'avais le moindre pouvoir face aux Allemands, peut-être une petite influence en France, légère, superficielle, mais en Allemagne... et dans un camp de concentration en plus, dans ce repli du mal et du nazisme qu'était un camp de concentration, c'était impossible, c'était du délire de le penser, mais ma sœur m'en voulait, me faisait des reproches. Qu'y pouvais-je ? Rien. Absolument rien. Le pouvoir, tu sais, oui le pouvoir, on aimerait toujours plus en avoir, on aimerait le pouvoir absolu, quand on est un homme comme moi, non pas pour en abuser mais pour être investi entièrement, une bonne fois pour toutes, comme un élu divin. Pour agir selon nos désirs et notre désir aussi de sauver. Si je l'avais pu, je crois que je l'aurais fait. J'étais jaloux, je ne l'aimais pas, peut-être étais-je secrètement heureux.

Oui, secrètement heureux, il faut bien l'avouer, de me débarrasser de lui, mais enfin devant les pleurs de ma sœur, je l'aurais fait. Je ne suis pas un mauvais homme, quoi que tu en penses – même si j'ignore au fond ce que tu penses de moi. Je l'aurais fait.

Lorsque Virginie s'est effondrée devant moi, lorsque j'ai appris, tout appris, de cette détresse agenouillée, lorsque les soupçons se sont transformés en certitude, j'ai agi. Je te le jure, mon petit-fils, j'ai agi. Je savais que c'était en vain mais ne serait-ce que pour prouver ma grandeur d'âme, pour prouver à ma femme que j'étais capable de sauver son amant, j'ai tiré toutes les ficelles, je suis remonté jusqu'au plus haut niveau de l'État, où l'on m'a confirmé qu'il n'y avait rien à faire. Et c'est ainsi que j'ai appris sa mort. Il était mort le jour du printemps ! Ce même jour où Virginie s'est effondrée. Communication des esprits ? Étrange. Elle s'était prosternée devant moi ce jour-là, peut-être l'a-t-elle fait à la minute même où David est mort. On m'a dit qu'il avait été malade, qu'il était allé à l'infirmerie et qu'il n'en était pas ressorti. Les conditions étaient dramatiques là-bas, tout le monde le sait maintenant même si à l'époque ce n'était pas aussi clair. Et il était mort, malgré les efforts des médecins et des infirmiers, m'a-t-on dit. Ridicule. Un évident mensonge. Ils tombaient comme des mouches. Tu connais cette histoire, non ? Tu n'as pas l'air étonné de tout cela.

Enfin quoi qu'il en soit, c'était fini maintenant, il était mort. Parti, disparu. Tous les euphémismes polis quand la réalité devait être autrement plus sordide. Et c'est alors que j'ai tout su, dans les moindres détails. C'est moi qui l'ai voulu. Virginie se vidait de ses larmes. C'était une détresse comme je n'en avais jamais vu. Elle l'aimait, tu sais, c'est aussi simple que ça. Son visage décomposé par les larmes, son corps recroquevillé, cassé, le ressort cassé, sur le lit aux draps froissés. Et rien à faire pour la consoler, eh oui je la consolais, j'essayais de trouver les mots pour la mort de son amant. Des mots… comme si j'en avais moi… un chant de victoire oui… Non, ce n'est pas vrai, le pire est que j'éprouvais aussi, à côté, comme en marge de l'énorme effondrement de ma vie, de la compassion pour David. Il en devenait abstrait. Il me hantait vivant, mort j'éprouvais pour lui de la pitié… Cette mort sordide, après des mois de souffrance probablement, d'accord on ne savait pas ce qui se passait là-bas mais bon, on savait que ce n'était pas rose, même si la réalité était inenvisageable, seul un fou aurait pu concevoir la réalité d'un camp. Alors, à la femme défaite dans mes bras, j'ai dit :

— Raconte-moi.

C'est là que j'ai su. Tout. Quand et comment. Et elle a tout dit, simplement, comme une enfant qui dit la vérité après un long mensonge et qui est contente de tout avouer. Elle ne pleurait plus, elle était en chemise de nuit, avec son corps épaissi, le visage creusé et rouge, encore humide de larmes qui de temps à autre roulaient sur ses joues, des larmes qu'elle essuyait prestement d'un revers de main, pour ne pas couper le fil de son histoire. La rencontre lors du dîner, lorsque tout s'était noué, en une seconde, quand David était entré dans l'appartement. Ce que nous avions tous éprouvé. Cette sensation à la fois installée et inconsciente que les jeux étaient faits. Les hésitations ensuite. Et puis la décision, soudain, lorsque tout s'était concrétisé, assez vite finalement, après quelques rencontres, même si c'était dans le temps plusieurs mois, enfin je suppose que c'est ça le désir. Lorsqu'elle est allée dans le magasin de sa mère et qu'ils sont montés. Défaire l'écheveau des mensonges, bâtir les chronologies, tout comprendre, dans le regard presque absent, la voix monotone de ma femme qui racontait tout cela comme un spectre. Elle devait revivre, tout était à l'intérieur et en même temps il y avait ces rencontres qui s'échappaient d'elle comme des perles de mots, des douleurs pour moi des plaisirs remémorés pour elle, pas pour la dernière fois sans doute mais je savais qu'il valait mieux tout dire, à la fois pour combler ma curiosité – les cocus ont aussi un besoin inextinguible de savoir – et pour apurer les comptes. Une bonne fois pour toutes. Dire et ne plus jamais en parler ensuite. Pour me délivrer des doutes et des curiosités. Pour qu'il n'y ait plus ça entre nous. Pas David, je veux dire, il resterait pour toujours, mais les doutes et les soupçons. Sinon, cela revient toujours frapper à la porte du couple. Elle m'a tout raconté, donc, pendant que je tremblais comme une feuille... Et puis pour l'enfant aussi. Ah oui, je ne t'ai pas dit... Bizarre que je ne t'en ai pas encore parlé... Virginie était enceinte. Je sais, un détail... Les psychanalystes pourraient s'amuser. Cela faisait longtemps qu'on l'attendait celui-là, j'étais fou de joie quand elle m'a appris la nouvelle. Fou de joie. J'avais le sentiment que cela ne se débloquait pas, je pensais que c'était moi, que je n'étais pas capable – toute la honte de mon corps qui transparaissait, toutes mes appréhensions et mes complexes de petitesse, de maigreur – le chétif incapable de faire des enfants. Et tout cela avait été levé, notre amour avait engendré une progéniture. Le corps de Virginie s'était transformé, avait enflé, elle n'allait plus à Paris, restait à Rouen avec moi – nous demeurions près de la cheminée, auprès du ventre qui se bombait, lourd de promesses. Elle n'allait plus à Paris. Et pour cause. Parce qu'il n'y avait plus de Paris, il n'y avait plus de David, il n'y avait plus de rencontres – il était à Buchenwald.

– Je ne sais pas.

C'est juste ce qu'elle a répondu. Qu'elle ne savait pas. Parce qu'elle couchait avec deux hommes. Je lui demandai si elle n'avait pas d'intime certitude, c'était n'importe quoi, cela ne voulait rien dire, et puis cela ressemblait à l'intime conviction d'un jury, mais c'est ce que j'ai demandé. Elle n'avait pas d'intime certitude. David était parti, c'était fini pour de bon et je ne pouvais pas m'en plaindre, est-ce que tu comprends cela, que je ne pouvais pas m'en plaindre, que je pouvais plaindre David et qu'en même temps la situation était plus simple sans lui ? Il n'y avait plus rien à faire de toute façon – et d'ailleurs il n'y avait jamais rien eu à faire en tout cela, la fatalité a joué, l'Histoire est une sorte de fatalité – oui, tu secoues la tête, tu es jeune mais tu verras, il y a un moment où le nœud doit se dénouer, par tous les moyens, comme dans une tragédie, tu sais, exposition, nœud, dénouement et l'inéluctable, l'implacable continue à menacer jusqu'à la mort finale. Mais avec cet enfant, même sans David, il restait David. Il y avait ce bébé dont le père était incertain, qui était peut-être mon fils ou ma fille – on ne savait pas – et peut-être le fils ou la fille d'un autre. Le fils ou la fille de l'autre.

Mais j'aurais été heureux de l'accueillir. Comprends cela, je ne suis pas un mauvais homme, j'ai été dur parfois, dans ma vie, parce qu'il faut parfois l'être, je ne suis pas un enfant de chœur mais je ne suis pas un homme mauvais. J'aurais été heureux d'accueillir cet enfant même s'il avait été celui de David. Souffrant et heureux. J'aurais mille fois préféré qu'il n'y ait jamais ces doutes mais les choses étaient ainsi, on n'y pouvait rien. Son évolution révélerait son vrai père, on échappe rarement à cela, surtout quand on a des pères physiquement si différents. Et le jour où je verrais David dans l'enfant... eh bien disons ce serait difficile... Mais après tout c'était mon enfant aussi, celui de Virginie, et avec toute l'éducation que je lui donnerais... Et puis peut-être que je ne saurais jamais rien et que ce serait mieux comme cela, on n'était pas encore à l'ère de la génétique.

La suite, tu la connais. Ce fut un fils qui ne me ressembla pas. Dès la première minute, il fut évident qu'il n'était pas de moi. J'étais le seul à le voir, les autres, la famille, s'ingéniaient à trouver des ressemblances mais moi je savais... C'était un Wagner, pas un Fabre. C'était un David Wagner. Je suis sûr que Virginie y a pensé. L'appeler comme son père. Répéter, dupliquer, honorer. Elle ne l'a pas proposé, je ne l'aurais évidemment pas accepté. C'était trop dur. Cela voulait trop dire.

J'ai suivi l'itinéraire de David Wagner dans les traits de mon fils. Je l'ai vu grandir en lui, d'abord imperceptiblement, puis de façon de plus en plus évidente – la peau mate, les cheveux noirs comme du jais, les muscles secs et minces. S'affirmer. Adrien Fabre. Belle plaisanterie. C'était un Wagner? Clair comme de l'eau de roche. Un beau Wagner. Et pourtant je l'ai aimé. Comme mes autres enfants. D'un amour un peu plus poignant, un peu plus triste, comme le rappel de jours difficiles, mais je l'ai aimé comme les autres. Parce que c'était ça la nouvelle. Il y en eut d'autres, deux autres, deux enfants de moi – enfin j'espère, non je plaisante je sais bien qu'ils sont de moi, il n'y a pas à se tromper, des Fabre pur sucre, du solide et du Normand, terre à terre. Ils ont grandi ensemble, ils ont eu la meilleure éducation, ont été investis du destin Fabre, le destin de la famille. Ils se sont *séparés* ensemble, malgré l'éducation commune, avec des traits différents, des goûts différents, des esprits différents. Je n'y pouvais rien, cela m'échappait, ils n'étaient pas pareils. Je les éduquais de la même façon mais l'aîné prenait une autre route. Une route où l'on était plus inquiet, moins installé dans la vie, moins solidement inscrit dans les tours et détours de l'existence concrète. Ce n'était pas une question de sang, David était un homme concret aussi, non tu n'as pas l'air d'accord mais après tout tu ne l'as pas connu, c'était un homme qui respirait la vie, cela dit là où tu as raison, c'est qu'il y avait une sorte de passion de jouissance chez lui, du moins c'est ainsi que je l'interprète, qui intensifiait l'ensemble, qui l'écartait de nos solides percherons normands, enfin bon, ce n'est pas le même profil, le fils n'est pas le père, mais Adrien à coup sûr n'était pas le Fabre type, le gars qui y va sans se poser de questions, enfin tu vois le genre, même si je ne veux pas caricaturer notre famille, après tout c'est à toi d'en prendre la direction maintenant, tu es l'héritier, tu vas prendre la grande maison de Normandie, oui le domaine sera à toi, cela surprendra mais tu es l'héritier, ils comprendront tous ma volonté, il faut un héritier et un guide pour la famille, nous devons nous renouveler, l'époque change, il faut un homme d'imagination, un littéraire, un homme qui a des idées et qui sent son époque.

Mais enfin ce n'est pas mon propos. Mon thème, mon fil, c'est Virginie, Virginie et David et Marcel Fabre, le préfet Fabre, le *pater familias*, l'ombre portée. Ce gars qui veillait sur toute sa famille, sur Adrien, Jean et François, sur Virginie et puis de façon plus distraite, sur Clémentine, qui vieillissait sans homme, sur sa mère aussi, lorsque son père est mort, quelques années après la guerre, d'une mauvaise grippe – c'est bizarre de mourir d'une grippe, d'accord Apollinaire et la grippe espagnole mais enfin une simple grippe, on a tous trouvé cela bizarre, triste bien sûr mais enfin bizarre aussi. Mourir d'une grippe, c'est tellement banal. Après des années où les gens étaient morts de la guerre, sur le front, dans des camps… voilà qu'il mourait d'une grippe, avec son air de pruneau ridé. C'était la mort d'un médecin, d'un chef de service à la Pitié-Salpêtrière, ça ? Mourir d'une grippe. Bizarre comme les morts sont banales. Moi je meurs d'un cancer, c'est un peu plus digne. En fait, je meurs de vieillesse, j'ai fait mon temps, voilà tout. En tout cas, pas d'une grippe. Pourquoi pas un rhume ? J'éternue et boum je tombe raide mort ? Tu me diras, je devenais l'héritier – dans les faits je l'étais déjà. Ne souris pas, c'est important d'être l'héritier, c'est la plus haute charge… Nous sommes une famille, il faut toujours un homme pour tenir les familles, sinon elles se délitent, chacun part de son côté.

Pourquoi l'aimaient-elles toutes? Virginie, Clémentine. Pourquoi l'aimaient-elles encore surtout? Clémentine vieillissait sans homme, elle ne voulait plus se fiancer. Il est vrai qu'il n'y avait pas foule au portillon mais enfin quand même, si elle avait voulu... Elle était intelligente et puis riche... On n'était pas pauvres, surtout à l'époque! Il y avait du bien. Maintenant, on est en perte de vitesse, il faudra que tu veilles sur ça, la famille est trop traditionnelle – les terres, les immeubles –, il faut qu'on change de modèle. À l'époque, c'était autre chose. Clémentine était l'occasion à saisir. Personne ne la saisissait. Elle restait confite en dévotion pour le déporté. Pourquoi certains hommes sont-ils si aimés? Je t'assure qu'il n'avait rien d'extraordinaire. Ni par le physique ni par l'intelligence. Bien sûr, je l'ai dit, beau, pas bête. Mais pas extraordinaire non plus. Moins beau parmi les hommes que Virginie l'était parmi les femmes. L'esprit vif mais pas profond, pas original – un homme à plaisanteries, à sous-entendus. Et pourtant il les avait toutes. Il les voyait et il les emportait. Comme l'ogre des légendes. Ça, il faudra que tu m'expliques. Qu'ont-ils de plus, ces hommes-là? Est-ce un fluide? Moi, on me respectait, on m'admirait peut-être, de temps en temps, on remarquait mon efficacité – mais m'aimer... ça non. Allons, on ne va pas jouer le coup du vilain petit canard, enfin, si un peu quand même parce qu'il faut qu'on éclaircisse ce point, parce que c'est le plus important de tous, parce qu'il en va de ma mémoire et toi tu es l'héritier. Le problème, tout le problème, c'est de savoir si Virginie m'aimait. Qu'elle ait aimé David, c'est entendu. Acquis. Mais moi, le canard, le préfet canard, est-ce qu'elle m'a aimé? Et ça, je peux te le dire, elle m'a aimé. Pas comme David, pas cette union des corps, pas cette passion. Elle m'a aimé comme on aime un mari, plus sobrement, plus patiemment. Ou peut-être un père ou un frère aîné. Évidemment, cela sonne moins bien. Je sais bien. Mais enfin est-ce que c'est rien de pouvoir compter sur quelqu'un, de savoir qu'il est là, qu'il veille sur vous ? Est-ce que c'est rien de vivre pendant des années à côté du même homme, de partager les douleurs et les joies ? Parce que c'était bien cela, on partageait, nous n'étions pas murés, non vraiment pas cela, ne t'imagine pas cela, le vieux barbon et la jeune enfermée, d'ailleurs elle n'était pas tellement plus jeune que moi, même si les gens avaient l'impression... Mais bon, c'était le costume, la fonction, ça me vieillissait. Je t'assure qu'elle n'aurait pas pu vivre sans moi. David, c'était le repli des âmes et des corps, ce qu'il peut y avoir de secret dans les êtres. C'était son secret. Je ne suis pas sûr que son secret n'aurait pas fondu au soleil. La vie à deux avec David ? Pas sûr. Le temps, le long temps des couples ? C'était moi le temps. J'étais le réel, *le réel*. Il était l'illusion. Tu dois le comprendre. Ce n'est pas David et Virginie comme Paul et Virginie, Tristan et Iseut et toutes les belles histoires que tu voudras. C'était aussi, un peu, modestement, Marcel et Virginie, à la façon des couples, cahin-caha. Pas la passion mais la position, l'union, l'amour. Enfin, pas la passion – si de mon côté la passion totale, submergeante, sans fin, toujours rattrapant mon aimée sur le bord du gouffre, toujours travaillant à mon département, puis ma région et travaillant en même temps ma passion à moi, ma femme, avec son beau visage traversé de fragilités, avec ses insomnies et ses rêves. Ma femme, Virginie Fabre.

C'est ça qu'il faut que tu saches, sans succomber aux images et aux aveuglements. Je ne récuse pas David. Il était là, il a compté, ils ont eu un enfant. Très bien, très mal, peu importe. David Wagner a existé. Mais tout au long de ces années, durant le long combat de la vie et en particulier de la vie de Virginie, j'ai été là, moi, son mari, moi Marcel Fabre, pas plus indigne qu'un autre malgré ma face de canard et ma petite taille. C'était dur parce que Virginie était tombée malade mais j'ai été là. David serait-il resté lui ? Un amant n'est pas fait pour les maladies, les draps souillés, les fièvres. Un mari, oui. Enfin moi en tout cas.

C'est bizarre tout cela. Quand on y songe... Lui, mort, elle morte... Ils respiraient la santé, ils étaient les forts et les beaux. Il avait attendu dans les Ardennes, les chars allemands avaient défoncé la montagne, il n'avait rien eu, le détachement s'était juste replié, il disait lui-même qu'il n'avait eu aucune appréhension, que tout était allé si vite... une défaite si rapide, si incroyable comme un coup de baguette magique... de la magie avec beaucoup de morts et de tanks quand même... mais il n'avait rien eu, pas une égratignure, il était rentré à Paris, il avait retrouvé Virginie, les forts et les beaux mais moi le vilain petit canard, avec ma petite taille et mes grosses lunettes j'avais survécu à la vie et encore maintenant je survis à la vie parce que je suis plus fort que la vie. Elle ne m'a jamais entamé, la vie. Je suis passé comme un tank, j'ai défoncé les Ardennes de la vie. Je n'étais pas beau, pas fort mais j'ai tout encaissé et surmonté. La vie a cogné mais je me suis relevé toujours, je dis relevé mais je ne suis pas tombé, j'ai vacillé plutôt, titubé, mais je ne suis pas tombé, non, et là je meurs debout, je t'assure, je n'ai pas peur, ni peur ni regrets... Alors qu'eux, ont-ils été plus forts que la vie ? David dans le camp, a-t-il été plus fort que la vie ? Est-ce possible dans un camp ? Et Virginie, n'a-t-elle pas explosé ? Est-ce que ce n'était pas ça, la maladie, le désordre de la vie ? Les forts et les beaux ne sont-ils pas faibles devant la vie ? Elle a vacillé, titubé, elle est tombée et ne s'est jamais relevée. Pas si forte, non. Elle est tombée.

Enfin voilà tu sais tout, enfin tout on ne peut pas, c'est impossible tu n'y étais pas et du reste même quand on est là les choses ne sont pas simples. Du moins, tu sais l'essentiel, tu as la part manquante, celle de Marcel Fabre, et puis les autres ne diront plus rien de toute façon. Cela m'a fait du bien de te parler, cela tournait dans ma tête depuis quinze jours, ce discours c'était plus important pour moi que lorsque je parlais au président, je t'assure. Pas structuré, pas très structuré, mes professeurs n'auraient pas aimé mais bon il faut comprendre, la faiblesse et la maladie ne font pas bon ménage avec le raisonnement, l'essentiel c'est l'oubli, tout savoir pour oublier parce que la vie est dans l'oubli, la vie est dans l'oubli et pas le ressassement. David, Virginie, c'est comme cela, c'est le passé, nous n'y sommes pour rien, c'est la fatalité. Tu vas repartir maintenant parce que je suis très fatigué, mais cela m'a fait plaisir, vraiment, un intense plaisir de parler à mon petit-fils. Tout cela il fallait que tu le saches. Bien sûr tu as aussi d'autres échos, manifestement, mais qui peut parler ? Qui peut dire ? Il faut connaître les choses de l'intérieur pour parler. Je les ai vécues de l'intérieur. Je suis seul à voir dans mes rêves et mes souvenirs le sourire de Virginie, quand elle s'approche puis s'éloigne, à pas comptés. Au revoir, mon petit-fils. Embrasse-moi, porte-toi bien et embrasse la belle Sophie. C'est un joli nom, ça. Un nom de toutes les nations. Les femmes, finalement, c'est ce qu'il y a de mieux. Le plus grand plaisir et la plus grande douleur. Embrasse ton père. C'est mon fils. »

8.

Antonin Artaud avait un visage d'ange effilé à vingt ans, velouté par le grain doux des photographies d'époque, jusqu'à ce que son visage explose, perde ses dents, se creuse et se craquelle, avec un crâne aux lambeaux de cheveux.

C'était cette double image que je voyais lorsque je suis sorti de l'hôpital, un peu titubant, vacillant mais sans tomber.

Parfois je me demande dans quelle mesure mes références livresques ne sont pas le masque opaque de mes émotions, canalisant et détournant, fixant mes visions vers ces êtres de papier que sont les écrivains et leurs personnages.

Qui était ce visage d'Artaud ? David lorsqu'il s'allongea à l'infirmerie pour y attendre la mort ? Sûrement pas. Il était resté assez beau. Pas comme il l'était, sans doute plus maigre, plus décharné, mais sur la photo son visage demeure assez beau. Traversé d'angoisse et de faim mais assez beau. Marcel lorsqu'il s'allongea à l'hôpital pour y attendre la mort ? Sûrement pas. Il était resté assez laid. La maladie l'avait laissé presque intact, parce que les petits laids, comme compacts dans la laideur, changent peu. Mon grand-père avait toujours été laid, dans la jeunesse comme dans la vieillesse. Moi-même ? Sûrement pas. Je n'en suis pas encore à m'imaginer ma ruine et j'espère bien échapper à cette affreuse explosion que fut Artaud. Même s'il y a sans doute des projections personnelles dans cet effroi devant Artaud fou et détruit.

Virginie alors ? Parce que je savais bien ce qu'était sa maladie. Ce que mon grand-père ne disait pas et qui était tout simplement sa folie. Il m'avait bien fallu creuser. Je ne suis pas là pour le seul tombeau édulcoré de David Wagner. Lorsque Charles, lorsque mon grand-oncle Wagner aux mains tremblantes, avait évoqué Virginie, qu'il avait connue à la fin de la guerre et qui l'avait fait venir, chaque année, bien sûr pour parler de David, mais aussi pour déchiffrer le frère dans les traits du frère, avant de disparaître et de mourir, j'avais voulu savoir ce qui s'était passé. Et Charles était médecin. Il m'avait expliqué.

– Elle était schizophrène. Au sens clinique du terme, ce qui ne signifie rien puisque la plupart des spécialistes de cette maladie s'accordent pour refuser ce terme générique dans la mesure où il existe mille degrés différents de schizophrénie, du malade léger, juste particulier dans son comportement, parfois même insoupçonné toute sa vie, jusqu'au psychotique interné avec une camisole de force.

Il m'avait parlé longuement de cette maladie, avec un ton neutre, médical, comme savent si bien le faire les médecins.

– C'est une maladie qui a à la fois des causes génétiques et environnementales. Sur un terrain favorable, un stress fort et répété, l'usage de certaines substances, en particulier le cannabis, peut engendrer la crise délirante qui signale la maladie, en fait présente depuis l'origine. En général, cette crise a lieu entre quinze et trente-cinq ans. On peut imaginer que la mort de David a produit chez Virginie le stress aboutissant à une crise délirante. La maladie s'est installée et ne l'a plus jamais quittée, avec probablement des phases, jusqu'à nécessiter un internement, vers la fin de sa vie. Personnellement, je l'ai vue trop rarement, et dans des phases probablement de répit, pour avoir discerné la maladie mais je l'avais néanmoins trouvée par moments bizarre dans ses raisonnements, ce qui est un des signes de la schizophrénie, qui provoque des troubles cognitifs. C'était une belle femme, drôle et élégante. Elle a dû perdre cette drôlerie. Les schizophrènes vivent dans un monde opaque et menaçant, un monde qui les emprisonne, les oppresse. Le monde, les autres, les font souffrir. C'est une maladie très douloureuse psychiquement. C'est pourquoi ils se détachent ainsi, ce qui a été le cas de Virginie, qui a coupé le lien avec le réel. Elle s'est repliée, son mari, d'après ce qu'on m'a dit, s'est occupé d'elle, l'a protégée jusqu'au moment où elle est tombée dans la forme de maladie qu'on qualifie de cataleptique, soit l'absence de réaction et de mouvement. Virginie est devenue une statue. Elle n'était pas dangereuse pour son environnement, elle ne l'était que pour elle-même. Cela a dû être terrible de la voir disparaître.

J'avais posé beaucoup de questions à Charles. Cette image de Virginie immobile, repliée, le regard mort, m'envoûtait. Cette image qui n'avait peut-être jamais existé d'ailleurs, qu'en savais-je ? Mais je la voyais, je la saisissais à sa première apparition, marchant rapidement vers la fenêtre au moment où David arrivait, tout entière dans cette rapidité, ce mouvement, et puis ensuite prostrée. Les forts et les beaux… Les faibles et les détruits… De même que la photographie de David Wagner avait rassemblé plusieurs destins, j'aurais voulu qu'un ultime cliché rapproche David et Virginie à l'instant de leur mort. Si l'écrivain pouvait être ce qu'il est en son fond, dans sa sorcellerie évocatoire, je ferais vivre trois images : le dîner, le canotage au bois de Boulogne et un dernier regard, qui n'a jamais eu lieu, entre un déporté et une internée, ultime regard qui me répugne et me fascine, et qui surtout m'effraie.

— Il n'y avait pas de traitement ? avais-je demandé.

— Non. À l'époque de Virginie, les soins étaient terrifiants, à coups d'électrochocs, qui parfois produisaient certaines améliorations, mais qui le plus souvent étaient destructeurs.

— On lui a vraiment asséné des décharges ?

— Probablement. C'était le traitement. Terrifiant. De nos jours, on ne guérit pas la maladie mais certaines formes sont très bien contenues. La maladie demeure, avec des effets moindres. Une existence presque normale devient possible. Mais à l'époque, pour le malade, pour les proches, c'était terrible. Lorsque j'ai rencontré votre père...

— Vous connaissez mon père ?

— Bien sûr. Tous les Wagner le connaissent.

— Parce qu'il a même rencontré la famille ?

— Bien entendu, durant un grand dîner. C'est normal. C'était un Fabre mais aussi un Wagner, au moins un peu. Et puis il ressemblait tellement à mon frère... C'était frappant. Nous en avons tous été saisis. Il n'a pas dû se rendre compte.

— Je ne comprends pas très bien... Comment vous a-t-il contactés ?

— Très facilement. Je le connaissais déjà. Il était très jeune lorsque je l'ai rencontré pour la première fois. Il devait avoir dix-huit ans... Le téléphone a retenti dans mon cabinet. La secrétaire l'a pris, il a dit qu'il voulait me parler, elle lui a répondu que j'étais en rendez-vous mais qu'elle allait noter son nom. À ce moment, il y a eu un silence. Et puis il a dit qu'il rappellerait. Je l'ai eu une heure plus tard au téléphone. Son débit était un peu embrouillé, il semblait perdu, il a expliqué qu'il voulait me voir. Je lui ai demandé s'il était malade, il a dit que non. Que c'était plus grave. J'ai ri. Je lui ai demandé s'il y avait quelque chose de plus grave que la maladie. Il y a eu un silence. Puis il a dit qu'il était le fils de David Wagner. Et là je suis resté moi-même silencieux. Je lui ai proposé de passer à mon cabinet. Il m'a expliqué qu'il était dans la rue, en bas. Qu'il montait. Et il est monté.

– Comment avait-il appris l'identité de son père ?

– Je ne sais pas. Il ne m'a pas expliqué. Et pourtant, il m'a parlé pendant des heures ensuite, affirmant qu'il avait toujours soupçonné quelque chose, parce qu'il ne ressemblait à personne dans sa famille, parce que ses frères étaient si différents, parce que son père était petit et chauve. Il m'a dit qu'il se sentait en marge, qu'il n'avait pas l'impression de faire entièrement partie de la famille, qu'il devinait un secret. Les adolescents, vous savez, aiment les secrets. Ils sont toujours les bâtards d'un roi caché. Eh bien le roi sous la montagne, le roi caché, c'était le Juif Wagner, mort en camp de concentration. En fait, je pense qu'il avait eu une explication avec son père ou beau-père, je ne sais pas comment l'appeler. Il avait fugué. Il est resté chez moi quelques jours. Je l'ai hébergé. Il était troublé, désorienté. Manifestement, il venait d'apprendre la vérité. Je lui ai conseillé d'envoyer un message chez lui, pour rassurer sa *famille*. Ce mot l'a fait tressaillir et pourtant il s'est exécuté. Au bout de trois jours, il m'a semblé qu'il fallait qu'il parte. Il m'émouvait et puis nous n'avons pas eu d'enfants, avec ma femme, alors un neveu comme ça, qui tombe du ciel, cela nous a troublés et nous aurions bien pu le garder. Mais cela me semblait mieux. Il devait rentrer chez lui ou bien se trouver sa place à lui. Je crois que ça l'a blessé, qu'il se sentait rejeté, de nouveau. Il est parti. Je lui avais demandé de garder le contact avec nous et de fait, quelques mois plus tard, il nous a écrit pour nous remercier. Une lettre apaisée. Encore quelques mois plus tard, il nous a appelés. Je lui ai dit que j'avais parlé de lui aux autres membres de la famille et que tout le monde désirait absolument le voir. Tout le monde s'en faisait une joie. Il a hésité, il a dit : « Peut-être, oui, c'est une bonne idée, mais pas tout de suite. » Et puis un jour, encore des mois plus tard, un coup de téléphone venu de nulle part, et cette fois, Adrien a dit : « Pour le dîner, ce serait avec plaisir. » On a tout préparé chez moi. Il manquait trop de gens bien sûr. Il manquait mon père, ma mère Natacha, donc les grands-parents d'Adrien, il manquait mon frère David. C'étaient des places vides, je sentais leur absence. Mais les autres étaient là, ma sœur Sophie et son mari, leurs quatre enfants, oui quatre, c'est bien ça, mes neveux et nièces, de tous âges et de toutes tailles, qui nous réjouissaient de leur gaieté et de leurs désordres. Quatre adultes, quatre enfants. La famille Wagner, pourrait-on dire, alors même que ma sœur et ses enfants s'appelaient Stern depuis longtemps tandis que mon absence d'enfants condamnait notre famille à s'éteindre. Il n'y aurait pas d'héritier Wagner. Mais enfin pour Adrien, notre neuvième convive, il s'agissait bien de rencontrer la famille Wagner.

– Était-il vraiment heureux de rencontrer tout le monde ? Tel que je connais mon père et sa hantise des réunions familiales…

– La hantise est peut-être née de ce dîner, avait dit Charles en souriant. On ne peut imaginer repas plus raté. Non pas que ma femme, qui était très bonne cuisinière, ait préparé de mauvais plats, ils étaient au contraire délicieux, mais cette réunion de famille fut un parfait fiasco. Et pourtant, nous étions si heureux de le voir, ma sœur m'en parlait tous les jours... Et il est vrai qu'à son arrivée, il ressemblait tant à David qu'elle en eut le souffle coupé. Dieu sait que le frère et la sœur ne s'entendaient pas, pour mille raisons, sans importance d'ailleurs, mais qui revenaient toutes au fait qu'ils étaient aussi contraires que l'eau et le feu. Et pourtant quand elle aperçut Adrien, ses yeux se remplirent de larmes. Il ne s'en est pas rendu compte mais moi qui connaissais ma sœur, cela me stupéfia. Elle me dit plus tard qu'elle avait cru voir David : « C'est son portrait craché. C'est presque incroyable. » Malheureusement, la suite fut plus ratée et plus absurde surtout : Adrien et ma sœur se disputèrent.

— Se disputèrent ? Et pour quel motif ?

— J'ai peine à le dire... Une discussion politique qui tourna mal.

— Une discussion politique ? Alors que la tante retrouvait le fils du frère disparu ?

— Je sais, c'est incroyable. C'est comme ça. En fait, nous n'avons pas parlé de David, de la famille, de notre jeunesse. Je crois qu'il y avait une gêne, un malaise. La conversation fut tout de suite anonyme et banale. On comprit assez vite qu'Adrien était *de gauche*, ma sœur était *de droite*, et puis tout s'enchaîna. La tension monta à propos du gouvernement, je crois, puis sur le communisme et lorsqu'on arriva à l'Algérie, Adrien quitta la table.

— Et il n'est jamais revenu ?

— Jamais. Je ne l'ai jamais revu. Nous nous sommes un peu écrit, voilà tout.

– Je ne parviens pas à le croire.
– C'est en effet incroyable si l'on en reste aux événements. Mais je pense qu'en réalité, Adrien ne voulait pas nous rencontrer. En tout cas, pas tous ensemble, pas durant un repas de famille officiel. Il avait déjà suffisamment à faire avec sa propre famille. Vous savez, il n'était plus un Fabre, il n'était pas un Wagner, sa mère était morte folle, tout cela c'était beaucoup trop pour un adolescent. Cette dispute l'arrangeait et lorsque plus tard j'ai réfléchi à ce repas, je me suis souvenu qu'il avait mené tout seul cette discussion, qu'il avait monté le ton, adopté des arguments extrêmes. C'était l'époque, bien sûr, mais c'était lui aussi, perdu dans ses problèmes et ses questions. Il était jeune et très seul. Sans appartenance. Et surtout pas à une nouvelle famille. Alors il est parti.

Au fond, mon père n'avait pas changé. En se disputant avec sa tante durant ce dîner, il avait refusé la mémoire et les explications, de même qu'il refusait de s'expliquer devant moi, alors que la situation lui permettait d'en parler une bonne fois. Le hasard avait fait que je me retrouvais au cœur de son histoire mais de nouveau il quittait le repas. Et j'ignorais s'il resterait un jour à table.

9.

Mon père n'était pas seul à rejeter les souvenirs. Sophie, non pas la tante *de droite*, mais ma Sophie, dont j'étais bien sûr que mon père, qui avait toujours été sensible à la beauté féminine, ne se serait pas ainsi débarrassé, en un tour de baguette politique, était de plus en plus hostile à mon récit. Outre qu'il y a, par nature, un antagonisme entre l'écrivain, penché sur son ordinateur comme un pélican immobile, et la vie du couple, elle n'acceptait pas le sujet sur lequel je travaillais.

– Ce n'est pas normal d'écrire sur le nazisme, me répétait-elle.

– Je n'écris pas sur le nazisme, j'écris sur ma famille.

– Alors pourquoi parles-tu de mon grand-père ?

– Parce qu'il fait maintenant partie de ma famille, mentais-je à moitié.

– Ta famille, c'est le monde entier ?

Et autres conversations passionnantes.

– La vraie raison, c'est toi, dit un jour Sophie.

– Que veux-tu dire ?

– Le nazi, c'est toi.

Je restai stupéfait devant cette déclaration fracassante.

– Bien sûr, poursuivit-elle. On ne s'enfonce pas dans les documents et les archives sans raison intime.

– Dans ce cas, je peux aussi bien dire : « Le Juif, c'est moi. » Ce serait quand même plus logique. David Wagner est mon grand-père après tout. Tout le monde n'a pas la chance d'avoir un grand-père nazi.

Elle rougit.

– Tu sais très bien qu'il n'était pas nazi.

– En effet, il était juste national-socialiste.

La conversation prenait un très mauvais tour.

– Ce que je veux dire, répliqua Sophie, et moi je te le dis sans agressivité, c'est que la raison pour laquelle tu écris sur ton grand-père n'est pas forcément celle à laquelle tu penses.

– C'est absurde.

– Non, ce n'est pas absurde. Qu'est-ce qui te fascine dans cette histoire ? Est-ce David Wagner ou bien le système nazi ?

Je ne répondis pas. Que le sujet indispose Sophie, je le concevais. C'était la pire période de son pays, c'était son grand-père et par ailleurs le sujet était en effet sombre, ce qui contrastait avec l'histoire d'amour harmonieuse et souriante qu'elle imaginait pour nous. J'étais pourtant bien certain de n'être pas fasciné par le nazisme, même si les forces qui se sont affrontées durant cette guerre ont la puissance de révélation des mythes, comme si des monstres archaïques, enfouis dans les tréfonds de l'humanité, s'étaient réveillés.

Toutefois, je ne pouvais pas non plus écarter d'un revers de main les réflexions de la femme qui partageait ma vie et dont j'avais si souvent mesuré l'intuition. On a beau parler toujours des autres, de David Wagner, d'Adrien Fabre-Wagner, de Marcel Fabre, de Clémentine Fabre, il arrive un moment où il faut bien s'interroger sur soi. Et c'est ce que je fis. Je me revois, dans le salon envahi par la nuit, devant les grandes fenêtres, assis dans un fauteuil, les jambes allongées sur une petite table et réfléchissant. Je jouais le jeu. Le jeu de la vérité. Il y avait bien entendu une autre vérité, plus profonde et plus intime que la recherche d'un grand-père, et je n'avais pas à réfléchir pour savoir que la couche inférieure et intime de ma recherche s'adressait à mon père ; c'était une évidence. Et par là-même, dire cela, c'était ne rien dire.

Alors y avait-il autre chose? Autre chose que la quête de l'origine, cristallisée dans une photo sur laquelle, en miroirs enchâssés, un homme reflétait son fils qui reflétait son fils. Une raison obscure qui donnerait corps aux soupçons de Sophie. Le seul trouble de ma démarche, me semblait-il, le seul point quelque peu vacillant, à la façon des visions troublées par la chaleur, était Martin Sommer. Je me sers de ce nom, on l'aura compris, comme du symbole d'une violence plus globale. Si j'essayais vraiment de sonder, de fouiller en moi les raisons cachées qui pourraient avaliser les soupçons, au besoin en étant mon propre ennemi et mon propre procureur, Martin Sommer était le seul point obscur. Je me souvenais en effet de mes efforts pour faire de cet homme un élément représentatif du nazisme lorsque chacun proclame que le nazisme n'est précisément pas cette violence, qui appartient à toute guerre, au point qu'il a existé et qu'il existe encore des Martin Sommer partout et à tous moments. Le nazisme, dit-on toujours, est justement une violence administrative, non pas le déchaînement d'un individu mais une violence générale, mécanisée, sans haine ni passion. Pourtant, le fait est que d'un personnage qui jouait un rôle dérisoire dans l'histoire de mon grand-père, j'ai fait un élément clef de ma représentation du nazisme. Même si la chronologie des événements me forçait à ne pas exagérer son rôle, Martin

Sommer était pour moi, dans la charge émotive qu'est l'écriture d'un livre, un élément central. L'étroit boyau de la prison qui fut son royaume bestial, sa violence déchaînée, sadique, ont été un ferment de réflexions et d'images plus essentiel que les analyses sur la banalité du mal et les rouages complexes de la machinerie de destruction nazie.

Là, dans cette prison obscure traversée soixante ans plus tard, avec le respect opaque et insignifiant qu'on accorde à des murs vides, se joue peut-être ce que Sophie soupçonnait chez moi.

Là se lit peut-être mon rapport à la violence et à la peur. Jamais je ne dirai que l'écriture de ce livre a eu pour cause la chambre sombre de Martin Sommer. La cause, la vraie, est la découverte d'une photographie, avec toutes les révélations que celle-ci entraîna. Mais en même temps, je sais bien que cette chambre sombre est aussi creusée en moi, dans les profondeurs de mon être, et qu'un enfant y est enfermé. Je sais bien, si je veux l'affronter, que des images noires, des étouffements et des violences sont enfermés dans mon corps et qu'un Martin Sommer toujours menace de me tuer. Et même s'il ne me tue pas, il m'effraie, ses énormes mains m'ont saisi depuis l'enfance.

Une fois qu'elles vous ont serré, ces mains ne s'écartent jamais. La peur ne vous abandonnera jamais, pas plus que la violence. Vous demeurerez toujours l'enfant terrifié – et donc l'adulte blessé, agressé, violent. Vous aurez beau ensevelir la peur, l'entourer d'un corps de marbre et d'acier, elle ne vous quittera pas. Le mal est sans remède.

Quelles que soient les conclusions, toutefois, que je pouvais tirer de ces introspections, elles n'étaient pas faciles à révéler à Sophie. La peur et la violence ne sont pas des thèmes très vendeurs à l'intérieur d'un couple. Aussi, je préférai répondre par trois jours de vacances, ce qui, à défaut d'être courageux, pouvait être très agréable. J'achetai deux billets d'avion pour Munich, où je projetais de visiter les musées de peinture, très riches, la Bavière étant de surcroît une source inépuisable de promenades, et nous partîmes le jeudi soir pour un long week-end.

Une fois arrivés à Munich, je mesurais les troubles engendrés par mon sujet. Sans doute n'avais-je pas été malin de choisir cette destination. Un week-end à Venise aurait été plus romantique, dans la nuit des masques et des bergamasques, qu'au sein de la capitale du Reich. Mais j'étais déjà allé à Munich, « une des villes les plus intéressantes d'Allemagne » comme l'écrivait, sans prendre beaucoup de risques, mon guide touristique, sans songer au nazisme et à toutes ces questions dont je voulais me débarrasser le temps d'un week-end. Cette fois, j'errais comme un rat dans le labyrinthe des références. Visitant le musée des beaux-arts, la vision d'un tableau de Rubens représentant l'enfer, avec ses légions de diables et de tourments, dans une énorme confusion de chairs, de crocs et de douleurs, toute perspective suspendue, le haut et le bas anéantis, me fit songer à Buchenwald. Si je voulais représenter un camp de concentration, il fallait que ce soit ainsi : anonyme, multiple, foisonnant. Idée qui resterait bien sûr sans suite mais que je ruminais pendant au moins une heure, imaginant des procédés, échafaudant des situations.

Ce n'était pas tout. C'eût été un moindre mal. Le soir, j'obéis à un désir de Sophie qui voulait à tout prix utiliser les services de son association Servas, un réseau pacifiste né au lendemain de la Seconde Guerre mondiale qui prétendait faire la paix entre les peuples par les rencontres. C'est en multipliant les échanges, pensaient pieusement les initiateurs du projet, qu'on réduirait les risques de conflits. D'où la naissance de Servas, association mondiale par laquelle des membres de tous les pays ouvraient leur appartement à d'autres membres. Il suffisait d'appeler dans la journée pour demander si l'on voulait bien nous accueillir. Chacun devait bien entendu s'engager en retour à accepter les visites étrangères. C'est ainsi que, à la suite de quelques coups de fil, nous logeâmes dans une agréable banlieue de Munich. Mais là où je vis qu'il était décidément impossible d'échapper à mon sujet, c'est que durant la conversation avec nos hôtes, ceux-ci nous racontèrent une histoire en soi passionnante mais qui me ramenait encore à la guerre à laquelle je voulais me soustraire. Des années plus tôt, ce couple installé de cinquantenaires, avec deux filles charmantes (dont une qui était censée apprendre le français et qui maîtrisait en gros trois ou quatre phrases) avait reçu une étrange délégation de quatre Américains, qui avaient entre soixante-quinze et quatre-vingt-six ans, et faisaient le tour de l'Europe. Au volant d'une Citroën verte d'occasion, antédiluvienne, toujours sur le point de rendre l'âme, ils allaient de pays en pays, de Servas en Servas, avec leurs habits colorés et leur matériel de camping qu'ils étendaient minutieusement dans les appartements, déroulant les tapis de sol et les sacs de couchage. Tandis qu'Américains et Allemands discutaient durant le traditionnel repas du soir, partage du pain destiné à lier les peuples, les quatre vieillards expliquèrent qu'ils revenaient à la fin de leur vie sur un continent qu'ils n'avaient pas revu depuis la Seconde Guerre mondiale. Presque adolescents, très jeunes hommes en tout cas, ils s'étaient enrôlés dans l'armée américaine pour combattre en Europe. L'un d'eux raconta très simplement que, plusieurs dizaines d'années auparavant, il avait été pilote de bombardier et que, pendant des années et des années par la suite, il avait songé aux bombes qui ravageaient des quartiers entiers, tuant à chaque fois des centaines de personnes. La femme qui l'hébergeait dit que sa mère avait été tuée durant un bombardement sur Stuttgart. L'homme lui demanda la date de sa mort. Elle la lui précisa et l'homme répondit que c'était justement en cette période qu'il avait bombardé la ville. Tous deux pensèrent que c'était peut-être lui qui avait tué cette femme mais ils ne l'avouèrent pas, parce que c'était une évidence, et du reste notre hôtesse nous expliqua qu'elle n'avait éprouvé aucun sentiment d'hostilité, que cela l'avait même rapproché de cet homme, comme s'ils avaient traversé une tragédie commune.

Lorsque nous allâmes nous coucher, je dis à Sophie :
– Tu vois, ce n'est pas ma faute. Mon sujet nous rattrape.
– Pas du tout, répondit-elle. J'ai trouvé que c'était une belle histoire. Ils étaient émouvants, ces quatre vieillards. C'est une histoire qui enseigne à vivre en paix avec son passé. Pas à le faire revenir.

Les conflits avec Sophie sur mon travail représentaient la face émergée de conflits plus sourds, qui n'étaient peut-être que la mise en place difficile de notre couple, après la période de fusion de notre coup de foudre, mais qui n'en étaient pas moins inquiétants. Notre liaison était traversée de tensions, avec des brusques sursauts de colère, de part et d'autre, qui ne me disaient rien qui vaille. J'avais quitté la France pour Sophie, nous nous étions installés ensemble pour des lendemains qui chantent, des enfants qui gazouillent et autres joyeuses attentes mais la réalité était plus compliquée. L'amour entre nous était évident, la vie quotidienne ne l'était pas autant. Tandis que certains souhaits restaient suspendus, comme hésitant devant nos tensions, nous contemplions avec une certaine déception déjà la face glorieuse de notre amour, moins brillant et moins lumineux que nous ne le pensions. Bref, la réalité entrait dans le coup de foudre et nous n'étions plus aussi sûrs de nous.

L'automne jaunissant des forêts de Bavière dans lesquelles nous nous promenions, marchant sous les arches dorées, courbait vers nous les voûtes cintrées d'un mariage mais aussi la mélancolie des déclins. Les brusques averses résonnaient comme des tambours sur les feuilles des arbres, heureusement si serrées et si denses qu'elles nous protégeaient de la pluie. Par le passé, j'avais été souvent confronté aux déclins rapides de mes liaisons, dont je connaissais les signes, et je les retrouvais en nous. Mais la différence, et elle était énorme, tenait à l'amour qui nous liait et qui faisait que tout cela, croyions-nous, pouvait être surmonté. J'aurais voulu que tout se fonde dans l'immense harmonie d'un soleil mûrissant, un soleil sans passé et sans avenir, fléchissant simplement d'un bonheur alangui. J'aurais voulu que ma vie soit ce soleil d'été, ce soleil des crépuscules qui me plaisait par-dessus tout, noyé et resplendissant, et cela me faisait me serrer contre Sophie en lui saisissant les épaules, plein d'amour et de tendresse. Et elle aussi se serrait contre moi, en attendant la prochaine dispute.

Bref, la vie continuait, avec cet aléatoire nécessaire qui m'avait toujours exaspéré, ces hasards multiples qui semblent néanmoins rassemblés dans le faisceau immuable de nos personnalités, comme si décidément nous ne pouvions plus nous échapper, comme si les détours de notre vie ne ramenaient jamais qu'à la même disposition sinueuse de notre être. J'étais moi, tel que je suis, avec mes errances, mes amours fugaces, mes emportements. Et il fallait que je suive le chemin tracé.

Le week-end suivant, avec mon père, j'allais rendre visite à mon grand-père Fabre qui se trouvait maintenant en maison de repos. Cette nouvelle me parut excellente. Je m'étais toujours douté que mon grand-père surmonterait sa maladie : qu'est-ce qu'un cancer pour ce genre d'homme ?

L'établissement se trouvait non loin de la demeure de Chateaubriand, dans la Vallée-aux-Loups. Cela me sembla de bon augure. Chateaubriand, qui avait survécu à tout, qui avait tiré de la force inextinguible de ses désirs d'enfance, ce désir terrible qui le détruisait dans la solitude de son domaine de Bretagne, une énergie dévorante, avalant l'Histoire, les femmes et la littérature, était un homme pour mon grand-père, un homme du monde ancien, surgi de la vieille culture qu'il apprenait avec passion dans son lycée de Normandie. La maison de repos, une large bâtisse de pierre donnant sur un vaste domaine entouré de murs, était environnée par la nature. Il n'y avait pas de bruit, une rivière courait sur laquelle se penchaient des tilleuls. Bref, le cadre était idyllique. Lorsque nous entrâmes dans le domaine, mon père s'arrêta, contemplant ce décor pourtant familier puisqu'il rendait visite à mon grand-père tous les deux jours.

– Je vais te laisser, dit-il. Afin que tu puisses être seul avec lui.

– Nous pouvons y aller ensemble, répondis-je.

– Non, c'est bien ainsi. Profitez-en, tu ne peux pas lui parler aussi souvent que moi.

J'entrai seul dans le bâtiment. À la réception, on m'indiqua la chambre. Grimpant l'escalier, que je trouvais curieusement usé, je me demandais comment j'allais trouver mon grand-père. La porte de sa chambre était ouverte. Il était assis sur une chaise, habillé, en train de lire. Je souris. J'avais l'impression de le retrouver. D'un coup d'œil, j'embrassai la pièce, usée elle aussi, un peu pauvre, ce qui me surprit, mais emplie d'un soleil d'automne, chaude, avec un lavabo en dessous d'une petite glace, et la petite silhouette recroquevillée sur son livre. Et au moment où cette vision m'envahissait, dans un même éclair, mon grand-père se rendit compte de ma présence et leva la tête. Et je vis un sourire brisé d'un trou noir, dans un visage maigre et défait.

Il ferma les yeux, d'un air de contentement, comme un chat qui plisse le regard. Je l'embrassai.

– Manque ma dent, dit-il. Le pivot est cassé. C'est d'une laideur flagrante.

– Disons que c'est nouveau, grand-père. Cela change.

– Tu as raison, restons positifs. C'est nouveau. Je suis content que tu sois là, ajouta-t-il.

– Comment vas-tu ? Bien apparemment.

– Très bien, tu veux dire. Je suis tranquille, j'ai mes livres, les infirmières sont jolies, que puis-je demander de plus ?

– Jolies ? Je croyais que c'était une légende ?

– C'est une légende mais à mon âge, une fille de vingt ans, c'est toujours une jolie fille.

Une infirmière entra. Petite, maigre, très brune et assez laide.

– Ça va, monsieur Fabre, vous avez tout ce qu'il vous faut ?

– Tout. Mon petit-fils est là, je suis heureux. Il vient d'Allemagne pour me voir.

L'infirmière sourit.
– C'est celui dont vous n'avez pas acheté le livre.
La jeune femme rougit et s'éclipsa.
– Je lui ai donné de l'argent pour qu'elle achète ton dernier roman, m'expliqua mon grand-père, et elle est revenue avec une débilité. Tu penses si j'ai apprécié...
Je hochai la tête.
– Que veux-tu faire ? demanda-t-il.
– Te voir.
– Dans ce cas, tu me verras aussi bien dans le jardin.
– Dans le jardin ?
– Oui, que crois-tu ? Je remarche, je me promène.
– Je te suis.

Marcel se leva avec difficulté, marcha vers une petite armoire d'où il extirpa un grand manteau dont je l'aidai à se vêtir. Nous descendîmes par un petit ascenseur. Il n'y avait toujours personne.

Nous marchâmes dans le jardin. Mon père était invisible. Je me demandais où il pouvait bien se trouver. Marcel avançait difficilement, en tenant mon bras. Il fit une centaine de mètres, contemplant la nature, respirant fort. Il ne parlait pas. Il regardait.

Il s'arrêta près de la rivière, s'assit sur un fauteuil de jardin dont il semblait avoir l'habitude. Je pris moi-même une chaise.
– Bel endroit, dit-il. Je le regretterai.

Je ne dis rien. Je trouvai ce bras de la rivière trop humide, je me demandais si la halte en ce lieu était raisonnable.
– Encore un mois et je pense que je rentrerai à la maison, poursuivit-il. C'est beau, ici, mais j'apprécie aussi ma rivière et mes champs.

– Et pour les soins ? demandai-je.
– Une infirmière à plein temps. J'en ai parlé au médecin, il ne semble pas y avoir de problème.
– C'est vrai, acquiesçai-je. Tu parais vraiment en bonne forme.
– Oui. Tu vois, cette maladie aura surtout eu pour conséquence de me porter aux confidences. Tu en sais beaucoup maintenant. Et ce n'est pas un mal. Je n'ai pas assez parlé dans ma vie. Et toi, comment vas-tu ? Toujours heureux avec ton Allemande ?

Je lui dis qu'il y avait des tensions mais que le couple prenait ses marques. Et puis Berlin était une ville passionnante. Et mon travail m'intéressait. Beaucoup de rencontres.

Mon grand-père m'observait de son œil sagace.
– Oui, tout cela n'est pas facile, dit-il. Mais il faut que tu le mènes à bien. C'est important, une famille.

Nous parlâmes de choses et d'autres. Nous parlâmes de Chateaubriand. Et puis mon grand-père eut un frisson. Je lui proposai de regagner sa chambre. Il marcha, assez bien, jusqu'à l'ascenseur.

– Il va falloir que j'en installe un à la maison, dit-il en contemplant les parois de fer. C'est pratique.

Lorsque nous entrâmes dans la chambre, mon père nous y attendait. Marcel et Adrien s'embrassèrent.

– C'est la première fois depuis des années que je vous vois réunis, dit Marcel. C'est bien. Vous vous ressemblez beaucoup. Davantage qu'Adrien et moi.

Il y eut un silence un peu lourd. La remarque était déplacée. Puis mon père posa des questions sur sa santé. Marcel répondit que c'était dur.

— À ma mort, faites une belle cérémonie. Bien que je n'aie jamais cru aux fariboles sur la religion, remarque... Cela dit, un bel enterrement, ça ne peut pas faire de mal.

— Ce n'est pas le moment de penser à ça, papa, dit Adrien. Les nouvelles sont bonnes.

Ce mot de « papa » me fit tressaillir.

— Pas si bonnes que cela, répondit Marcel. Un cancer reste un cancer.

— Les cancers de la prostate progressent très lentement. On peut tenir jusqu'à cent ans avec un cancer.

— Pour moi, ça m'étonnerait.

Je ne comprenais plus. Mon grand-père n'était plus le même homme. Nous l'aidâmes à se mettre sur son lit.

— Je ne me sens pas très bien. J'ai présumé de mes forces. La joie de voir mon petit-fils sans doute...

Sa voix était plus faible, il était plus affaissé et surtout ses propos n'étaient plus du tout les mêmes, comme s'il voulait à toute force convaincre mon père qu'il allait mourir tandis qu'il m'annonçait cinq minutes plus tôt les meilleures nouvelles.

— Cela ne me va pas, des aventures pareilles. Il faisait froid dans le jardin. Et puis l'humidité de la rivière...

L'impression qui m'avait souvent saisi d'une vaste comédie de Marcel Fabre me revenait. Le sentiment d'être toujours la proie d'une manipulation, comme lorsqu'il m'avait confié le titre d'héritier, ainsi qu'on anoblit un rival à circonvenir. Moi qui me réjouissais de ce duo entre le grand-père et le petit-fils, de l'affection qui nous unissait, après une enfance et une adolescence distraites, de réunions de famille en fêtes de Noël... « Mon petit-fils est là, je suis heureux... » Mensonges ? Comédie ?

— Le médecin t'a parlé ?

— Oui, répondit mon père. C'est une bonne phase, m'a-t-il dit. Bien mieux que le mois précédent. C'est bon signe.
— À mon avis, c'est passager, fit mon grand-père, en fermant les yeux. C'est tout de même un cancer...
Ce jeu sadique entre le chat et la souris se poursuivit jusqu'à la fin de la visite, sans que j'intervienne beaucoup, tant j'étais surpris, mon grand-père affirmant que c'était la fin, mon père répétant le contraire. La situation semblait pour Adrien de plus en plus difficile. Il paraissait souffrir de ces affirmations morbides. Pourtant, il ne voulait pas partir, il restait là, se battant, revenant à l'attaque, tâchant de plaisanter. J'abrégeai le calvaire en indiquant que nous étions là depuis longtemps et qu'il fallait que grand-père se repose.

Dans l'escalier, mon père se retourna. De lourds sanglots secouèrent ses épaules.

Interdit, je demeurai impuissant. Mon père n'avait jamais pleuré devant moi. J'esquissai un geste mais comment faire ? Comment entourer de ses bras un homme pris depuis des années, depuis toujours, dans une irrémédiable solitude ? Ma famille, pétrifiée dans la réserve, ne m'avait jamais appris les gestes. Pris entre cette retenue et l'énorme silence de mon père, ce silence, je m'en rendais compte, de ceux qui auraient trop à dire, je n'avais moi-même jamais parlé, jamais esquissé de gestes. Et les femmes que j'ai connues, ce qu'elles ont d'abord eu à m'apprendre, c'est à les prendre dans mes bras.

Alors comment voulait-on que je serre dans mes bras ce silence qu'était mon père ? Tant d'années de mutisme nous séparaient ! Du reste, il se reprit vite. Il essuya ses yeux — et ce geste de nouveau me stupéfia, ainsi que cette couleur rouge et humide qui bordait ses paupières.

– Pourquoi ? demandai-je.

Et cette question qui paraît normale et anodine fut un gros effort pour moi. Demander une explication. C'était peut-être la première fois que je demandais une explication à mon père.

– Il va mourir.

– Quoi ? Il a l'air d'aller très bien ! protestai-je. Il s'est même promené. C'était impossible il y a encore deux semaines.

– Dans deux mois, il sera mort.

– Qui t'a dit cela ?

– Les médecins sont tous d'accord. Ce n'est qu'un sursis, très fréquent avec les cancers. C'est fini.

– Je n'y crois pas, fis-je sourdement.

Je dis cela autant parce que je le pensais que pour rassurer mon père.

– Non, je n'y crois pas, répétai-je.

– Va voir les médecins, dit mon père en haussant les épaules.

– D'accord, c'est leur diagnostic. Cela ne signifie pas qu'ils aient raison. Je l'ai vu marcher, faire des projets d'avenir. Il va revenir à la maison.

Mon père se mit à descendre l'escalier.

10.

Mon grand-père ne revint jamais à la maison. Un mois après ma visite, il mourut. Son état s'était stabilisé pendant trois semaines, je lui avais téléphoné, il m'avait répété qu'il prenait ses dispositions pour rentrer. Quel était le sens de cette comédie ? Je l'ignore encore. Il avait joué deux rôles devant mon père et devant moi, changeant les répliques suivant les spectateurs et il est probable que personne n'eut jamais de version authentique. Il n'était pas homme à nous épargner le chagrin, il n'était pas homme non plus à se voiler la face. Personne n'eut donc jamais le fin mot de cette mascarade et je n'en retire que la pénible impression d'un jeu sinistre avec mon père, assistant à la représentation d'un masque de Venise, avec cette menace morbide contenue dans les faces immobiles. Mais Marcel Fabre n'aurait pas été lui-même, et je ne l'aurais pas autant respecté, s'il n'avait été en effet ce masque à multiples facettes.

Après ces trois semaines de fugace renaissance, son état se dégrada rapidement. J'avais téléphoné, on avait décroché puis raccroché. Je n'avais pas compris, j'avais pensé à une mauvaise manipulation.

Il mourut en tenant la main d'une infirmière. Sans doute faudrait-il, pour la beauté du geste et le pathétique de cette fin, qu'il l'ait fait en songeant à Virginie. Il est plus probable toutefois qu'il serra la main de cette jeune femme, de cette « jolie » jeune femme, comme il disait, par amour pour la vie. Ce qu'il possédait de sagesse profonde et instinctive, en effet, par-delà les chagrins et les faiblesses des autres hommes, c'était cet amour sauvage et animal. Bien qu'à certains égards, son existence ait été mise entre parenthèses après la mort de Virginie, et notamment sa relation aux autres femmes, il n'en demeurait pas moins chez lui un attachement profond à la vie. Et à l'oubli.

Son enterrement fut, comme il l'avait demandé, une « belle cérémonie » où je me rendis en compagnie de Sophie, dont la présence me rassérénait. Je me sentais plus fort avec elle et par ailleurs, sa venue tenait lieu pour la famille de présentation officielle. Tout le monde assistait à l'office : oncles, tantes, cousins... Honneur insigne, la cathédrale de Rouen, remplie de notables, avait été ouverte, le ministre de l'Intérieur assis au premier rang. Même s'il serait facile de croquer les caricatures des Normands sanguins et ventrus, la plupart d'un âge avancé, qui se tenaient autour de moi, je n'avais pas envie de sourire. Ces gens n'étaient pas venus parce qu'ils s'ennuyaient, ils étaient venus par respect pour mon grand-père, certains même par affection. Relations d'affaires, amis, notables unis par les liens de l'importance supposée, famille, ils composaient une foule noire et silencieuse. L'évêque rendit hommage à Marcel Fabre, rappelant certains faits qui me firent comprendre combien ce bourgeois parisien était bien un enfant de la région, par ses racines et sa carrière. Lorsque la foule se leva pour prier, une émotion mi-religieuse mi-humaine m'envahit.

Au cimetière, dans le vent froid de l'hiver, comme je m'apprêtais à me fondre dans les rangs, ma tante vint vers moi et, sans un mot, me plaça devant tous, ce qui me valut un coup d'œil étrange de mon père, presque menaçant. J'hésitais, ne sachant que faire, et puis, mon père et mes oncles à côté de moi, je commençais à recevoir les condoléances, dans un mouvement d'abord incertain puis plus ferme, comme si je m'habituais à mon nouveau statut en même temps que les autres.

« Tu es l'héritier maintenant. »

Machinalement, je serrais la main de personnes que, pour l'essentiel, je ne connaissais pas. Certains me tapaient sur l'épaule, dans une bourrade chagrine, presque honteuse. Une femme me prit dans ses bras. À tous, je rendais le même sourire désolé, je tenais mon rôle.

Et puis il n'y eut plus de rôle à tenir, juste des pelletées de terre à contempler.

La famille rentra dans la grande demeure. Nous nous logeâmes autant que la place le permettait, les cousins plus lointains allant à l'hôtel. La chambre de mon grand-père resta vide.

– C'est la tienne maintenant, indiqua mon père d'un air ironique.

Je fis mine de ne pas avoir entendu.

Le dîner fut assez sombre. Mes tantes firent en sorte de multiplier les sujets, ce qui mit Sophie au centre des conversations. Nouvelle venue, elle était une source inépuisable de questions sur son métier, son pays. Elle répondit avec une aisance et une gentillesse désarmantes. Malgré tout, il était difficile d'oublier le cercueil.

Puis chacun se rendit dans sa chambre. Je discutai un peu avec Sophie, qui me demanda si j'étais triste. Je lui répondis que je l'avais été, que j'avais pleuré à la mort de mon grand-père mais que je ne l'étais plus vraiment, parce que je savais qu'il estimait avoir fait son temps. Il avait eu une longue vie, très remplie. La mort était naturelle. J'ajoutai simplement que je regrettais de ne pas l'avoir davantage connu. Jusqu'à ces derniers mois, en fait jusqu'à ma question sur David Wagner, il était resté une figure auguste et étrangère, dont je ne pouvais faire émerger que quelques rares moments d'intimité dans mon enfance. Et encore une fois, je mentionnai les longs poèmes qu'il m'avait autrefois récités. Je tâchai moi-même d'en réciter un, que je chuchotai à l'oreille de Sophie, comme on raconte une histoire à un enfant avant la nuit. L'imagination pallia mon manque de mémoire. Dans un sourire, Sophie s'endormit.

Quant à moi, je n'y parvins pas. Aussi, je sortis de la chambre, descendis l'escalier et rejoignis le salon. Une silhouette s'y tenait encore, lisant. Mon père.

— Je ne pouvais pas dormir, dis-je.

Il hocha la tête.

— Moi, je dors peu.

Il avait nourri le feu. Une bûche flambait.

— Agréable, cette chaleur.

— Oui.

Un temps.

— Ce serait ton rôle, pourtant, ajouta mon père. Tu es l'héritier, tu t'occupes du feu, non ?

Décidément, je n'y échapperais pas.

— Je vois que ce titre te dérange. Ne t'inquiète pas, je n'ai pas l'intention d'y prétendre. Tout le monde ici fait mieux l'affaire que moi.

— Marcel t'a désigné. Il l'a dit à mes deux frères, il me l'a dit. Tu es l'héritier. J'avoue que nous avons été pour le moins surpris. Moi moins que les autres bien sûr, pour les raisons que tu sais, mais mes frères...

— Tu n'as pas été écarté pour ces raisons-là. Et pour le reste, j'avoue que je ne saisis pas.

— C'est incompréhensible, s'indigna mon père. Considère ta jeunesse, ta condition, ton éloignement... Tu n'as jamais eu de responsabilités, tu n'as même pas de famille à toi. Songe à l'humiliation pour tes oncles, des hommes installés dans la vie, avec des places importantes, une femme, des enfants.

— Peut-être Marcel ne pouvait-il justement choisir entre ses fils ?

— C'est l'explication la plus rationnelle. Nous nous la sommes répétée... Mais j'avoue que nous n'y croyons pas vraiment. Tu as été choisi toi pour des raisons qui nous échappent.

La conversation finissait par me blesser.

— Je ne savais pas qu'on me considérait comme un incapable. Surtout pour un héritage tout symbolique. Je ne vais pas gérer les affaires de la famille. Chacun s'en occupe très bien de son côté.

— Tu te trompes. L'héritage n'est pas entièrement symbolique. Il faut s'occuper de la maison et des terres. Qui habitera ici désormais ?

— Pas moi. Je travaille en Allemagne, je n'ai pas l'intention de m'installer ici. Et de toute façon, votre problème n'est pas matériel, il est symbolique. Vous vous sentez écartés, rapetissés par la décision de grand-père. Vous avez le sentiment qu'il ne vous estimait pas assez pour vous confier la charge.

— Exact, commenta mon père. Encore une fois, moi c'est une chose mais mes frères... Et par ailleurs, tu connais tes fragilités... La charge doit aller au plus fort de la famille.

Perfide.

– Qu'entends-tu par fragilité ?

Mon père se recula dans le fauteuil et entama son discours, d'une voix suave, presque précieuse, enrobant chacune de ses attaques :

– Ta mère et moi avons toujours été inquiets devant ton tempérament nerveux, voire angoissé. Tu connais ton ascendance, le sort de ma propre mère, tout cela nous incitait à la plus grande attention. Tu as été un enfant angoissé, intelligent mais fragile. Il nous semblait même que ton identité n'était pas très établie, que tu te cherchais en permanence. Tu t'es enfoui dans les livres, tu as écrit. Tu es resté en marge du monde. Et puis cette solitude… Pourquoi ne t'es-tu pas marié ? Cette fille, là, cette Allemande, elle est très jolie. Pourquoi ne l'épouses-tu pas ? Les femmes t'apprécient. Tu en as connu beaucoup. C'est bien, c'est très bien, cela nous a même rassurés au début. Une entrée dans la vie. La chair des femmes. Mais pourquoi n'es-tu pas resté avec l'une d'elles ? Pourquoi refuses-tu toujours les responsabilités ? Tu ne peux éternellement flotter au-dessus de la vie comme un adolescent. Peut-être es-tu inquiet de ta fragilité ? J'ai pourtant fait tous les efforts. C'est bien pour cette raison que j'ai tâché de te décourager dans tes recherches sur nos origines. Inutile d'accroître tes faiblesses. Tu étais au moins né dans un foyer solide, bien établi. Tu n'étais pas le fils d'un bâtard élevé par le hasard des circonstances dans une famille qui n'est pas la sienne. Ce n'est pas bon d'être un bâtard, ce n'est pas très bon non plus d'être le fils d'un bâtard. L'absence de racines est héréditaire.

Stupéfait, je montai la voix.

– Nous y voilà, n'est-ce pas ? Les racines. C'est bien là le fond de la question. Car pour le reste, je t'ai seulement entendu parler de toi : le flottement, le manque d'identité t'appartiennent en propre. Et quant à tes inquiétudes paternelles, c'est bien la première fois qu'elles apparaissent, autant que ma mère d'ailleurs, qui avait disparu pour toujours de tes discours. Je raye donc tout cela. Et j'en reviens à l'essentiel, à cette conversation que nous devons avoir depuis si longtemps et que tu as toujours éludée.

— Je ne l'ai pas éludée. J'ai cherché consciemment à t'épargner. Mais quand j'ai su que tu allais à Buchenwald, alors là, place au hasard : tu tomberais ou non sur la photographie.

Brusquement calmé, je demeurai silencieux. Puis :

— Tu connaissais son existence ?

— Bien sûr. Depuis des années.

— Pourtant, tu as eu l'air stupéfait lorsque je te l'ai montrée.

— Je ne l'étais pas.

— Tu as déjà fait des recherches ?

— Bien entendu.

— Tu sais tout sur David Wagner ?

— Depuis longtemps. Avant même ta naissance.

— Je suppose que l'homme que Vincent Mallet avait eu au téléphone, c'était toi.

— Vincent Mallet ? Oui, je crois me souvenir. Un imbécile. De peu d'utilité d'ailleurs.

— Si tu connais Vincent Mallet, tu connais Serge Kolb. Pourtant, il ne m'a jamais parlé de toi.

— Et pour cause, je ne le connais pas.

— Comment as-tu appris toute l'histoire dans ce cas ?

— Mon père m'avait tout raconté le jour de mes dix-huit ans.

— C'est ce qui explique ta fugue.

Adrien se tendit.

– Quelle fugue ?
– Charles Wagner m'a raconté comment tu l'avais appelé un soir, à son cabinet, et comment tu t'étais réfugié chez lui.
– Je ne vois pas. Pas du tout. Pour mon anniversaire, Marcel m'a fait venir dans son bureau et il m'a tout expliqué. Je me doutais de tout d'ailleurs, pour de multiples raisons. Qui était David Wagner et ce qui s'était passé. Je n'ai évidemment pas fugué et je l'ai remercié pour sa générosité, pour m'avoir considéré en toutes circonstances comme son fils. Je l'ai toujours tenu, quant à moi, pour mon véritable père, David Wagner n'étant que mon géniteur. Et j'ai conservé ma vie durant des relations étroites avec Marcel.
– Bien sûr. Au point de fuguer chez ton oncle, et de ne jamais venir à une seule réunion de famille.
Il eut un long regard sombre.
– Je croyais t'avoir dit que cette histoire de fugue était une invention. Marcel Fabre est mon véritable père et je l'aimerai toute ma vie comme tel.
– Pourquoi as-tu fui le repas familial des Wagner ?
– De quoi parles-tu ? Si tu fais allusion par là à ce repas avec la famille de mon géniteur, je n'ai rien fui du tout. J'étais curieux de rencontrer cette famille, qui n'était pas la mienne, mais enfin qui avait joué son rôle aussi dans ma vie. Je les ai vus, nous avons dîné ensemble et puis voilà.
– Et puis voilà ? Plus rien. Tu rencontres la famille de ton père et puis voilà. Affaire classée.
– Pour qui te prends-tu ? dit mon père en se levant. C'est un tribunal ou quoi ?
– Ce n'est pas un tribunal. J'essaie seulement de comprendre. Pendant des dizaines d'années, j'ai appartenu à une

famille soudée, les Fabre, avec un père certes peu présent, mais enfin bon... une famille. Et puis un jour, je découvre que mon père est l'enfant d'un certain David Wagner, Juif déporté en camp de concentration. Ce n'est pas un crime, ni une aberration, et je comprends très bien que Virginie ait pu aimer deux hommes à la fois, mais enfin avoue que la nouvelle n'est pas anodine. Qu'elle a peut-être eu des conséquences sur ta vie. Et donc sur la mienne.

— Je t'ai déjà expliqué. J'ai voulu te protéger.

— Me protéger de quoi ? De quel secret ? D'avoir un grand-père juif déporté ? Une grand-mère folle ? La belle affaire ! Ce qui est terrible, c'est le destin de ces êtres, pas leurs secrets. Et le silence est plus lourd à porter que la révélation.

— Peut-être. J'ai néanmoins cru bon de ne pas t'en parler.

— Et tu n'as pas essayé d'en apprendre davantage ? J'ai l'impression d'en savoir plus sur ton propre père que toi-même.

Adrien sourit.

— Cela m'étonnerait.

— Tu ne te rends pas compte, dis-je avec une stupide gloriole, que je viens de passer plus d'un an à rassembler des informations sur sa vie, que j'ai rencontré tout le monde, que je peux te raconter en détail toute son existence, que je suis même capable de retracer son dernier jour.

— Vraiment ? dit mon père avec ironie. Quel travail remarquable ! Je n'en attendais pas moins de toi. J'ai toujours pensé que tu aurais été meilleur chercheur qu'écrivain. L'imagination t'a toujours manqué.

Je me levai et tout en quittant le salon, je dis :

— Je vais écrire tout cela. Il t'aura fallu soixante ans mais au moins tu connaîtras ton père. Grâce à moi.

– Erich Wagner, cela te dit quelque chose ?
Je pivotai sur mes talons.
– Comment sais-tu ?
– Vois-tu, le problème avec les jeunes, jeta mon père d'un air sardonique, c'est qu'ils se croient toujours les meilleurs. Tu as fait tes petites recherches, tu as bavardé, tu as parcouru des livres et tu penses qu'avec cela, tu connais tout de David Wagner. Moi, j'ai agi.

11.

Dans la fugace variabilité des êtres et des choses, dans ce flot mouvant des apparences qui confrontait les images, les rôles et les mensonges, mon père prenait de nouveau sa place. De même que depuis le début j'avais senti que ses réticences à l'égard de mes recherches recouvraient de secrets silences, voilà que, dans un nouveau retournement de la grotesque girouette qui gouvernait les destins, une fenêtre s'ouvrait. Une fenêtre qui allait donner sur d'autres fenêtres, d'autres trompe-l'œil, comme dans une histoire sans fin. Chaque fois que je mettais le pied sur un nouvel appui, celui-ci pivotait, arborant un inquiétant masque de théâtre, et me lançait sur de nouvelles pistes, toujours à la fois vraies et fausses.

S'il fallait en tirer une leçon, c'était de considérer, à la façon d'un spectateur embarqué dans le train fantôme d'une baraque de foire, les gens qui s'avançaient vers moi comme une suite d'apparences qui allaient un jour ou l'autre me révéler un nouveau visage, sans que je sache jamais lequel était le bon, jusqu'au moment où ma propre figurine allait surgir, révélant une nouvelle identité, tout aussi inconnue et aberrante que les autres. Le fait d'être assis dans le train fantôme, seul au milieu des grincements et des silhouettes grimaçantes des fantoches, recevant de plein fouet les images, m'assurait simplement d'être le dernier servi et de ne me connaître qu'après tout le monde – ou peut-être jamais.

À côté du mécanique pantin qui menait la même vie depuis des dizaines d'années, dans la solitude et le repli, mon père avait donc un autre visage, qui me ramenait à Weimar, d'où j'avais pourtant réussi à partir. Il me ramenait à la grande porte de Buchenwald, à son infirmerie, à la Parabole du Juif et à Erich Wagner. Il me ramenait même à mon séjour avec les élèves lorsque accompagnés de notre troupe adolescente – la tache blanche d'un bonnet immaculé, un bonnet d'élève, sursaute dans ma mémoire –, nous circulions à Weimar et aux alentours, prenant le car pour Buchenwald et découvrant la photographie inaugurale. Une collègue allemande qui habitait avec son mari une minuscule maison dans un beau quartier de la ville avait reçu la lourde tâche de m'héberger. Je partageais donc le *Brot* du soir, le pain avec les saucisses, la charcuterie, les fromages accompagnés d'un verre de bière (qui était plutôt une grosse bouteille pour un mari ventru et moustachu quelque peu caricatural). La conversation était entrecoupée de longs silences, mes hôtes misant beaucoup trop sur ma curiosité pour le folklore local et sur ma connaissance du football, en particulier des équipes allemandes, dont j'ignorais tout. Comme l'idiot de la fable, je souriais aux tirades de mon hôte, sortant par à-coups de ses ruminations de malt pour m'asséner une explication complète sur tel ou tel site de la région, puisqu'en sa qualité de gérant d'hôtel il se faisait un point d'honneur de renseigner avec précision ses clients. J'étais le malheureux client.

Un soir, pourtant, la conversation prit un tour intéressant, lorsque je compris que j'étais en face d'anciens communistes. Cela aurait pu me sembler une évidence mais ça ne l'était pas pour moi. Disons que je le savais distraitement : la RDA était communiste, donc mes hôtes avaient subi le régime communiste. Et puis soudain, sans raison aucune, sinon peut-être que l'étrange rapport à l'Histoire qui rampe à Weimar comme une brume opaque, un peu traîtresse, s'insinuait en moi, il ne me parut plus du tout anodin de partager mon pain avec d'anciens communistes. Et notamment avec une femme qui était professeure certes de français mais aussi de russe, comme en témoignaient d'ailleurs les ouvrages russes en langue originale dans sa bibliothèque, presque aussi nombreux que les ouvrages allemands et beaucoup plus que les français. Revenant d'un camp qui fut d'abord nazi puis soviétique, je ne considérais pas la situation comme si *banale*. Commune, sans doute, puisqu'elle fut le sort de tous les peuples d'Europe de l'Est, mais pas banale. Je comprenais bien que la vie menée par ces gens, dans leur minuscule maison, avec un minuscule jardin, était on ne peut plus ordinaire, qu'ils n'avaient été ni des opposants à la dictature ni des apparatchiks, qu'ils s'étaient contentés de s'ennuyer calmement, dans cette monotonie bureaucratique qu'était devenue la RDA pour celui qui marchait droit, mais il ne me semblait, encore une fois, pas *banal*, de discuter avec des êtres qui avaient appris le russe, le parlaient aussi bien que l'allemand, connaissaient la vulgate de Marx, Lénine et Staline comme les petits Américains apprennent la bible, et avaient été abreuvés à longueur d'années de propagande anti-occidentale, pays de la corruption, de la dictature capitaliste et des masses ouvrières opprimées. Non, décidément, tout cela ne me semblait pas *banal*.

Pourquoi ces souvenirs me revenaient-ils ? Pourquoi mon père me ramenait-il à Weimar ? Parce qu'il y était lui-même allé, pendant la dictature communiste. Au fond, je n'avais fait que suivre ses propres pas, parcourir de nouveau son itinéraire vers Erich Wagner. Toutefois, il existait une différence de taille : nous ne recherchions pas le même Wagner. Et nous n'étions pas préoccupés par le même régime. Lorsque j'étais en quête de David Wagner, j'étais aussi en quête de cette première chute du continent (même si la Première Guerre avait déjà été, en un sens, une chute nationaliste) qu'avait été le nazisme. La traque de mon père se déroula dans la grisaille morne et corrompue du communisme, deuxième chute du continent européen.

Une autre différence était notre âge : je suis plus âgé qu'Adrien à cette époque, jeune homme d'à peine plus de vingt ans, plus jeune encore donc que son père David à sa mort. L'homme d'une soixantaine d'années qui me faisait face dans le salon de la grande demeure racontait la vie d'un jeune homme si différent, si lointain qu'il semblait un autre. Si, pour Adrien, il s'agissait de la même personne, j'avais peine quant à moi à me le représenter. Je suppose toutefois qu'en superposant le visage de David et le mien, on obtiendrait une image approchante.

Adrien avait vite appris l'histoire de son père. Marcel lui avait indiqué qu'il était mort à Buchenwald, quinze ans seulement s'étaient écoulés depuis cette période, de sorte que plusieurs témoins subsistaient. Et tout le monde dans le camp savait qu'Erich Wagner avait assassiné David. C'est alors que naquit chez mon père la volonté irrépressible de retrouver Erich Wagner et de révéler à tous son passé de nazi. Il était très jeune, il n'avait rien pardonné et il s'agissait de son propre père (même s'il le qualifiait seulement de géniteur). Des autres éléments de l'histoire de David, je me rendis compte qu'il était à peine au courant – son emploi de Kalfaktor chez les Koch ne l'intéressait pas du tout. Il voulait seulement la peau de l'assassin. Je ne sais même pas comment lui vint cette idée fixe car autant que je pus le deviner, il n'éprouvait aucune affection pour son géniteur, il ne se sentait aucun devoir filial de vengeance. Et s'il fallait attribuer la responsabilité de la mort de David à un coupable, je ne suis pas certain que le médecin Wagner soit le mieux indiqué. David était perdu à la minute même où il pénétra dans le wagon qui l'emmenait vers les camps, de sorte que le pire coupable est selon moi l'homme qui le dénonça à la police française.

Ce n'était pas l'opinion d'Adrien. Pour lui, Erich Wagner était le vrai coupable. Il va de soi qu'il n'était pas le calme jeune homme qui prétendait s'être jeté dans les bras de son beau-père le jour de ses dix-huit ans. C'était au contraire un jeune homme sombre et solitaire dont les soupçons sur son origine avaient tout le temps de son adolescence renforcé les ténèbres. Il était torturé de démons – ce qu'au fond je savais puisque c'était mon père et que j'avais pu sentir, dans mon enfance, le poids de cette violence rentrée, comme de sombres bouillonnements qui ravageaient son être. C'était par ailleurs un étudiant en droit très politisé, prêt à faire le coup de poing maintenant et la révolution demain. Il était ami avec le fondateur du syndicat de la magistrature, celui qu'on allait appeler le juge rouge, et s'il avait été magistrat, il aurait été le plus inflexible de tous les juges. Mais mon père ne devint pas magistrat, il ne passa pas le concours de la magistrature : son seul acte de juge, commis d'office par la filiation, fut le jugement et l'indirecte condamnation à mort d'Erich Wagner, à partir des seules pièces du dossier.

Pour cela, il fallait le retrouver. « J'ai été le plus jeune chasseur de nazis, me dit un jour Adrien. Plus jeune que Simon

Wiesenthal ou les Klarsfeld. Mais personne n'a jamais entendu parler de moi, parce que je n'en voulais qu'un, qui suffisait à ma rage. » Le mot de rage ne me paraît pas très adapté d'ailleurs puisque mon père manifesta une grande méticulosité. Il savait que Wagner s'était évadé de prison en 1948, qu'il était recherché par les Alliés et qu'il avait donc probablement quitté l'Allemagne de l'Ouest. L'Espagne franquiste pouvait être un refuge, comme l'Argentine, terre d'exil d'une petite communauté de nazis, dressant encore leurs dérisoires saluts ou complotant pour le retour de l'éternel Führer mais avant de se lancer dans ces recherches, Adrien examina l'éventuelle présence de Wagner en Allemagne de l'Est. Patiemment, il étendit ses réseaux, ses recherches. Gardant à l'esprit la profession de Wagner, il enquêta parmi les médecins : il n'y avait pas de raison que le médecin de Buchenwald ait changé de métier. Il faut bien se nourrir. Il est vrai que Wagner avait obtenu son doctorat grâce à un détenu du camp qui avait rédigé son mémoire mais ses années de pratique, à éviscérer, à gazer, à expérimenter, à trépaner, lui avaient sans doute forgé la main. Il pouvait bien s'occuper des grippes, des rhumes et des maux d'estomac d'une petite clientèle sans grande exigence. Adrien chercha, ausculta, suivit des colloques et des conférences par l'intermédiaire d'un médecin affilié au parti communiste qu'il connaissait depuis le lycée. Pas n'importe quels colloques : ceux sur la peau, les marques, les tatouages, les cicatrices. Et c'est ainsi qu'un jour, près de deux ans après le début de ses recherches, Adrien lut l'article sur les tatouages d'un certain Karl Grüber. Son instinct, à la lecture de cet article dense, fourni, appuyé sur un étonnant nombre de cas, fut aussitôt alerté. Et lorsqu'il eut trouvé l'adresse du dénommé Grüber, il n'eut plus de doute : le médecin habitait Weimar.

Erich Wagner n'avait jamais quitté Weimar. Mis à part son emprisonnement, après le procès des médecins nazis (procès où d'autres médecins de Buchenwald avaient été condamnés à la pendaison tandis que lui obtenait pour on ne sait quelle raison la perpétuité), il était toujours resté dans la ville, revenant à ce marais de la mémoire, sur l'Ettersberg, où il avait tué. Il était demeuré dans la marécageuse culpabilité. Alors bien sûr, lorsque d'anciennes connaissances croisaient dans la rue l'ancien médecin du camp Erich Wagner, ils n'étaient pas dupes devant la silhouette un peu alourdie du médecin de famille Grüber, mais ils se contentaient, malgré un regard peut-être un peu pesant, un peu scrutateur, de le saluer en levant leur chapeau. Et c'est ainsi que Karl Grüber accomplissait sa promenade quotidienne, comme Goethe l'avait fait lui aussi, de son petit pas rapide, régulier, au milieu de ses pensées d'écrivain, de savant et de conseiller du roi. L'assassin de David Wagner, et c'était cela que mon père ne pouvait endurer, se promenait en notable dans sa tranquille petite ville de province, dans cette ville à la fois si plaisante, si modeste et si auréolée de culture. Il regardait à gauche, à droite, avançant lentement dans son costume gris, avec son feutre gris et son pardessus gris. De la main, il cueillait une rose puis passait sous cet arbre au nom imprononçable que tous les Allemands pourtant ont appris parce que Goethe en a fait un poème : le ginkgo biloba.

Mon père connaissait bien cette promenade d'Erich Wagner car il l'avait suivi. Il s'était rendu à Weimar, il avait aussitôt trouvé l'adresse de son cabinet de médecin et il l'avait suivi.

Il était venu pour le dénoncer. Il suait de terreur et d'impatience à la pensée qu'il allait faire justice. Crime et châtiment.

Mais il voulait avant tout que le médecin ait conscience d'avoir commis un crime. Il entendait le détourner de sa trop calme promenade.

Il commença par des petits messages anonymes, écrits en allemand : « Tu es un criminel. » « Tu as tué. » « Tes crimes seront vengés. » Tous les soirs, pendant la nuit, il glissait ainsi un message dans la boîte aux lettres du médecin. Il aurait préféré une cadence plus lente, attendre de semaine en semaine, le temps que la peur et le doute fassent leur chemin, mais son séjour en RDA ne pouvait durer éternellement. Tout de suite, l'attitude de Grüber changea : ses promenades se firent plus inquiètes, il jetait de temps à autre des regards furtifs. Il se sentait suivi, menacé. Ce fut une première satisfaction. Les nuits du médecin furent perturbées : la lumière de sa maison resta allumée toute la nuit, sur le perron, et on le devinait, perché à la fenêtre, derrière les rideaux, tâchant d'apercevoir dans le halo de lumière l'identité de la menace.

Alors Adrien envoya, par la poste, des messages en français. « Pourquoi as-tu tué ? » « Quel sentiment de jouissance t'a envahi lorsque tu assassinais ? » Et celui-là enfin : « Qui es-tu ? Qui suis-je ? », à la teneur à la fois enfantine et sombre.

Le lendemain, Adrien prenait rendez-vous avec la secrétaire de Grüber sous le nom de David Wagner. Il entra en fin d'après-midi dans la salle d'attente. Il n'y avait personne. La secrétaire l'accueillit puis elle partit. Le silence se poursuivit pendant une dizaine de minutes. Adrien n'avait pas peur. Il est possible que les justiciers n'éprouvent pas la crainte, qu'ils se sentent protégés par leur vengeance : le droit marche à leur côté. D'où cette implacable sévérité, ces visages de marbre. Adrien était la statue de la Justice.

Le médecin entra dans la pièce. Il portait une blouse blanche.

— Je voudrais faire enlever mes tatouages, dit Adrien dans son allemand rugueux.

Grüber ne répondit rien, se contentant de le fixer avec intensité.

— Je m'appelle David Wagner. Je voudrais faire enlever mes tatouages, répéta Adrien. Vous vous souvenez de moi ?

— Un peu, oui, dit Grüber. David Wagner était le Kalfaktor des Koch. C'est bien ça ?

— C'est ça. Ravi que vous vous souveniez de moi.

— Cessez votre comédie. David Wagner est mort.

Ce fut au tour d'Adrien de ne pas répondre et de fixer silencieusement le médecin.

— Comment savez-vous qu'il est mort ? demanda-t-il enfin.

— Il était juif, il est mort. Tous les Juifs de cette époque sont morts.

Ses mots avaient été secs, lapidaires.

— Qui êtes-vous ? poursuivit Grüber.

— Je suis David Wagner.

— C'est vous qui m'envoyez ces messages ?

— Oui.

— Vous êtes de la famille de David Wagner ?

— Je suis David Wagner.

— Comme vous voudrez. Pourquoi m'envoyez-vous ces ignobles messages ?

— Parce qu'ils disent la vérité. Vous en avez besoin. Tout le monde a besoin de la vérité.

— Je n'ai pas tué David Wagner.

— Vous l'avez tué. La preuve, je suis là.

Ils demeuraient dans leur position initiale, figés, le médecin à la porte, debout, Adrien assis dans un fauteuil.

– Pourquoi l'avez-vous tué ? demanda-t-il.

– Je ne l'ai pas tué.

– Nous sommes seuls ici. Vous, moi et la vérité. Vous pouvez tout nous dire.

– La vérité est une invention d'ignorants. Vous n'étiez pas dans le camp. Vous ne savez pas ce qui s'y passait.

– J'y étais. Je suis David Wagner. Je sais que vous m'avez assassiné.

– Vous êtes fou !

– Non. Je dis la vérité. C'est aussi déplaisant que la folie. Et vous n'avez pas répondu : pourquoi ?

– Il n'y a pas de pourquoi, murmura Grüber.

– Qu'avez-vous dit ?

– Il n'y a pas de pourquoi, répéta Grüber à haute voix. Il n'y a pas, il n'y aura jamais d'explication à ce qui s'est passé. On aura beau exiger la confession de tous les Allemands, des coupables, des innocents, des courageux, des lâches, personne ne dira jamais la raison de tout cela. Il y a des facteurs, des explications mais au fond, rien. Rien du tout. Et moi-même je ne sais pas ce que j'ai fait. C'était la guerre, la pire de toutes. C'est tout ce qu'on peut dire.

– Je ne demande pas ce qu'on peut dire, fit doucement Adrien. Je ne vous parle pas des courageux et des lâches. Je demande ce que vous pouvez dire, vous. Pourquoi avez-vous tué David Wagner ?

– Je n'ai…

– Vous avez tué David Wagner à l'infirmerie, d'une piqûre, le jour du printemps 1942. J'étais là. Je suis David Wagner.

— Cessez votre mascarade ! éclata Grüber. Eh bien oui, je l'ai tué ! Et cela n'a rien changé, car il serait mort de toute façon. Tous les Juifs devaient mourir !

— Nous y voilà. Vous voyez quand vous voulez. Mais pourquoi ?

— Parce qu'il s'appelait Wagner comme moi, répondit le médecin d'une voix monocorde. Parce qu'il s'appelait Wagner, qu'il était juif et que sa femme était belle.

— Sa femme ? Il n'était pas marié.

— J'avais vu une photographie. Il avait réussi à la garder avec lui. Je ne sais pas pourquoi ils essayaient tous de garder des objets personnels. Lui, il avait gardé la photographie d'une femme, je pensais que c'était sa femme, une jeune femme blonde, belle, qui souriait. Je la trouvais vraiment belle. Je trouvais insultant que ce Juif homonyme ait une si belle femme.

— Vous l'avez tué, répéta lentement Adrien, parce qu'il s'appelait Wagner et que sa femme était belle ?

— Non, dit lentement Grüber, comme s'il était épuisé. Je répète qu'il n'y a pas de raison. On ne tue pas un homme pour cela. Il se trouve seulement que dans la folie du IIIe Reich, alors que nous étions tous emportés par un délire, mon attention a été fixée sur un Juif nommé Wagner et sur une photographie. Mais il serait mort de toute façon.

— Cela n'excuse rien, dit Adrien.

— Rien n'excuse la mort d'un homme, je suppose.

— Sauf la vengeance.

— Parce que vous allez sortir un pistolet de comédie et m'abattre ?

— Je suis venu pour cela, dit simplement Adrien.

— Juste comme ça ? Vous m'abattez et vous sortez calmement du pays... Vous croyez que c'est si simple.

— C'était simple pour vous, non ?

— L'époque n'est pas la même. Les communistes aiment l'ordre. La disparition, la prison. Avec toutes les formes bureaucratiques. Un meurtre sans ordre, ça les dérange.

— Je n'ai pas dit que j'allais vous tuer moi-même. Les communistes le feront très bien.

Grüber le regarda, interloqué.

— J'ai prévenu la police, expliqua Adrien. Mon histoire les a beaucoup intéressés. Un médecin nazi évadé, dissimulé sous un nom d'emprunt. Ce sont des jeunes, comme moi. Vingt, vingt-cinq ans. Vous savez comme on est à cet âge : idéaliste, un peu extrême peut-être. Ils ont été très surpris d'apprendre qu'un médecin de Buchenwald sévissait encore à Weimar. Je me suis laissé dire que vous avez été responsable de certaines expérimentations au gaz sur les Russes. C'est vraiment regrettable. Ils ne vont pas apprécier. Là-bas, je veux dire. À l'Est. Mes jeunes camarades de la police ont déjà dû téléphoner. Vous voyez, en ce bas monde, quand on se met à parler, tout explose. Le silence, c'est bien plus tranquille.

Grüber le fixait, sans mot dire. Rien ne se lisait sur son visage. Ni désespoir, ni haine. Il semblait juste enregistrer passivement les mots de mon père.

— Vous avez une femme, des enfants ? demanda Adrien.

La question décontenança le médecin.

— Erich Wagner en avait. Je n'en ai plus. Après mon évasion, ma nouvelle identité...

Adrien hocha la tête.

— Vous êtes le fils de David Wagner ? demanda Grüber.

Adrien parut faire un effort. Il ouvrit la bouche. Puis il la referma. Et enfin, il dit simplement :
— Je vous laisse. Vous avez encore un peu de temps.

Il se leva, il passa devant le médecin puis, à la porte, il se retourna et il eut cette phrase, comme un adolescent qui s'excuse :
— Il ne faut pas m'en vouloir. C'est la justice, c'est tout. Il faut que justice se fasse.

Le lendemain, Grüber était mort. Il s'était suicidé dans la nuit. Deux jours plus tard, mon père rentrait en France pour entamer l'étrange et solitaire existence qui allait être la sienne pendant toute sa vie, à l'exception de la bizarrerie fugitive d'un mariage et d'un enfant, pendant une brève période de trois ans. Une fois cette concession accordée à la « normalité », il rentra en lui-même, tapi dans ses silences et ses secrets.

12.

Je voudrais parler d'autre chose.

Écouter les résonances, tresser les fils de la violence, au risque de me perdre.

Revenir sur le destin européen.

Mais comment le pourrais-je ? Comment me lancer dans l'épineux écheveau des correspondances et faux-semblants historiques, lorsque mon père vient de sortir de son immuable promenade du Quartier Latin, lorsque je viens de comprendre que l'origine sinueuse de son trajet de la rue des Écoles, du Jardin des Plantes, de la rue Monge, de la place de la Contrescarpe se situe dans une petite ville d'Allemagne de l'Est ? Que l'homme seul en face de sa radio du matin a affronté l'assassin de son père en lui jouant cette étrange comédie, cet ultime acte tragicomique ?

Parfois, j'ai pensé que cet aveu de mon père n'était qu'une farce, qu'il n'était jamais allé à Weimar, et de fait je n'en ai aucune preuve. Peut-être a-t-il été emporté par des fantasmes, peut-être a-t-il cru être allé punir le meurtrier comme moi j'ai cru pendant des années avoir sauvé mon camarade Richard de ses tourmenteurs. Et il est vrai qu'un côté farcesque apparaît dans cette scène, avec cette réplique permanente : « Je suis David Wagner. » Mais en même temps, il est tout aussi vrai que le médecin Wagner s'est suicidé à Weimar sous le nom de Karl Grüber. Et je ne sais pas s'il faut douter sans cesse de la parole des autres.

C'est pourquoi j'aurais du mal à évoquer d'autres thèmes. D'autant qu'une ultime question était venue se glisser dans ma conversation avec mon père. Qu'à cette question il avait répondu sans hésiter, comme on biffe d'un trait de plume tout le passé. Et que cette réponse m'avait glacé le sang, tant elle révélait une incommensurable bêtise. Une stupidité meurtrière. Et je me demande si ce n'est pas cette réponse qui m'interdit de disserter plus longtemps.

J'avais posé cette question sans y croire. D'abord parce que j'estimais qu'Adrien serait incapable d'y répondre. Ensuite parce qu'il me semblait que, dans le cas improbable où il pourrait y répondre, il ne pourrait rien dire contre Marcel, qui m'avait toujours semblé être le responsable de cette affaire. Cherchez à qui profite le crime.

À cette question posée sans y croire, Adrien avait donné la seule réponse évidente. Évidente de bêtise. Évidente par le poids énorme de l'époque qui s'y lit. Et qui explique la chute de la nation européenne. Car aucun continent ne pourra jamais se remettre d'une telle réponse.

La question était la suivante : « Qui a dénoncé David ? »

La réponse fut : « Le père de Marcel, parce qu'il détestait ce gendre juif et arriviste. Il voulait s'en débarrasser. »

Au moment où Adrien prononça ces mots, toute l'imbécillité de l'époque se révéla à moi, dans sa basse crapulerie. Un grand bourgeois des années 1930, un médecin renommé, envoyait un homme à la mort par antisémitisme et par intérêt. David Wagner n'avait pas d'argent, il lui enlevait, sans l'aimer, sa seule fille et il était juif. Il devait être puni – ou du moins écarté le plus longtemps possible. On voudra bien accepter, au bénéfice du doute, une éventuelle ignorance des conditions réelles de la vie dans les camps de concentration.

Ce n'était pas une lettre anonyme. On s'est débarrassé de beaucoup de voisins, de beaucoup de concurrents ou de gendres désagréables par ce moyen. Un peu plus tard, toutefois. Un an plus tard environ. Mais à cette date, et pour un Juif français, que Vichy rechigna toujours à envoyer en camp, traînant les pieds, préférant envoyer à la place les étrangers, les apatrides, tous ceux qui s'étaient réfugiés dans le pays des droits de l'homme, il fallait insister. Le médecin Fabre, l'homme sans prénom, celui qu'Adrien appelle « le père de Marcel », rencontra un fonctionnaire de la préfecture de Paris – un chef de service à la Pitié-Salpêtrière a forcément soigné tout le monde, un jour ou l'autre, de sorte que tout le monde lui est redevable –, un de ces hommes gris et abstraits qui font l'ordre et le malheur des nations. Le fonctionnaire rendit ce service mais il demanda une lettre signée. L'administration aime enregistrer. Pour le malheur de sa mémoire, le médecin signa. Des années plus tard, Marcel n'eut aucun mal à faire des recherches. Un autre homme gris, peut-être le même, peut-être son fils, retrouva la lettre signée. L'administration a pour tâche de conserver les documents.

J'avais fait le tour de ma double famille. J'avais fait le tour des Fabre-Wagner et des Wagner-Fabre. Des hommes et des femmes à prénom et sans prénom, à histoire et sans histoire, des bons et des mauvais, des ni mauvais ni bons, des beaux et des laids, des lucides et des fous. Ils s'appelaient David, Adrien, Marcel, Virginie, Charles, Clémentine, Ulrich, Natacha,

Sophie. Comme nous tous, ils n'ont aucune importance particulière et chacun d'eux, pourtant, est l'âme du monde, de sorte que la mort de David est dépourvue de la moindre conséquence tout en étant le plus grand drame de l'Histoire.

J'étais dans le salon de la grande maison. J'étais à Weimar en 1962, j'étais à Buchenwald en 1942, j'étais dans la salle à manger le jour où David rencontra Virginie et j'étais dans le mouroir de mon grand-père Fabre.

J'étais hagard. Je crois que j'étais debout face à mon père mais je n'en suis pas sûr. Je crois qu'il parlait mais je n'en suis pas sûr. Je crois qu'il évoquait notre famille mais je n'en suis pas sûr.

Il aurait peut-être fallu que je serre mon père dans mes bras. Tout cela est compliqué, je ne sais pas. Certaines familles se serrent, s'embrassent, d'autres ne se serrent pas, ne s'embrassent pas. Les Allemands ont un terme : « *umarmen* ». Entourer de ses bras. Les Français ont aussi un beau terme : enlacer.

Au lieu d'écrire un livre, peut-être devrais-je aller raconter dans les cafés d'Europe l'histoire banale et terrifiante d'un homme qui voulait épouser une femme pour de l'argent, qui en aimait une autre parce qu'il l'aimait et qui fut déporté dans un camp par son futur beau-père.

Je peux partir demain. Au lieu de retourner en Allemagne, je commencerai mon tour d'Europe. J'irai d'abord au Royaume-Uni, par les chemins verts et bruineux, puis je passerai par l'Autriche, afin d'inaugurer mon tour par les pays dont je maîtrise les langues. Je demanderai à des gens de m'aider. Nous avons tous vécu la même histoire, nous sommes tous les petits-fils de la guerre et du massacre, les gens m'aideront. Les bons et les mauvais. Les ni mauvais ni bons. Ils me raconteront mon histoire dans les langues que je maîtrise un peu, comme l'italien ou le hollandais, que je peux imaginer, comme l'espagnol ou le roumain, ou dans celles dont je ne peux que rêver, comme le grec, le tchèque, le suédois, le danois, dans toutes ces langues de la Babel européenne. J'irai de la pointe du Portugal jusqu'aux pays baltes, aux confins de la Russie, très loin à travers l'empire des mythes, ces rêves historiques de toutes les nations qui nous composent. Et chaque soir, dans les auberges qui m'accueilleront, je raconterai cette histoire. Les gens bâilleront très vite, me considéreront comme un fou et puis ils se mettront à continuer d'eux-mêmes. À travers les collines sèches de la Grèce, par les lacs translucides et gelés des pays nordiques, par les forêts immenses, je marcherai et je raconterai mon histoire sans intérêt et fascinante. Le délire d'un fou, raconté par un idiot ?

13.

Je les imaginais dans une chambre d'hôtel, à Paris, tandis que le soleil d'août entrait par la fenêtre. Ils étaient nus, peau blanche et pâle contre peau mate. Ils étaient immobiles. La main de David, grande ouverte, caressait la joue de Virginie, qui fermait les yeux comme un chat satisfait. Le soleil découpait un carré de lumière qui illuminait les cuisses et le ventre de la femme. Il n'y avait pas de bruit, pas de mouvement. L'hôtel même était comme assoupi dans la vision suspendue, éternisée d'un instant éphémère et promis à la mort.

Ils étaient les forts et les beaux.

Mais ils n'étaient ni forts ni beaux, ils étaient des amants. Des amants alanguis dans le plaisir du soleil et de la présence de l'autre. Au moment même où, peut-être, un médecin amer et antisémite rencontrait un fonctionnaire de la préfecture. Peut-être. Cela, je ne pouvais le savoir. Mais l'image s'étendait, s'étendait. La main de David était immense, le soleil jouait sur la cuisse de Virginie. Et elle fermait toujours les yeux. David, lui, avait les yeux ouverts, comme fasciné.

On était au début du monde, avant la chute.

REMERCIEMENTS

D'ordinaire, je préfère qu'un livre surgisse de nulle part, sans être rattaché à rien ni à personne, ce qui interdit les dédicaces ou les remerciements. Mais en raison du caractère très particulier de cet ouvrage, je me sens au contraire tenu de remercier plusieurs personnes :

Mon père, d'abord, qui fut toujours mon premier lecteur et qui est aujourd'hui, forcément, le dernier ;

Ma famille, pour sa présence ;

Serge Ruellan pour sa relecture historique et Caroline Géraud pour ses corrections de mon allemand décidément trop fautif ;

Floréal Barrier, ancien déporté, membre de L'Association française Buchenwald Dora et Vanina Brière, de la Fondation pour la mémoire de la déportation, à Caen, dont les relectures si informées m'ont été d'un précieux secours ;

Toute l'équipe des éditions Le Passage pour sa motivation et son soutien sans faille.